BASTEI
LÜBBE
TASCHENBUCH

Weitere Titel der Autorin:

Weihnachten am Siljansee
Sommerglück auf Reisen
Im Himmel ist der Herbst wie Sommer

Titel in der Regel auch als E-Book erhältlich

Über die Autorin:

Linnea Holmström liebt die Weite und die Vielfalt Schwedens. Wenn sie nicht gerade durchs Land reist oder ihre Erlebnisse in einem Roman verarbeitet, steht sie am liebsten in der Küche und probiert neue Rezepte aus. Sie ist gleichermaßen begeistert von den verschneiten Wäldern im Winter und von den langen Sommerabenden, an denen die Sonne niemals unterzugehen scheint.

Linnea Holmström

ELCHE IM APFELBAUM

Roman

BASTEI LÜBBE TASCHENBUCH

BASTEI LÜBBE TASCHENBUCH
Band 17143

Dieser Titel ist auch als E-Book erschienen

MIX
Papier aus verantwortungsvollen Quellen
FSC® C014496
www.fsc.org

Originalausgabe

Titelillustration: © shutterstock/almgren; © shutterstock/irakite
Umschlaggestaltung: Tanja Østlyngen
Satz: Urban SatzKonzept, Düsseldorf
Gesetzt aus der Goudy
Druck und Verarbeitung: GGP Media GmbH, Pößneck
Printed in Germany
ISBN 978-3-404-17143-9

2 4 6 5 3

Sie finden uns im Internet unter www.luebbe.de
Bitte beachten Sie auch: www.lesejury.de

Prolog

Vor einer Woche hatte es noch geschneit, aber jetzt waren die Temperaturen gestiegen. Ein heftiges Wintergewitter fegte über das kleine Dorf an der Ostsee hinweg und brachte Unmengen Regen mit sich.

Liv konnte nicht schlafen. Es beunruhigte sie, dass Lennart immer noch nicht zu Hause war. »Spätestens zum Abendessen bin ich da«, hatte er bei seinem letzten Anruf gesagt. Das war bereits mehrere Stunden her, aber er war immer noch irgendwo da draußen mit seinem Wagen unterwegs.

Mehrmals hatte Liv versucht, ihn auf dem Handy zu erreichen, aber es meldete sich immer nur die Mailbox. Sie hatte ihm jedes Mal eine Nachricht hinterlassen, ihm mitgeteilt, dass sie sich Sorgen machte, und um einen Rückruf gebeten.

Lennart meldete sich nicht.

Inzwischen war Liv hellwach. Sie stieg aus dem Bett, ging auf Zehenspitzen die Treppe hinunter, um die Kinder nicht zu wecken, und betrat die Backstube. Backen war für sie schon immer die beste Methode gewesen, sich abzulenken. Sie schaltete die kleine Lampe über dem Tisch ein, auf dem sie den Teig für ihre Brote und Kuchen knetete. Ein heller Lichtschein zeichnete sich auf der Arbeitsplatte ab, der Rest des Raumes war erfüllt von dunklen Schatten.

In vier Wochen war Weihnachten, und Liv war bisher noch nicht dazu gekommen, die Elche zu backen.

Die fünf Ausstechformen gab es schon seit zwei Generationen in ihrer Familie. Sie zeigten Elche in verschiedenen

Positionen: stehend, liegend, in Bewegung, den Kopf nach vorn, den Kopf nach hinten. Zwei große und drei kleine, wobei eine der großen Metallformen bereits an zwei Stellen eingerissen war. Mit ihr ging Liv besonders behutsam um.

»Die Formen passen genau zu unserer Familie«, hatte Lennart erst letzte Woche gescherzt, als Liv die Elche zum Backen bereitlegte. »Mama Elch, Papa Elch, und die drei Elchkinder.«

Zwei ihrer Elchkinder lagen zum Glück im Bett und schliefen trotz des Unwetters tief und fest. Das dritte Kind in ihrem Bauch strampelte heftig. Es schien Livs Unruhe zu spüren.

»Ganz ruhig«, sagte sie leise. Sie streichelte über ihren Bauch und hinterließ Mehlspuren auf der gestreiften Schürze.

Liv hatte die Außenbeleuchtung für Lennart eingeschaltet. Dadurch wurde nicht nur der Parkplatz, sondern auch der Garten neben dem Haus beleuchtet. Durch das Fenster der Backstube konnte Liv den Apfelbaum sehen. Der Sturm rüttelte heftig an seinen Ästen. Blitz und Donner folgten in immer kürzeren Abständen.

Liv knetete den Teig, rollte ihn aus und hielt gerade die große beschädigte Elchform in der Hand, als ein gewaltiges Krachen das ganze Haus erbeben ließ.

Sie schrie erschrocken auf, trat einen Schritt zurück, ließ die Form fallen und bekam kaum mit, dass sie auf dem Steinboden in zwei Teile zerbrach. Wie gebannt starrte sie aus dem Fenster.

Der Blitz hatte den Apfelbaum gespalten. Eine Seite ragte hoch in den Himmel, die andere kippte langsam zur Seite.

Liv presste beide Hände vor den Mund, ihr Herz klopfte wie verrückt. Ihr war kalt, und sie zitterte am ganzen Körper.

Hinterher hätte sie nicht sagen können, wie lange sie da gestanden und nach draußen gestarrt hatte.

Und dann klingelte das Telefon.

Drei Jahre später

— 1 —

Das ist nicht dein Ernst!«

Frederika Nyström zog die Augenbrauen hoch. »Das ist mein voller Ernst«, versicherte sie.

Björn starrte seine Agentin fassungslos an und tippte sich gegen die Stirn. »Ich gehe nicht in die Wildnis. Nicht mal für einen Tag, geschweige denn für mehrere Wochen.«

Frederika lächelte. Es war dieses Lächeln, von dem Björn wusste, dass es keine Kompromissbereitschaft signalisierte, sondern feste Entschlossenheit.

Nun gut, er war ebenso fest entschlossen, sich nicht auf diese dämliche Idee einzulassen.

»Denk darüber nach«, schlug Frederika vor. »So wild ist die Wildnis dort auch wieder nicht. Es gibt durchaus so etwas wie Zivilisation.« Sie grinste.

Von mir aus, dachte Björn, ich komme trotzdem nicht mit. Gleichzeitig war er neugierig. »Was ist das für ein Haus?«, fragte er. »Und wo genau ist es überhaupt?«

»Mein Elternhaus«, erwiderte sie knapp. »In Ångermanland. Norrfällsviken, um genau zu sein.«

Irrte er sich, oder schwang da ein ganz besonderer Ton in ihrer Stimme mit? So etwas wie Sehnsucht? Okay, dann sollte sie eben dort hinfahren. Aber ohne ihn.

»Am Arsch der Welt!« Björn nickte grimmig. »Was soll ich da?«

»Die Landschaft ist dramatisch schön«, sagte Frederika. »Das Haus liegt abgelegen, du hast dort alle Ruhe zum Schreiben.«

»Hast du dir schon mal Gedanken darüber gemacht, dass Ruhe eher kontraproduktiv sein könnte? Ich bin ein Stadtmensch, ich brauche den Trubel, ich brauche Menschen um mich, damit ich arbeiten kann«, behauptete Björn.

»Davon habe ich bisher nichts bemerkt«, konterte Frederika. »Du hast einen Vertrag zu erfüllen, der Abgabetermin ist längst überschritten, und lange gelingt es mir nicht mehr, den Verlag hinzuhalten. Die wollen entweder ein Manuskript oder den Vorschuss zurück.«

»Na und? Dann zahle ich den beschissenen Vorschuss eben zurück«, erwiderte Björn ungerührt, wandte ihr den Rücken zu und trat ans Fenster.

Obwohl Björn in den letzten Jahren nichts mehr geschrieben hatte, verdiente er noch ganz gut an seinen Tantiemen. Er wohnte in einem der Prachtbauten am Strandvägen, der exklusivsten Adresse Stockholms, mit wundervollem Blick aufs Wasser. Durchs Fenster konnte er einen der großen Ausflugsdampfer sehen, der gerade gemächlich vorbeizog. Er wartete darauf, dass Frederika in seinem Rücken etwas sagte oder, besser noch, dass sie sich einfach verabschiedete.

Sein Handy klingelte. Er griff in die Tasche seiner Jeans, zog es hervor und warf einen Blick auf das Display: Mia, seine derzeitige Affäre, die sich allmählich als ziemlich lästig entpuppte.

Als er das Gespräch nicht annahm, schickte sie ihm gleich darauf eine SMS: *Muss dich unbedingt sehen!*

Er runzelte entnervt die Stirn. Er wollte Mia schon seit Wochen loswerden. Eigentlich sollte ein kurzer Anruf oder besser noch eine SMS genügen, um die Sache zu erledigen. Wenn Mia nur nicht so unberechenbar wäre! Sie glänzte nicht durch besondere Intelligenz, aber sie war eine absolute Dramaqueen, die sich meisterhaft auf tränenreiche Szenen verstand, und er traute ihr durchaus zu, dass sie dafür einen Moment in der Öffentlichkeit wählen würde, wenn sie sicher sein konnte, dass die Presse anwesend war.

Vielleicht war dieses Norrfällsviken doch keine so schlechte Idee. Einfach ein bisschen am Wasser chillen, sich ausruhen und vielleicht, ja vielleicht tatsächlich mal wieder etwas schreiben. Und wenn es nur die SMS an Mia war, in der er mit ihr Schluss machte.

Ein schlechtes Gewissen hatte er dabei nicht. Für ihn war Mia nicht mehr als eine Affäre, genau wie die vielen Frauen vor ihr, und daraus machte er auch keinen Hehl. Aber irgendwie schien Mia zu glauben, dass sie ein Paar waren, und das verkündete sie auch bei jeder sich bietenden Gelegenheit. Sie klammerte, tauchte immer wieder bei ihm auf und brach bei jeder ruppigen Bemerkung in Tränen aus.

»Okay«, sagte Björn spontan und drehte sich zu Frederika um. »Wäre wahrscheinlich ganz gut, mal eine Zeitlang aus Stockholm zu verschwinden.«

Offensichtlich durchschaute ihn Frederika. Die Tatsache, dass er das Gespräch nicht angenommen hatte, und wahrscheinlich auch die düstere Miene, mit der er die SMS gelesen hatte, verrieten ihn.

»Mia?«, fragte sie nur.

Björn zuckte mit den Schultern und nickte dann knapp.

»Wenn sie mir sympathisch wäre, hätte ich sogar Mitleid mit ihr«, sagte Frederika trocken.

»Du solltest vielmehr Mitleid mit mir haben«, stellte er erbost fest. »Ich kann machen, was ich will, ich werde diese Frau einfach nicht los.«

»Wie wäre es mal mit einem klaren, offenen Wort?«, erwiderte Frederika.

Björn betrachtete seine Agentin aufmerksam. Er kannte

sie seit vielen Jahren. Sie war die einzige Vertraute in seinem Leben, seit Eivor ihn verlassen hatte.

Frederika war bei ihm gewesen, als er sich nach seinen Alkoholexzessen die Seele aus dem Leib gekotzt hatte. Sie hatte seine Wuttiraden auf Eivor ausgehalten, seine schlechte Laune ertragen und immer wieder mit dem Verlag verhandelt, wenn ein Abgabetermin verstrichen war. Sie versuchte sogar, seinen Ruf in der Öffentlichkeit zu retten, aber das war nach den vielen Eskapaden, die die Presse ausgeschlachtet hatte, ein sinnloses Unterfangen. Alkohol, Frauen, deren Namen er nicht mehr kannte, und Skandale, in die er nicht nur verwickelt war, sondern die er selbst provoziert hatte, hatten aus dem einst gefeierten Schriftsteller Björn Bjerking Schwedens meistgehassten Bad Boy gemacht. Aber Frederika hatte immer zu ihm gehalten.

Bisher hatte er es als selbstverständlich betrachtet, dass sie für ihn da war. Aber was wusste er eigentlich über Frederika, außer dass sie eine sehr erfolgreiche Literaturagentur betrieb?

Er hörte zum ersten Mal, dass sie ein Haus in Ångermanland, einer ländlichen Provinz an der schwedischen Ostküste, besaß. Er wusste, dass sie alleine lebte, und hatte sie auch schon mehrmals in ihrer großen, modernen Wohnung in Vasastan besucht, aber das hatte ihm nichts über ihr Leben verraten.

Hatte es je einen Mann in ihrem Leben gegeben? Oder Kinder? Wieso sprach sie nie über ihre Familie?

Auch wenn Björn selbst sehr sparsam mit Informationen über seine Vergangenheit war, wurde ihm klar, dass Frederika viel mehr über ihn wusste als er über sie. Vielleicht war es sogar ganz spannend, mit ihr gemeinsam auf diese Reise zu gehen. Jedenfalls spannender als die Gesellschaft von Mia, die ihm gerade wieder eine SMS schickte und ihren Besuch ankündigte.

Björn nahm es zur Kenntnis, ohne darauf zu antworten. Er steckte das Handy ein und nickte Frederika zu.

»Versuchen wir es«, sagte er schmunzelnd. »Wenn es mit dem Schreiben nicht klappt, kann ich das Projekt ja sofort wieder abbrechen.«

»Gar nichts wirst du abbrechen. Du wirst dort arbeiten!«, erwiderte Frederika bestimmt. »Ich werde nämlich da sein und auf dich aufpassen.«

»Na toll.« Björn verzog das Gesicht. »Meine Agentin erklärt sich zu meiner Babysitterin.«

»Nur für ein paar Tage«, sagte Frederika beschwichtigend. »Ich will das Haus verkaufen und muss dafür alles in die Wege leiten. Entrümpeln, saubermachen, den Garten in Ordnung bringen und so weiter. Wäre nett, wenn du nach meiner Abreise hin und wieder Kaufinteressenten durchs Haus führen könntest.«

Björn hob beide Hände und ließ sie wieder fallen. »Offensichtlich hast du mich schon fest eingeplant. Wir fahren mit meinem Wagen«, bestimmte er.

»Damit du abhauen kannst, wenn es dir nicht passt?«

Björn bestritt es weder, noch gab er es zu. Er grinste sie nur an.

»Pack deine Sachen«, forderte Frederika ihn auf. »Wir fahren heute Nachmittag los.«

Björn sah sie überrascht an. »Heute schon? Du handelst doch sonst nicht so spontan.«

»Es war keine spontane Entscheidung«, sagte Frederika. »Ich denke schon seit Wochen darüber nach.«

»Wie nett, dass du mich so zeitig informierst!«, erwiderte er sarkastisch.

Frederika klopfte ihm auf die Schulter. »Du hättest es dir bestimmt anders überlegt, wenn ich dir genug Zeit zum Nachdenken gelassen hätte.«

»Wahrscheinlich«, gab Björn zu.

»Du holst mich also in zwei Stunden ab?«, vergewisserte sie sich.

Björn nickte.

»Dann bis gleich«, sagte Frederika und wandte sich ab, aber Björn hielt sie zurück.

»Wieso?«, fragte er. »Du hast nie von diesem Haus in Norrfällsviken gesprochen. Warum willst du da jetzt unbedingt hin?«

Frederika drehte sich langsam wieder zu ihm um, antwortete aber nicht sofort. Ihr Gesicht verriet nicht, was sie dachte oder fühlte, aber das war typisch für Frederika.

»Wie ich eben sagte, denke ich schon eine ganze Weile darüber nach. Ich glaube, dass jetzt der richtige Zeitpunkt ist, um mit Norrfällsviken für immer abzuschließen«, sagte sie.

»Verstehe.« Björn nickte, obwohl er gar nichts verstand.

»Bis gleich«, verabschiedete sie sich ein weiteres Mal.

»Ich werde da sein«, sagte Björn und schaute ihr nachdenklich hinterher, als sie das Zimmer verließ. Kurz darauf hörte er die Wohnungstür ins Schloss fallen.

Eine Stunde später bereute Björn seine Zusage bereits. Frederika hatte recht: Wenn sie ihn mit ihrem Plan nicht so überrumpelt hätte, wäre er ganz bestimmt nicht mitgefahren.

Norrfällsviken in Ångermanland! Das klang nach tiefster Provinz. Nein, das war nichts für ihn!

Björn hielt das Handy bereits in der Hand, um Frederika anzurufen und ihr wieder abzusagen, als es an der Tür klingelte. Während er nach Frederikas Nummer suchte, öffnete er die Tür.

Mia fegte an ihm vorbei. In der Hand hielt sie mehrere Einkaufstüten, auf denen die Namen angesagter Boutiquen standen.

Björn steckte das Handy zurück in die Tasche. Genervt folgte er Mia ins Wohnzimmer, wo sie gerade die Tüten zu Boden und sich selbst theatralisch in einen Sessel fallen ließ. Die Beine in den engen Designerjeans baumelten über der Armlehne.

Mia verschränkte die Arme hinter dem Kopf. »Mann, war das ein Tag heute!«

»Ja, shoppen kann so anstrengend sein«, erwiderte Björn ironisch.

Mia zog einen Schmollmund. »Du nimmst mich nicht ernst«, beklagte sie sich ganz zu Recht. »Aber was beschwere ich mich? Du bist eben ein Modemuffel.« Ihr Blick glitt abschätzig an ihm hinab, was dazu führte, dass auch Björn an sich hinabschaute.

Er trug Jeans, genau wie sie, aber ihm war egal, ob es sich um ein Markenprodukt oder eine No-Name-Jeans handelte. Hauptsache, sie saß gut und war bequem. Das ehemals schwarze T-Shirt darüber war verwaschen und wirkte inzwischen dunkelgrau.

In seinem Kleiderschrank hingen auch elegante Anzüge, die er für den ein oder anderen öffentlichen Auftritt benötigte. Beim Kauf hatte ihn Frederika beraten. Es war jedes Mal eine ziemlich langweilige Angelegenheit gewesen. Ganz anders als damals mit Eivor.

Björn presste die Lippen fest aufeinander. Wie oft hatte er

sich geschworen, nicht mehr an Eivor zu denken. Nie wieder! Und dann passierte es doch wieder, und der Gedanke an sie erfüllte ihn jedes Mal mit dieser grenzenlosen Wut, die er seit der Stunde empfand, in der sie ihn verlassen hatte. Hörte das denn nie auf?

Björn versuchte, sich abzulenken, indem er sich auf Mias Geplapper konzentrierte.

»... neue Kollektion ist traumhaft, und ich konnte das Kleid zum Schnäppchenpreis kaufen. Natürlich kannten die mich in dem Laden von meinen Fotos.« Mia lächelte selbstgefällig. »Manchmal macht es sich eben bezahlt, wenn man berühmt ist.«

Das aber auch nur, weil sie ein paar Mal an seiner Seite fotografiert und in Illustrierten abgebildet worden war. Björn schluckte eine entsprechend gehässige Bemerkung hinunter.

»Du wirst das Kleid ja heute Abend sehen«, sagte sie.

»Heute Abend?« Überrascht schaute er sie an.

Mia machte erneut ihren Schmollmund. »Ich dachte, du führst mich heute schick zum Essen aus«, sagte sie mit bettelnder Kleinmädchenstimme. Sie stand auf, kam auf ihn zu und schmiegte sich an ihn.

Björn schluckte. Ihr Körper war aufsehenerregend – solange sie die Klappe hielt.

»Wir wäre es mit dem *Kristinas?*«, hauchte sie ihm ins Ohr.

Das *Kristinas* war ein hervorragendes Restaurant im Rålambshovsparken. Björn aß gerne dort. Alleine, in völliger Ruhe, gerne auch in kultivierter Gesellschaft. Auf einen Abend mit Mia, die sowieso nur darauf hoffte, dass irgendein Journalist sie zusammen sah, verspürte er überhaupt keine Lust. Gut, dass er Frederika nicht abgesagt hatte. Ein paar Wochen in der »dramatisch schönen« Landschaft von Ångermanland, wie sie sich ausgedrückt hatte, würden ihm guttun. Vielleicht konnte er in Norrfällsviken wirklich wieder mit dem Schreiben beginnen, und die Sache mit Mia wollte er von dort aus auf jeden Fall mit einer kurzen SMS beenden. Ohne großes Theater, ohne sich mit ihr persönlich auseinanderzusetzen.

Er wusste, dass er ein Feigling war, und musste über sich selbst grinsen. Er war gerne feige, wenn er sich dadurch eine tränenreiche Szene ersparte. Wenn er in ein paar Wochen aus diesem Kaff in Ångermanland zurückkehrte, wäre er Mia los.

»Ich kann heute Abend nicht«, sagte er. »Ich kann überhaupt nicht in nächster Zeit. Ich verreise heute noch.«

»Davon hast du mir gar nichts gesagt«, beschwerte sie sich.

Björn zog die Stirn in Falten und verkniff sich die Bemerkung, dass er ihr keine Rechenschaft schuldete. »Es hat sich sehr plötzlich ergeben«, sagte er stattdessen.

»Ich hätte Zeit«, sagte sie. »Ich könnte dich begleiten.«

Auch das noch!

»Es wird dir nicht gefallen«, erwiderte er und war sich sicher, dass er damit sogar richtiglag. Die Provinz war schon nichts für ihn, aber Mia konnte er sich dort noch weniger vorstellen. »Ich wüsste jedenfalls nicht, dass du auf Survival Training in der Wildnis stehst.« Björn grinste.

Mia machte sich von ihm los und trat einen Schritt zurück. »Nein«, stimmte sie zu, »aber seit wann stehst du auf so was?«

»Ganz so ist es nicht«, gab er zu. »Ich fahre mit Frederika in ein Kaff in Ångermanland, um da zu schreiben.«

»Okay«, sagte sie gedehnt. »Ich werde dich vermissen.«

Björn schwieg. Was hätte er darauf auch antworten sollen? Er würde sie nicht vermissen, er wollte sie loswerden. Er sah ihr an, dass sie auf eine Antwort wartete.

»Ich muss jetzt packen«, sagte er lahm.

Mia kam wieder auf ihn zu. Sie schlang beide Arme um seinen Hals, küsste ihn und drängte sich an ihn. Vielleicht spürte sie seinen inneren Widerstand, denn sie ließ ihn ziemlich schnell wieder los.

»Na dann, viel Spaß«, sagte sie. Es klang gleichgültig.

»Dir auch«, erwiderte er ebenso emotionslos.

Björn hatte sie bereits vergessen, als er ins Schlafzimmer ging, um seine Reisetasche zu packen. Der Raum war ebenso teuer eingerichtet wie alle anderen Zimmer seiner Wohnung. Weiß, steril, kalt.

Als er seine Reisetasche vom Kleiderschrank zog, flatterte etwas zu Boden. Björn hob es auf und starrte auf das Bild. Eine schöne junge Frau lachte ihn an.

Eivor, ein paar Tage nach ihrer Hochzeit! Damals hatten sie ihre Flitterwochen auf einer einsamen Schäreninsel verbracht. Nur sie beide in einem kleinen Fischerhaus.

So viel Zeit war seitdem vergangen. Es kam ihm vor, als wäre das in einem anderen Leben, als wäre es ein anderer Mann gewesen, der dieses Glück erfahren hatte.

Björn schüttelte entschieden den Kopf. Er wollte sich daran nicht mehr erinnern. Eivor spielte keine Rolle mehr in seinem Leben. Warum nur hatte er das Foto die ganzen Jahre auf seinem Schrank liegen lassen?

Björns Gesicht wurde hart und kantig, als er tat, was längst überfällig war: Er zerriss das Foto in kleine Fetzen, bis nichts mehr zu erkennen war. Die Papierschnipsel brannten in seiner Hand. Er eilte in die Küche und warf sie in den Mülleimer. Besser fühlte er sich danach nicht.

— 2 —

Liv, du hast vergessen, neues Mehl zu bestellen.«

Liv folgte der Stimme ihres Vaters ins Badezimmer und sah, dass er sich suchend umblickte. Sie griff nach seinem Arm. »Nein, Papa, das Mehl ist schon in der Backstube«, sagte sie sanft.

Villiams Miene entspannte sich. Widerspruchslos ließ er sich von seiner Tochter in das kleine Büro neben dem Wohnzimmer führen und setzte sich an den Schreibtisch. Er starrte aus dem Fenster aufs Meer, aber Liv war sich nicht sicher, ob er überhaupt etwas wahrnahm. Seine Fingerspitzen bewegten sich über die Schreibtischplatte, in einem Rhythmus, den er wahrscheinlich selbst nicht mehr steuern konnte.

Liv betrachtete ihren Vater gerührt und strich ihm übers Haar.

Villiam sah zu ihr auf. »Es wird bald Weihnachten, such schon mal die Elche raus.«

Liv biss sich so fest auf die Unterlippe, dass es wehtat. Aber den Schmerz tief in ihr überdeckte es nicht. Sie musste schlucken, bevor sie in der Lage war, ihrem Vater zu antworten. »Bis Weihnachten dauert es noch, Papa. Es ist doch erst Mai.«

Villiam zog unwillig die buschigen Augenbrauen zusammen. »Widersprich mir nicht«, sagte er streng und wechselte dann unvermittelt das Thema. »Ich muss die Rechnungen kontrollieren«, sagte er.

»Ja.« Liv nickte und griff nach dem Papierstapel auf der Fensterbank. Obendrauf lag ein Taschenrechner.

Villiam strahlte, als Liv den Stapel vor ihm ablegte. Er nahm den Taschenrechner, schaltete ihn ein und begann mit der sogenannten Rechnungsprüfung. Nach einem System, das Liv nicht begriff, aber das spielte auch keine Rolle. Ihr Vater war für die nächsten Stunden beschäftigt, und wenn es ihm das Gefühl gab, dass er sich nützlich machte, war das umso besser. Auch wenn die Rechnungen uralt und längst beglichen waren.

Liv schaute ihrem Vater ein paar Sekunden lang zu, bevor sie aus dem Zimmer ging. Auf dem Flur lehnte sie sich gegen die Wand und schloss die Augen. Es machte sie völlig fertig, ihren Vater in diesem Zustand zu sehen, und das Wissen, dass es niemals besser, sondern immer schlimmer werden würde, trieb ihr die Tränen in die Augen.

»Mama?«

Liv öffnete die Augen. Sie straffte sich und rang sich ein Lächeln ab. Ihre Tochter Jonna stand vor ihr und musterte sie besorgt. Sie musste gerade aus der Schule gekommen sein.

»Alles in Ordnung«, sagte Liv schnell, obwohl ihre Tochter gar nicht gefragt hatte.

»Wirklich?«, vergewisserte sich Jonna. Für eine Fünfzehnjährige war sie erstaunlich einfühlsam. Aber auch viel zu still und nachdenklich, wie Liv fand.

»Wirklich«, versicherte sie. »Es ist nur das Übliche. Opa hat im Bad nach Mehl gesucht, aber jetzt arbeitet er.«

Jonna wusste, was damit gemeint war. »Es wird immer schlimmer mit ihm.« Ihre Stimme klang wehmütig. Im Gegensatz zu den beiden Kleinen konnte sie sich noch an den kraftvollen Mann erinnern, der ihr Großvater früher gewesen war. Ein Mann, den nichts aus der Bahn warf, der gerne mit seiner Enkeltochter spielte und der im Dorf angesehen war, als Nachbar und als Bäcker.

Jonna hatte recht, Villiams Krankheit wurde schlimmer. Anfangs waren es nur Kleinigkeiten gewesen, die niemandem aufgefallen waren. Dinge, die er vergaß, sei es eine Rechnung, die bezahlt werden musste, oder auch nur der Hausschlüssel. Dann vergaß er die Namen von Kunden und die Rezepte der Brote und Kuchen.

Und dann war der Tag gekommen, an dem er das Grab ihrer Mutter besucht und von dort aus nicht mehr heimgefunden hatte. Nachbarn, die ihn verwirrt auf der Straße herumirren sahen, hatten ihn nach Hause gebracht.

Liv hatte darauf bestanden, dass ihr Vater zum Arzt ging. Die Diagnose war niederschmetternd gewesen: Alzheimer!

Liv hatte damals noch nicht viel über diese Krankheit gewusst, außer dass es keine Heilung gab und sich der geistige Zustand ihres Vaters zunehmend verschlechtern würde. Dr. Ivarsson hatte diese Prognose bestätigt.

Anfangs hatte ihr Vater oft klare Momente gehabt, aber sie wurden immer seltener. Dr. Ivarsson hatte ihr geraten, ihn in ein Heim zu geben, aber das wollte Liv auf keinen Fall. Ihr Vater hatte sie nach dem frühen Tod der Mutter alleine großgezogen. Liv verdankte ihm so viel. Allein der Gedanke, ihn abzuschieben – und genau so würde sie es empfinden, wenn sie ihn in ein Heim brächte –, war unvorstellbar für sie.

»Kann ich etwas für dich tun?«, fragte Jonna.

Liv schüttelte den Kopf. »Nein. Denk einfach mal nur an dich, triff dich mit deinen Freunden, und hab ein bisschen Spaß.«

Jonna öffnete den Mund, und Liv erkannte bereits am Gesichtsausdruck ihrer Tochter, dass sie ihr widersprechen wollte. Doch bevor Jonna etwas sagen konnte, klingelte das Telefon.

»Hast du gehört?«, sagte Liv hastig und lief in die Küche, wo das tragbare Telefon lag.

»Ja!«, rief Jonna ihr nach. »Genau das hab ich vor. Ich gehe heute Abend mit den anderen zum Fest auf dem Campingplatz.«

»Schön!«, rief Liv zurück.

»Svea und ich wollen anschließend bei Hanna übernachten«, ergänzte Jonna vom Flur aus.

»Einverstanden«, erwiderte Liv laut genug, um das Klingeln des Telefons zu übertönen. Dann nahm sie endlich das Gespräch an.

»Hier ist Ylva«, hörte Liv am anderen Ende der Leitung die Frau sagen, die sie mehr hasste als irgendwen sonst auf dieser Welt, obwohl sie ihr noch nie persönlich begegnet war.

»Lass mich endlich in Ruhe!«, fuhr Liv sie an und beendete das Gespräch.

Jonna war ihr gefolgt. »War das wieder diese Frau?«

Liv nickte. Jonna hätte nie von Ylva erfahren, wenn sie deren Anrufe nicht selbst schon zweimal angenommen hätte.

»Was will sie von dir?«, stellte Jonna die übliche Frage.

»Jonna!«, sagte Liv gereizt. Sie konnte ihrer Tochter diese Frage nicht beantworten. Niemals! Und sie hatte Jonna oft genug klargemacht, dass sie nicht über Ylva reden wollte, also sollte sie endlich aufhören zu fragen.

Jonna schaute sie verletzt an.

Liv atmete tief durch. Es war nicht richtig, ihren Ärger an Jonna auszulassen, aber wenn sie sich jetzt versöhnlich zeigte, würde Jonna weiterfragen. »Gehst du bitte mit Knut raus? Ich muss in die Backstube«, murmelte sie und ließ ihre Tochter einfach stehen.

Vom Flur ihres Wohnhauses aus führte eine Tür direkt in die Backstube. Die Hitze der Öfen schlug ihr entgegen. Im Winter war es hier angenehm warm, aber im Sommer konnte die Hitze unerträglich werden. Der Duft von frischem Backwerk lag in der Luft.

Mats sah kaum auf, als sie den Raum betrat. »Ich probiere das neue Brotrezept, ein Roggenmischbrot«, sagte er. »Mal sehen, wie es bei den Kunden ankommt.«

Das schwedische Brot hatte sich in den letzten Jahren zu einem eher traurigen Kapitel entwickelt. Inzwischen war das Interesse an gutem Brot aber gewachsen, und viele Bäcker versuchten sich an ausländischen oder traditionellen schwedischen Rezepten, die in Vergessenheit geraten waren. Villiam selbst hatte sich nur zögerlich daran gewagt, als er noch in der Backstube gestanden hatte, aber Mats war sehr experimentierfreudig, und das kam bei den Kunden gut an.

»Okay«, sagte Liv. »Dann beginne ich mit den Torten für den Laden und das Café.« Sie liebte es, sich um die süßen Backwaren zu kümmern, während Mats hauptsächlich für das Brot zuständig war. Heute aber konnte sie keine Begeisterung aufbringen, und Mats schien das zu spüren.

Er sah auf, ein prüfender Blick aus tiefblauen Augen traf sie. »Was ist los?«, fragte er.

»Nichts.« Sie schüttelte den Kopf.

Mats kannte sie inzwischen viel zu gut, um ihr zu glauben. »Dein Vater oder die Kinder?«, hakte er nach.

»Diese Ylva hat schon wieder angerufen«, sagte Liv tonlos. »Warum lässt sie mich nicht einfach in Ruhe?«

»Vielleicht solltest du dir einfach mal anhören, was sie zu sagen hat«, schlug Mats vorsichtig vor.

Liv spürte heftige Wut in sich aufsteigen. Auf Ylva? Oder auf Mats, weil er ihr diesen ungeheuerlichen Vorschlag machte?

Sie wusste es nicht. Sie wusste nur, dass sie mit dieser Frau nicht reden wollte. Sie wollte noch nicht einmal *über* sie reden.

»Ich muss mich jetzt wirklich um die Torten kümmern«, erwiderte sie barsch.

Mats sagte kein Wort mehr, aber ihre Gedanken ließen sie trotzdem nicht zur Ruhe kommen. Automatisch schüttete sie alle Zutaten in die Rührschüssel und bemerkte gerade noch rechtzeitig, dass sie statt des Zuckers nach dem Salz gegriffen hatte. Auch Mats hatte es bemerkt.

»Sprich mit ihr«, sagte er noch einmal und redete weiter auf sie ein, obwohl Liv ihn finster anstarrte. Sie wollte einfach nichts mehr von dieser Frau hören, und das wusste Mats genau. »Möglicherweise hilft es dir, mit der Vergangenheit abzuschließen, wenn du mit ihr sprichst.«

Liv holte tief Luft. »Ich will nicht mit der Vergangenheit abschließen!«, fuhr sie ihn an. »Ich will und werde nie vergessen, was diese Frau mir angetan hat.«

»Lennart war daran nicht ganz unbeteiligt«, erinnerte Mats sie.

Das wusste Liv nur zu gut. Nicht einmal schöne Erinnerungen waren ihr geblieben, weil sie seit dieser schrecklichen Nacht vor drei Jahren wusste, dass alles, was ihr Glück ausgemacht hatte, nur Lug und Trug gewesen war.

Liv knallte die Butter in die Rührschüssel und schaltete die Maschine ein. Das laute Motorengeräusch erfüllte die Backstube und machte jede weitere Unterhaltung unmöglich.

Liv und Mats mussten sich wie so oft ranhalten, um die ganze Arbeit in der Backstube zu schaffen, und Ulrika, die im Laden und Café bedienen sollte, ließ sich mal wieder nicht blicken. So blieb Liv nichts anderes übrig, als den Service auch noch zu übernehmen. Sie rannte zwischen Backstube, Laden und Café hin und her, um gleichzeitig zu backen und die Kunden zu bedienen.

»Kann ich euch noch etwas bringen?« Obwohl sie sich gestresst fühlte, lächelte Liv die beiden älteren Damen, die auf der Terrasse des Cafés Platz genommen hatten, freundlich an. Das Wetter war traumhaft, und das Wasser glitzerte in der Sonne.

Liv atmete tief durch. Alles war gut. Ihre Kinder waren gesund, ihr Geschäft lief gut, und sie lebte in einem Ort wie aus dem Bilderbuch, wo andere gerne ihren Urlaub verbrachten.

Norrfällsviken lag direkt an der Ostsee. Einige der alten Fischerhäuser mit den roten Holzwänden und den schwarzen Dachschindeln waren auf Stegen über dem Wasser erbaut. So auch das Haus, in dem Liv mit ihrer Familie lebte. Ihr Großvater war noch zur See gefahren, deshalb stand in der Bäckerei ein altes Modellsegelschiff zwischen den Brotkörben hinter der Theke.

In einem gläsernen Anbau vor der Backstube wurden die Backwaren verkauft. Im Winter und bei schlechtem Wetter konnten die Gäste hier auch ihren Kaffee trinken und Kuchen essen. Bei schönem Wetter saßen sie auf der Veranda mit der weißen Reling, die den Eindruck vermittelte, auf einem Schiff zu sitzen. Das Rauschen der Wellen lag über allem, und die Luft schmeckte nach Salz und Tang.

Nicht nur die Einheimischen kehrten hier gerne ein. In der Feriensaison kamen viele Touristen aus den umliegenden

Ferienhäusern oder vom Campingplatz, um bei Liv ihr Brot zu kaufen oder auf der Terrasse eine Kaffeepause einzulegen und die köstlichen Torten zu probieren.

Clara Jönsson, eine der beiden Damen, legte ihre Hand auf Livs Arm. »Danke, Liv, die Mandarinen-Sahne war köstlich, aber ich kann nicht mehr.«

Ihre Begleiterin, Marita Hallonkvist, nickte zustimmend. »Du hast dich mit der Torte mal wieder selbst übertroffen. Ich möchte ein Stück für Gustav mitnehmen.«

Liv nickte. »Ich packe es dir ein«, sagte sie.

Die beiden Frauen wollten direkt bezahlen. Liv kassierte und ging zurück in den Laden, wo Mats gerade die Regale mit frischen Broten befüllte, die er eben erst aus dem Backofen geholt hatte.

»Hat sich Ulrika noch nicht gemeldet?«, fragte Liv nervös.

Ihre Servicekraft hätte eigentlich schon seit dem Vormittag da sein müssen. Gleichzeitig Torten zu backen und die Kunden im Laden und im Café zu bedienen, das war einfach zu viel für Liv. Mats konnte ihr auch nicht helfen, da er neben dem normalen Tagesgeschäft einen Großauftrag für das Fest heute Abend auf dem Campingplatz zu erledigen hatte.

»Wir schaffen das schon«, redete Mats ihr gut zu.

»Was bleibt uns auch anderes übrig, wenn sie nicht kommt?«, erwiderte Liv verärgert. Während sie sprach, zog sie ihr Handy aus der Tasche ihrer Jeans und wählte Ulrikas Nummer. Es klingelte nur dreimal, dann war es still in der Leitung.

Liv nahm das Handy vom Ohr, schaute fassungslos darauf und sah anschließend Mats an. »Sie hat mich einfach weggedrückt.«

»Tja«, Mats hob ratlos die Schultern. »Was soll ich dazu sagen?«

Obwohl sie sich über Ulrika ärgerte, musste Liv schmunzeln. Mats war kein Mann großer Worte. Er packte lieber zu, wenn es nötig war. So wie jetzt.

Den Rest des Nachmittags redeten sie kaum miteinander, sondern arbeiteten schweigend Hand in Hand. Zwischendurch musste Liv immer wieder nach ihrem Vater sehen, mit der Angst im Nacken, dass er etwas angestellt hatte oder sogar das Haus verließ und sich in seinem eigenen Heimatort verlief. Solange er in Norrfällsviken blieb, war es nicht weiter schlimm, da kannten ihn alle. Aber wenn er sich draußen in den Wäldern verlief, konnte es gefährlich für ihn werden.

Als Liv an diesem Abend den Laden schloss, waren sie und Mats ziemlich geschafft.

»Bis morgen«, verabschiedete sich Mats. Dabei balancierte er die beiden gefüllten Brotkörbe für den Campingplatz auf seinem Fahrrad.

»Wenn das mal gut geht«, sagte Liv. »Und ich kann dir nicht helfen, ich muss die beiden Kleinen aus dem Kindergarten holen.«

Sie drehte sich um, als sie Stimmen vernahm. Jonna kam mit ihren beiden Freundinnen Hanna und Svea aus dem Haus. Alle drei Mädchen trugen Jeans, deren Beine abgeschnitten waren, und darüber luftige Shirts. Liv hatte ihre Tochter schon lange nicht mehr so ausgelassen gesehen.

Die drei Mädchen hatten sie und Mats noch nicht bemerkt. Sie unterhielten sich über einen Jungen aus ihrer Klasse, der Folke hieß und den sie gleich auf dem Campingplatz treffen wollten. Dabei sollte das Fest erst gegen zwanzig Uhr beginnen.

Als Jonna und ihre Freundinnen Liv und Mats bemerkten, verstummten sie und blieben stehen.

»Wollt ihr jetzt schon zum Campingplatz?«, fragte Liv überflüssigerweise. Sie hatte es ja bereits gehört.

Jonna nickte und schaute sie dabei bittend an. Liv verstand nur zu gut, was dieser Blick zu bedeuten hatte: *Bitte, bitte, sag nichts Falsches! Blamier mich nicht vor meinen Freundinnen!*

Liv lächelte. »Dann wünsche ich euch viel Spaß!«

Sie registrierte das erleichterte Aufatmen ihrer Tochter und überlegte noch, ob sie die Mädchen um Hilfe bitten konnte, als Jonna sich bereits an Mats wandte. »Sind das die Brote für den Campingplatz?«

Mats nickte.

»Wir helfen dir«, sagte Jonna. Sie und ihre Freundinnen packten sofort zu und hielten die Brotkörbe auf dem Fahrrad fest, während Mats es schob.

Lächelnd sah Liv der Gruppe nach, bevor sie sich umdrehte und in Richtung Kindergarten ging.

Emelie und Nils warteten bereits auf sie. Hand in Hand standen sie vor dem Kindergarten, zusammen mit ihrer Betreuerin Klara. Liv registrierte mit schlechtem Gewissen, dass ihre Kleinen wieder die Letzten waren, die abgeholt wurden.

Sobald sie ihre Mutter sahen, ließen Emelie und Nils sich los, liefen auf sie zu und drückten sich fest an sie.

Liv beugte sich hinunter, umarmte die beiden und küsste sie zur Begrüßung. Klara kam langsam näher und lächelte Liv freundlich an.

»Tut mir leid, dass ich schon wieder zu spät bin«, entschuldigte sich Liv.

»Kein Problem, das habe ich dir schon ein paar Mal gesagt. Es waren doch nur ein paar Minuten.«

Liv bedankte sich und beschloss, Klara am nächsten Tag

ein paar Brötchen oder eines von Mats' Broten mitzubringen. Auch wenn Klara immer wieder beteuerte, dass es ihr nichts ausmache, wenn Liv ein paar Minuten zu spät kam, so freute sie sich doch sehr, wenn Liv ihr dafür hin und wieder ein Brot oder einen Kuchen schenkte.

Auf dem Heimweg plapperten die beiden Kleinen munter drauflos und erzählten von ihrem Tag im Kindergarten. Vor allem Nils hatte seiner Mutter etwas Wichtiges zu berichten. Er und seine Kindergartengruppe hatten heute einen Ausflug in den Wald gemacht.

»Im Wald ist ein Bär gelauft«, berichtete Nils aufgeregt. Er war vor zwei Monaten drei geworden.

»Gelaufen«, berichtigte ihn die fünfjährige Emelie sofort. »Aber das stimmt nicht, da war kein Bär.«

»War doch!«, sagte Nils.

»Nein, da war kein Bär.« Emelie grinste. Es bereitete ihr größtes Vergnügen, ihren kleinen Bruder bis zur Weißglut zu reizen.

Nils zog seine Hand aus Livs und blieb stehen. Wütend stampfte er mit dem rechten Fuß auf, die kleinen Hände zu Fäusten geballt.

»Blöde Kuh!«, schrie er seine Schwester an. »Ich hab den Bär geseht, und der Leif, der hat den auch geseht.«

Mit der Grammatik hatte Nils es noch nicht so, aber das war im Augenblick Livs kleinstes Problem. Sie hasste es, wenn die Geschwister sich stritten.

Meistens waren ihre beiden Jüngsten ein Herz und eine Seele. Sie spielten viel miteinander und verstanden sich gut – bis auf die Momente, in denen Emelie ihre altersmäßige Überlegenheit ausspielte und ihren Bruder ärgerte.

»Das heißt gesehen«, berichtigte Emelie auch prompt und fügte hinzu: »Aber ihr habt keinen Bären gesehen.«

Nils' Augen wurden dunkel vor Wut. Die blonden Locken standen von seinem Kopf ab, und sein rundes Gesicht leuchtete hochrot. Er wollte sich auf seine Schwester stürzen, aber Liv fing ihn rechtzeitig ab.

»Schluss jetzt!«, sagte sie streng und hielt den zappelnden Jungen fest. »Und du hörst auf, deinen Bruder zu ärgern!«, sagte sie zu Emelie.

»Dann soll er nicht immer von Bären reden, die es nicht gibt«, erwiderte Emelie trotzig.

»Es gibt Bären in Schweden«, erwiderte Liv, verschwieg aber, dass die Tiere den Menschen meistens aus dem Weg gingen, wenn sie sie rechtzeitig bemerkten. Probleme gab es nur bei Begegnungen, die für den Bären und den Menschen gleichermaßen überraschend waren.

Zweifellos würde ein Bär eine laute Kinderschar nicht nur hören, sondern rechtzeitig das Weite suchen. Deshalb war sie nicht besonders beunruhigt und glaubte nicht so recht, dass ihr Sohn wirklich einen Bären gesehen hatte. Vielleicht war es ein Elch gewesen, ein anderer Spaziergänger, möglicherweise auch einfach nur ein Schatten. Doch sie hütete sich davor, das laut zu sagen, weil Emelie dann triumphiert hätte und Nils erst recht wütend geworden wäre.

Dafür triumphierte jetzt Nils, was Liv eigentlich auch nicht beabsichtigt hatte. »Sag ich doch«, kreischte er in Emelies Richtung. »Und wenn der Bär wiederkommt, sag ich dem, dass der dich fresst.«

»Deine Schwester wird nicht gefressen! Und ihr hört jetzt auf, euch zu streiten!« Liv schlug einen Ton an, den beide Kinder verstanden und auf den sie sofort hörten. Jedenfalls für den Augenblick.

Nils hörte auf zu zappeln, und Emelie, die den Mund schon wieder geöffnet hatte, um ihren Bruder weiter zu reizen, schloss ihn schnell. Beide Kinder schwiegen beleidigt und weigerten sich, ihr die Hand zu geben, als sie weitergingen.

Liv ließ sie gewähren. Sie wusste aus Erfahrungen, dass dieser Zustand nicht lange anhielt, und auch diesmal dauerte es nicht einmal fünf Minuten, bis die Kinder wieder munter drauflosplapperten.

Emelie schien heute jedoch ihren streitsüchtigen Tag zu haben. Noch bevor sie zu Hause ankamen, hatte sie Nils zu einem weiteren Wutausbruch gebracht. In seinen blauen Augen, die Liv so sehr an Lennart erinnerten, blitzte es wütend.

»Du blöde Kuh!«, beschimpfte er seine Schwester erneut. »Dafür werd ich mich rechnen.«

»Rächen heißt das«, kam es sofort von Emelie zurück. »Lern erst mal richtig reden, du Trottel.«

So ging es weiter, bis sie endlich zu Hause waren, wo sie von Mischlingshund Knut schwanzwedelnd begrüßt wurden. Allerdings hatte Knut eine Überraschung für Liv, und zwar eine von der unangenehmen Sorte.

Jonna war offensichtlich nicht mit ihm rausgegangen, und sie selbst hatte nicht daran gedacht, ihn mitzunehmen, als sie Emelie und Nils aus dem Kindergarten abholte. Die Bescherung lag jetzt gut sichtbar im Flur, aber ihr Vater hatte sie offenbar nicht gesehen oder einfach nicht darauf geachtet, war hineingetreten und hatte alles noch weiter verteilt, wie sie an den Fußspuren erkennen konnte.

»Immerhin weiß ich jetzt, wo Opa ist«, seufzte Liv.

Sie manövrierte ihre Kinder um die Spuren herum, sah nach ihrem Vater und sorgte dafür, dass er saubere Schuhe anzog, bevor sie Knuts Spuren beseitigte. Dann kochte sie für ihre Familie, und nach dem Abendessen brachte sie die beiden Kleinen ins Bett, las ihnen noch etwas vor und vergewisserte sich, dass auch ihr Vater zur Ruhe gekommen war.

Sie hatte sich gerade müde in einen Sessel fallen lassen, als Knut winselnd vor ihr stand.

»Du schon wieder.« Liv beugte sich vor und kraulte das dunkle Fell des Hundes. Knut stupste sie auffordernd mit der Schnauze an. Ein deutliches Zeichen, dass er wieder rausmusste.

Liv erhob sich stöhnend. Es wäre schön, einfach mal nur ruhig sitzen bleiben zu können und die Stille zu genießen. Solche Momente waren selten genug, aber sie wollte es nicht riskieren, Knuts Hinterlassenschaften noch einmal wegwischen zu müssen. Der arme Kerl konnte ja nichts dafür, wenn niemand mit ihm rausging.

Als sie erst einmal mit dem Hund draußen war, fand Liv es nicht mehr so schlimm. Die Luft war mild und salzig. Sie nahm das Rauschen der Wellen ganz bewusst wahr. Es war immer da, aber schon so sehr Bestandteil ihres Lebens geworden, dass sie es meistens nicht mehr hörte.

Lange wollte sie nicht draußen bleiben. Sie hatte keine Ruhe, wenn sie ihren Vater und die beiden Kleinen alleine im Haus wusste. Sie hatte Knut von der Leine gelassen, und er schnüffelte eifrig herum, markierte alle wichtigen Stellen und wedelte jedes Mal mit dem Schwanz, wenn er in ihre Richtung blickte, bis wieder etwas anderes seine Aufmerksamkeit erregte. Schließlich erledigte er sein Geschäft, und Liv konnte sich auf den Heimweg machen. Sie musste nicht nach Knut schauen, sie wusste auch so, dass er ihr folgte.

Sie betrat die schmale Straße, die sich durchs Dorf wand. Und dann war da plötzlich das aufheulende Motorengeräusch, und ein dunkles Geschoss fegte um die Kurve. Schreckerstarrt blieb Liv stehen. Sie erkannte die Gefahr, aber da war es bereits zu spät. Ein heftiger Schlag traf ihren Körper, sie wurde durch die Luft geschleudert. Hart schlug sie auf dem Asphalt auf, eine Schmerzwelle raste durch ihren Körper, und dann wurde alles schwarz.

»Wer alle Tage Kuchen isst, sehnt sich nach Brot.«

(Sprichwort)

Roggenmischbrot

Zutaten:

1000 g Roggen
200 g Weizenmehl
50 g Sauerteig
20 g Hefe
850 ml Wasser
20 g Salz
½ TL Anis
1 EL Fenchel, ungemahlen
1 EL Koriander, ungemahlen
1 EL Honig

Zubereitung:

Am Vortag 340 g Roggen von den 1000 g abnehmen und fein schroten. Davon 160 g abwiegen und mit dem Sauerteig und 160 ml warmem Wasser verrühren. Mit Mehl bestäuben und an einem warmen Platz etwa 4 Stunden stehen lassen.

Den restlichen Roggenschrot und etwa 220 ml Wasser dazugeben und zu einem dicken Brei vermengen. Über Nacht warm stellen.

Am nächsten Morgen den restlichen Roggen mahlen und in eine Knetschüssel geben. Eine Mulde ins Roggenmehl drücken und den Sauerteig hineinschütten. Am Rand der Schüssel Salz, Honig und Gewürze verteilen und mit etwa 450 ml warmem Wasser in den Teig kneten.

Die Hefe mit etwas Wasser und Mehl verrühren und zusammen mit dem Weizenmehl zum Teig geben. Alles ausgiebig durchkneten.

20 Minuten ruhen lassen. Dann zwei Laibe formen, auf ein mit Backpapier ausgelegtes Blech legen und noch einmal 30 Minuten gehen lassen. Bei 250 °C 20 Minuten backen, dann auf 180 °C herunterschalten und weitere 30 bis 40 Minuten backen.

— 3 —

Was für eine Schnapsidee, irgendwo mitten in der Wildnis einen Roman zu schreiben! Auf so etwas konnte nur Frederika kommen. Björn machte keinen Hehl aus seiner schlechten Laune, als er seine Agentin zu Hause abholte.

Frederika wohnte in einer zum Loft umgebauten ehemaligen Fabrikhalle in der Gyldéngatan. In der unteren Etage war ihre Agentur, oben wohnte sie.

Er klingelte kurz, setzte sich wieder ins Auto und half ihr nicht mit dem Gepäck, als sie kam. Er sprach kein Wort, als er nach Nordwesten in Richtung Odengatan startete.

Im Stadtverkehr von Stockholm ging es nur langsam voran. Björn spürte, dass Frederika ihn von der Seite betrachtete, aber er wandte nicht einmal den Kopf zu ihr um. Stur schaute er nach vorn, die Lippen fest zusammengepresst.

Spannung lag in der Luft, die sich irgendwann entladen würde. Björn wartete nur darauf, dass Frederika etwas sagte, dass sie genau das Falsche sagte, aber sie schwieg eisern, und das machte ihn erst recht wütend. Er brauchte ein Ventil, um seinen Ärger abzulassen.

Er nahm die Autobahnauffahrt mit hoher Geschwindigkeit und registrierte zufrieden, dass Frederika sich mit beiden Händen an den Türgriff klammerte. Knapp vor einem Lastwagen schoss er auf die Autobahn. Die Lichthupe des Wagens hinter ihm quittierte er mit erhobenem Mittelfinger und trat noch fester aufs Gaspedal.

Die Tachonadel neigte sich immer weiter nach rechts, und

endlich reagierte Frederika. »Muss das sein?«, herrschte sie ihn an.

Björn wusste, dass sie bei hohen Geschwindigkeiten Angst hatte. »Ja«, erwiderte er barsch, nahm aber trotzdem den Fuß vom Gas.

Er sah Frederika noch immer nicht an, nahm aber aus dem Augenwinkel ihr blasses Gesicht wahr. Er wusste, dass er rücksichtslos war, doch er konnte sich jetzt keine Schwäche erlauben. Die Wut war ihm lieber, sie machte ihn stark und unverwundbar, das hatte er schon vor einiger Zeit festgestellt. Wenn er wütend war, kam kein anderes Gefühl an ihn heran, und nichts konnte ihn verletzen.

Auf der Höhe von Söderhamn fuhr er eine Tankstelle mit angeschlossener Raststätte an. Während er tankte, besorgte Frederika zwei Becher Kaffee. Björn nahm den Becher, den sie ihm reichte, und presste ein brummiges »Danke« hervor.

»Bist du irgendwann wieder besser drauf?«, fragte Frederika.

»Das war eine Scheißidee von dir«, erwiderte er, anstatt ihre Frage direkt zu beantworten.

Frederika zuckte mit den Schultern und trank einen Schluck. Auch Björn probierte den Kaffee, der für eine Raststätte überraschend heiß und gut war.

Ihre Blicke begegneten sich, und Björn zog die Augenbrauen zusammen. In ihm brodelte es noch immer. Schuld daran war nicht nur dieses verdammte Norrfällsviken; er war in dieser Stimmung, seit er Eivors Foto gefunden hatte. Jede Erinnerung, jeder Gedanke an sie verursachten dieses Gefühl in ihm. Grenzenlose Wut, die sich kaum bezähmen ließ.

Nach zehn Minuten setzten sie ihre Reise fort, weiterhin schweigend. Björn merkte, dass er sich allmählich entspannte. Die Landschaft war wirklich atemberaubend: tiefe

Schluchten, bewaldete Berge, die bis ans Meer reichten, Fjorde und kleine Inseln in der tiefblauen Ostsee, Felsen, die senkrecht aus dem Wasser zu wachsen schienen.

Björn nahm das alles kaum zur Kenntnis und sagte kein Wort, bis sie auf die Högakustenbron fuhren, eine spektakuläre Hängebrücke, die über den Ångermanälven führte.

»Wahnsinn!«, entfuhr es ihm.

»Schön, dass es doch noch etwas gibt, was dir ein Wort entlockt«, sagte Frederika trocken.

Björn wandte kurz den Kopf, grinste sie sogar an und konzentrierte sich dann wieder auf die Straße. Die Stimmung kippte jedoch erneut, als sie kurz vor Norrfällsviken von der Autobahn abfuhren. Sie passierten ein Hinweisschild, das die Entfernung nach Östersund angab.

Kurz und heftig tippte Björn auf die Bremse, dann trat er sofort wieder aufs Gas. Der Wagen ruckte und schoss nach vorn.

Eivor lebte in Östersund. Das hatte er durch Zufall erfahren, als nach der Scheidung ein Brief ihres Anwalts irrtümlich bei ihm gelandet war. Nachdem er zwei Monate lang vergeblich versucht hatte, ihre Adresse herauszufinden, war es ein erhebendes Gefühl gewesen, dass sie ihm durch Zufall in die Hände fiel. Frederika hatte ihn damals daran gehindert, sich sofort auf den Weg zu machen und Eivor weiter nachzustellen, so wie er es schon in Stockholm gemacht hatte. Irgendwann hatte er tatsächlich eingesehen, dass es nichts brachte, aber die Wut in ihm war geblieben.

Jetzt reichte alleine der Name eines Ortes, den er mit Eivor in Verbindung brachte, um alles hochzukochen. Björn schlug mit der flachen Hand aufs Lenkrad und trat das Gaspedal noch fester. Dabei waren sie schon gar nicht mehr auf der Autobahn, sondern auf einer schmalen Straße, die sich eng und kurvig durch die Landschaft wand. Sanft abfallende Hügel mit Wiesen und Wäldern wechselten sich mit schroffen Felswänden ab.

»Verdammt, fahr endlich langsamer!«, fuhr Frederika ihn an. »Deine Raserei ist lebensgefährlich.«

»Hängst du so sehr an deinem bisschen Leben?«, knurrte er unfreundlich.

Frederika schien es kurz die Sprache zu verschlagen. »Ja, ich lebe gern«, sagte sie dann entschieden. »Und ich finde es ziemlich unverschämt, dass du nicht nur dein eigenes, sondern auch mein Leben gefährdest.«

»Ich habe dich nicht zu dieser Reise gezwungen«, erwiderte Björn und spürte tief in sich das altbekannte Pochen.

Diese Reise stand unter keinem guten Stern. Sie waren seit mehr als fünf Stunden unterwegs, die Fahrt war anstrengend gewesen, und trotzdem überlegte er, ob er nicht sofort umkehren sollte, sobald er Frederika in Norrfällsviken abgesetzt hatte.

Sie sagte nichts mehr, aber er konnte ihre Angst und Wut spüren. Die Stimmung im Wagen war explosiv. Er fuhr weiter mit überhöhter Geschwindigkeit, raste am Ortsschild von Norrfällsviken vorbei und nahm rasant die nächste Kurve.

Der Schatten war ganz plötzlich vor seinem Wagen. Instinktiv trat er hart auf die Bremse und riss gleichzeitig das Lenkrad herum, aber es war zu spät.

Neben ihm schrie Frederika laut auf, die Reifen quietschten, ein harter Schlag traf den Wagen, der Schatten draußen flog durch die Luft, und dann war alles still. Totenstill!

— 4 —

Liv war, als würde ihr Kopf explodieren. Ein gewaltiger Schmerz machte es ihr unmöglich, die Augen zu öffnen. Also ließ sie es.

Allmählich wurde ihr klar, dass nicht nur ihr Kopf schmerzte. Es kam ihr vor, als würde sie jede Stelle ihres Körpers spüren. Vor allem ihr rechtes Bein tat höllisch weh.

»Ich glaube, sie wacht auf.«

Liv hörte die Worte, ohne ihren Sinn zu erfassen. Ein Sturm tobte in ihrem Schädel, und sie hatte das Gefühl, dass er mit jeder Sekunde heftiger wurde.

»Liv?« Die Stimme, die ihren Namen rief, war ganz nah, und diesmal schaffte sie es, die Augen zu öffnen.

Alles war verschwommen, ein heller Fleck erschien direkt über ihrem Kopf. Als ihr Blick klarer wurde, erkannte sie das Gesicht einer Frau.

»Liv, wie geht es dir?«, fragte sie.

Liv war sich nicht sicher, ob sie die Frau kannte. Ihr fiel kein Name zu dem Gesicht ein, und doch kam es ihr vage bekannt vor.

»Ich bin es, Frederika«, sagte die Stimme über ihr.

Frederika? Da klingelte etwas, ganz hinten in ihren Erinnerungen. Sie würde später darüber nachdenken, wenn ihr Kopf nicht mehr so wehtat.

Liv schloss die Augen wieder, aber gleich darauf hörte sie eine zweite Stimme, die sie nicht zur Ruhe kommen ließ.

»Liv!« Diesmal war es ein Mann, der sprach. Er klang fordernd.

Liv hielt die Augen geschlossen. Sie wollte nichts hören, wollte nichts sehen. Was war überhaupt los mit ihr? Wieso hatte sie so schreckliche Schmerzen?

Und dann kehrte die Erinnerung zurück: Knut, der Spaziergang, der dunkle Schatten, der rasend schnell auf sie zukam, der Aufprall ...

Liv riss die Augen auf.

»Ganz ruhig«, sagte die männliche Stimme. Das Gesicht dazu konnte sie nicht sehen, weil sich die Frau namens Frederika jetzt wieder über sie beugte.

»Du hattest einen Unfall«, sagte sie. »Und jetzt bist du im Krankenhaus. Das ist Dr. Norberg.« Frederika wies auf den Mann, der neben ihr stand. Sie griff nach Livs Hand und streichelte sie. »Alles ist gut«, sagte sie.

Nichts war gut! Ihre Kinder und ihr Vater waren alleine zu Hause. Und was war mit Knut? Selbst um ihren Hund machte Liv sich Sorgen. Sie versuchte sich aufzurichten und stöhnte laut, als das Pochen in ihrem Kopf unerträglich wurde.

Frederika drückte sie sanft zurück aufs Kissen. »Du musst liegen bleiben«, sagte sie besorgt.

»Das kann ich nicht«, stammelte Liv verzweifelt. »Meine Kinder, mein Vater! Ich kann sie nicht alleine lassen.«

»Ich werde mich um alles kümmern«, versprach Frederika, und bei diesem Satz hatte Liv auf einmal das Bild einer jungen Frau vor Augen: Frederika vor vielen, vielen Jahren.

So lange war das alles schon her! Liv war damals noch ein Kind gewesen. Frederika, die immer so nett zu ihr gewesen war, die versprochen hatte, sich um sie zu kümmern – und die dann plötzlich weg gewesen war. Von einem Tag auf den anderen.

»Das geht nicht.« Liv wollte den Kopf schütteln, aber selbst die kleinste Bewegung verursachte ein hartes Pochen unter ihrer Schädeldecke. »Das hast du schon einmal gesagt«, sagte sie so leise, dass Dr. Norberg sie nicht hörte.

»Natürlich geht das«, sagte Frederika beschwichtigend. »Du musst dir um nichts Gedanken machen. Deinen Kindern wird es an nichts fehlen, das verspreche ich dir.« Hastig fügte sie hinzu: »Und dieses Mal werde ich mein Versprechen halten.«

»Jonna ist fünfzehn, die kommt schon klar«, sagte Liv. »Aber Emelie und Nils sind noch so klein. Und mein Vater hat Alzheimer.« Das Erschrecken in Frederikas Augen entging ihr nicht. »Er muss ständig beaufsichtigt werden, und ausgerechnet diese Nacht ist Jonna nicht zu Hause.«

»Ich werde mich um alles kümmern«, versprach Frederika noch einmal. »Und ich werde dich ständig auf dem Laufenden halten, damit du weißt, was zu Hause passiert.«

Liv war immer noch besorgt. Sie wollte so schnell wie möglich nach Hause, aber Dr. Norberg erklärte ihr, dass sie gleich am nächsten Morgen wegen eines komplizierten Bruches am rechten Wadenbein operiert werden müsse.

Liv war völlig fertig. Sie musste operiert werden, während zu Hause drei Kinder und ihr Vater auf sie warteten. Heiße Tränen liefen ihr über die Wangen.

»Nicht weinen«, bat Frederika, aber ihre Stimme klang, als würde sie selber gleich in Tränen ausbrechen. »Ich habe dir versprochen, dass ich für deine Familie sorgen werde, und du kannst dich auf mich verlassen.«

»Ich gebe ihr jetzt ein Beruhigungsmittel.« Die Stimme Dr. Norbergs klang gedämpft und schien sich immer weiter zu entfernen. »Sie braucht jetzt vor allem Ruhe und ...«

Den Rest bekam Liv schon nicht mehr mit. Etwas schien sie einzuhüllen, ihr die Schmerzen zu nehmen und sie mit tiefer Ruhe zu erfüllen.

— 5 —

Unruhig tigerte Björn den Krankenhausgang auf und ab. Sobald er sich auf einen der Stühle im Wartebereich setzte, sah er wieder den Schatten vor seinem Wagen auftauchen, glaubte er wieder den Aufprall zu hören und nahm erneut seine unruhige Wanderung auf.

Der Schock in ihm saß tief. Im ersten Augenblick, als er die Frau vor sich auf der Straße liegen sah, war er davon überzeugt gewesen, dass sie nicht mehr lebte. Er hatte einen Menschen totgefahren! Der Gedanke war so ungeheuerlich, dass er ihn lähmte und ihm den Atem nahm.

Frederika war vor ihm aus dem Wagen gesprungen. Er selbst hatte eine ganze Weile gebraucht, bis er ebenfalls aussteigen konnte. Als er es endlich schaffte, seinen Sicherheitsgurt zu lösen und die Tür auf seiner Seite zu öffnen, hatten sich bereits die ersten Schaulustigen aus dem Dorf eingefunden und Frederika hatte über ihr Handy den Notdienst gerufen.

Im ersten Moment war Björn erleichtert gewesen, weil die Frau doch nicht tot war, aber das Gefühl hielt nicht lange an. Die Angst, dass sie es nicht schaffen und auf dem Weg zum Krankenhaus sterben würde, hatte ihn nicht mehr losgelassen.

Er bekam nur am Rande mit, dass einige der Schaulustigen Frederika von früher kannten und ihr sagten, wer die Frau war, die er angefahren hatte. Frederika hatte sehr erschrocken gewirkt. Ihm gegenüber war sie kühl und abweisend gewesen. Und sie hatte allen Grund dazu, schließlich hatte er mit seiner sinnlosen Raserei eine Frau in Lebensgefahr gebracht.

Seitdem hatte Frederika kaum noch ein Wort mit ihm gewechselt. Sie war mit der Verletzten ins Krankenhaus gefahren, und er hatte nichts anderes machen können, als dem Rettungswagen zu folgen und hier auf Neuigkeiten zu warten. Er wusste nicht, wie lange er schon hier herumlief. Es mochten wenige Minuten oder auch viele Stunden vergangen sein.

Endlich kam Frederika, und sie war offensichtlich immer noch wütend auf ihn.

»Wie geht es ihr?«

»Den Umständen entsprechend.«

Björn zog finster die Augenbrauen zusammen. Mit dieser Antwort konnte er überhaupt nichts anfangen. »Aber sie lebt?«, knurrte er.

»Was nicht unbedingt dein Verdienst ist.«

»Verdammt, Frederika, es tut mir leid, was passiert ist, aber kannst du mir endlich sagen, was mit ihr ist?«

»Sie hat eine schwere Gehirnerschütterung und einen komplizierten Beinbruch.« Frederikas Stimme klang sachlich, und gerade das bereitete ihm Unbehagen. Mit ihrer Wut konnte er besser umgehen als mit dieser kühlen Sachlichkeit, die eine deutliche Distanz zwischen ihnen schuf.

»Okay«, sagte er, »ich werde ihr morgen einen Blumenstrauß schicken.«

Frederika schaute ihn nach wie vor mit unbewegter Miene an. »Sie muss operiert werden«, ergänzte sie.

Björn seufzte tief auf. »Ist ja gut, ich werde mich entschuldigen.«

»Du wirst weitaus mehr tun als das, mein Lieber«, sagte

Frederika, und diesmal klang ihre Stimme dumpf und bedrohlich.

Er hob hilflos die Hände. »Was genau erwartest du von mir?«

»Liv ist alleinerziehend. Sie hat drei Kinder.« Frederika machte eine kurze Pause, als wolle sie diese Worte erst auf ihn wirken lassen, bevor sie zum entscheidenden Schlag ausholte: »Und um die wirst du dich kümmern, bis Liv dazu wieder selbst in der Lage ist.«

Er sollte sich um drei Kinder kümmern? Björn musste sich verhört haben, das konnte Frederika nicht von ihm verlangen! Er schüttelte nur den Kopf, immer wieder, bis ihm klar wurde, dass sie es tatsächlich ernst meinte.

»Ich hasse Kinder!«, stieß er hervor.

Frederika überhörte seinen Einwand einfach. »Diesmal wirst du ausbaden, was du angerichtet hast«, sagte sie und pikste ihm bei jedem Wort mit dem Zeigefinger in den Bauch.

Er trat bei jedem Pikser einen Schritt zurück, bis er mit dem Rücken an der Wand stand. »Du kannst mich nicht dazu zwingen.«

Frederika wirkte mit einem Mal sehr müde. »Nein, das kann ich nicht«, gab sie zu. »Aber wenn du dich nicht um diese Kinder kümmerst, werden sich unsere Wege hier und jetzt für immer trennen. Ich will dich dann nicht mehr sehen und nie wieder etwas mit dir zu tun haben.«

Björn erschrak und wunderte sich gleichzeitig darüber, wie sehr ihm diese Drohung zusetzte. Frederika war immer für ihn da gewesen, sie war in den letzten Jahren zu einer Selbstverständlichkeit in seinem Leben geworden. Der einzige Mensch, dem er noch vertraute, fast eine Art Freundin. Er hätte ihr gern gesagt, dass sie sich zum Teufel scheren sollte, aber er brachte die Worte nicht über seine Lippen.

»Fahren wir«, sagte Frederika. »Ich hoffe, die Kinder haben noch nicht bemerkt, dass ihre Mutter nicht da ist.«

»Kannst du dich nicht um die Kinder ...« Björn brach ab, als er Frederikas Blick bemerkte.

Gleich darauf hatte er eine, wie er glaubte, geniale Idee. »Ich stelle jemanden ein, der sich um sie kümmert«, sagte er eifrig und zog schon sein Handy aus der Hosentasche.

Frederika hielt seinen Arm fest. »So einfach machst du es dir diesmal nicht«, sagte sie sehr bestimmt. »Du kümmerst dich um die Kinder, und ich werde ein Auge darauf haben, dass es den dreien gut geht.«

Frederika drehte sich um und ging. Sie gab ihm damit deutlich zu verstehen, dass die Diskussion beendet war.

Björn folgte ihr. Seine Miene verfinsterte sich, als er die Beule vorn in seinem Wagen sah. Er beugte sich hinab und strich mit dem Finger darüber. Als er sich wieder aufrichtete, sah er direkt in Frederikas Gesicht. So wütend hatte er sie noch nie angesehen.

Liv und ihre Familie wohnten in einem der rot gestrichenen Holzhäuser direkt am Wasser. Daran angebaut war ein weiteres Gebäude, in dem sich eine Bäckerei und ein Café befanden.

Eine Treppe führte zum Wohnhaus. Als Björn davor parkte, sah er einen älteren Mann, der auf den Stufen vor der Haustür hockte. Neben ihm saß ein schwarzer Hund, der leise knurrte, als Björn und Frederika aus dem Wagen stiegen.

Der Mann starrte sie an. Als sie näher kamen, sagte er mit weinerlicher Stimme: »Ulla ist nicht da.«

»Wer ist Ulla?«, wollte Björn wissen.

»Seine Frau«, erwiderte Frederika leise. »Sie ist vor fünfundzwanzig Jahren gestorben.«

»Du lieber Himmel!«, stieß Björn hervor. »Warum habe ich mich auf diesen ganzen Mist nur eingelassen?«

Möglicherweise war es der verärgerte Klang seiner Stimme, vielleicht konnte der Hund ihn auch einfach nicht leiden, was durchaus auf Gegenseitigkeit beruhte. Jedenfalls verstärkte das Tier sein Knurren und fletschte die Zähne. Björn schielte hinter sich und schätzte die Entfernung zwischen sich und seinem Wagen ab, durchaus bereit, Frederika diesem Köter und damit ihrem Schicksal zu überlassen. Schließlich hatte sie ihn in diesen ganzen Schlamassel hineingezogen.

»Ist ja schon gut«, sagte Frederika und streckte dem Hund die Rückseite ihrer Hand entgegen.

Der Hund hörte auf zu knurren, stand auf, zögerte noch einen Moment und kam dann langsam auf sie zu. Er schnupperte an ihrer Hand, winselte leise und begann mit dem Schwanz zu wedeln. Er ließ zu, dass Frederika zu dem alten Mann trat.

Sie beugte sich zu ihm hinunter und strich ihm über das graue Haar. »Hej, Villiam«, sagte sie leise. »Kennst du mich noch?«

Villiam schaute sie an, er schien ihre Frage verstanden zu haben. »Ja«, sagte er, »du bist die Frau von Sverker.«

»Nein«, sagte Frederika und schüttelte den Kopf. Björn konnte ihr Gesicht nicht sehen, weil sie ihm den Rücken zuwandte, aber er hörte, dass ihre Stimme traurig klang.

»Ich bin Frederika«, sagte sie. »Ich bin wieder da.«

»Aber Ulla ist nicht da«, sagte Villiam.

»Ich weiß.« Frederika nickte. »Aber ich bin jetzt da und werde mich um dich kümmern.«

Der alte Mann schien einverstanden zu sein. Er ließ sich von Frederika ins Haus bringen.

Björn folgte den beiden und wartete unten im Hausflur, während Frederika den alten Mann nach oben brachte. Er und der schwarze Hund beäugten sich misstrauisch. Dann wandte Björn den Blick ab und sah sich interessiert um. Besonders elegant wohnten diese Liv und ihre Kinder nicht.

Der Flur war weiß gestrichen, ein bunter Läufer lag auf den Holzdielen. Neben der Tür standen Schuhe in unterschiedlichen Größen. An der Garderobe hingen Mäntel und eine Hundeleine.

Die Tür geradeaus stand weit offen und gab den Blick ins Wohnzimmer frei. Auch dieser Raum war einfach eingerichtet, mit weißen Möbeln und bunten Teppichen. Nichts, was Björns Anspruch genügt hätte – bis auf den Blick durch die Glasfront am Ende des Wohnzimmers. Hinter einem großen Fenster und einer gläsernen Tür befand sich eine Veranda, die genau über dem Wasser lag.

Björn hätte sich das gerne näher angesehen, aber als er einen Schritt nach vorn machte, knurrte der Hund ihn wieder an und zeigte seine Zähne.

»Halt die Klappe«, zischte Björn, wagte es aber nicht, sich vom Fleck zu bewegen.

Es dauerte mindestens eine halbe Stunde, bis Frederika wiederkam und ihm mitteilte, dass die beiden Kleinen in ihren Betten lagen und schliefen und auch Villiam jetzt zur Ruhe gekommen war.

»Jonna, Livs fünfzehnjährige Tochter, ist heute Nacht nicht da«, fügte sie noch hinzu. »Ich bin dann jetzt weg.« Sie wandte sich zum Gehen. »Bis morgen.«

Björn spürte Panik in sich aufsteigen. »Bitte, lass mich hier nicht allein!«, bat er.

»Ich bin morgen ganz früh wieder da«, sagte sie.

»Ich kann das nicht«, stieß er hervor.

Frederika, die schon an der Tür stand, drehte sich langsam um. Der Ausdruck in ihren Augen war unerbittlich. »Schon gut, dann bleibe ich«, sagte sie, doch bevor er erleichtert aufatmen konnte, fuhr sie fort: »Aber du kennst die Konsequenzen. Du kannst verschwinden, und unsere Wege trennen sich für immer.«

»Nimm wenigstens den Köter mit«, sagte Björn flehend. Das schwarze Untier grummelte immer noch und zeigte die Zähne, sobald Björn ihn anschaute. Er war davon überzeugt, dass dieses Vieh ihn bei der erstbesten Gelegenheit beißen würde.

»Der Hund gehört den Kindern, und den werde ich ihnen nicht auch noch wegnehmen, nachdem du schon ihre Mutter außer Gefecht gesetzt hast. Sei nett zu ihm, dann ist er auch nett zu dir.«

Björn sah den Hund an, und der fletschte die Zähne. Es sah aus, als würde er ihn anlächeln, aber Björn spürte die Abneigung, die ihm entgegenschlug und die er aus vollem Herzen erwiderte.

Überraschend lenkte Frederika ein. »Also gut«, sagte sie, »heute Abend nehme ich ihn mit. Nicht deinetwegen«, fügte sie hinzu, »sondern weil der arme Hund heute schon genug mitgemacht hat.«

Sie ging, und als sie den Hund lockte, folgte er ihr sofort. Dann war Björn allein und hatte endlich Gelegenheit, sich in aller Ruhe im Haus umzusehen.

Rechts ging es in die Küche. Auch hier war die Einrichtung nicht sonderlich spektakulär. Björn verzog geringschätzig das Gesicht. Ein alter Herd, darüber ein Regal, in dem Töpfe gestapelt waren, keine Dunstabzugshaube. Die Stühle, die um den Tisch gegenüber gruppiert waren, passten nicht zueinander. Alles war sauber, aber nicht besonders ordentlich. Offensichtlich ließ Liv zu, dass ihre Sprösslinge ihre Spielsachen überall im Haus verteilten. An einer Wand hingen Bilder, die wahrscheinlich die Kinder gemalt hatten.

Björn öffnete den Kühlschrank. Besonders üppig gefüllt war er nicht, aber es gab Käse und Wurst, und in einem Schrank neben dem Kühlschrank fand er Brot, das überraschend gut und frisch schmeckte. Er trank ein Glas Wasser und machte sich dann auf die Suche nach einer Schlafstätte.

Das Sofa im Wohnzimmer war viel zu kurz und zu schmal. Er ging nach oben, schob vorsichtig eine Tür auf, die ohnehin nur angelehnt war, und stand offensichtlich im Schlafzimmer der Frau, die er über den Haufen gefahren hatte. Ein Kleid hing auf einem Bügel am Kleiderschrank, auf der Kommode lagen zarte Dessous.

Björn hatte dafür keinen Blick. Das weiße Bett sah einladend und gemütlich aus. Er ging noch einmal nach unten, holte seine Reisetasche aus dem Wagen und zog sich in Livs Schlafzimmer zurück. Mit seinem Pyjama bekleidet legte er sich ins Bett.

Danach lag er lange wach. Immer wieder holte ihn das Erlebte ein, sah er diesen Schatten vor seinem Wagen, hörte er den dumpfen Aufprall. Irgendwann schlief er vor Erschöpfung ein.

Björn wusste sofort, wo er war und weshalb er in diesem ungewohnten Bett lag, als er durch Kinderstimmen geweckt wurde.

»Emelie, da liegt ein fremder Mann in Mamas Bett!«

Die Stimme war ganz nah, das Kind musste sich unmittelbar vor ihm befinden.

Nils, drei Jahre alt, und Emelie, fünf, resümierte er in Gedanken. Das war alles, was er über die Kinder wusste. Gesehen hatte er sie noch nie, und dieses erste Kennenlernen wollte er so lange wie möglich hinauszögern, deshalb hielt er die Augen fest geschlossen.

»Was macht der da?«, hörte er Emelie rufen. »Schmust der mit Mama?«

»Mama ist nicht da«, rief Nils zurück.

Nein, die Mama der beiden Kinder war nicht da. Sie lag im Krankenhaus, und er war daran nicht ganz unschuldig.

Tappende Kinderfüße waren zu hören. Sie kamen näher und blieben vor dem Bett stehen.

»Glaubst du, das ist ein Verliebter von Mama?«, fragte Nils.

»Nein«, hörte Björn das Mädchen antworten, »dazu ist der viel zu hässlich.«

»Aber warum liegt der dann in Mamas Bett?«

»Weiß ich doch nicht«, sagte Emelie.

Björn hätte es erklären können, aber er stellte sich weiterhin schlafend und haderte innerlich mit sich selbst. Wenn er vor vierundzwanzig Stunden auch nur ansatzweise geahnt hätte, was alles passieren würde, hätte er sich nie auf Frederikas dämlichen Vorschlag eingelassen.

Es blieb eine ganze Weile still vor dem Bett. Dennoch wusste Björn genau, dass die Kinder immer noch dastanden und wahrscheinlich auf etwas warteten. Außerdem spürte er, dass sie ihn anstarrten. Es war ein unangenehmes Gefühl, und es fiel ihm immer schwerer, die Augen geschlossen zu halten.

»Wann wird der endlich wach?«, fragte Emelie schließlich. »Ich will wissen, wo Mama ist.«

»Ich hab Pipi in der Hose«, sagte Nils weinerlich.

Björn wurde heiß und kalt. Er hatte erwartet, dass diese Gören zumindest stubenrein waren.

»Und ich hab Hunger«, sagte der Junge. »Wo ist Mama?«

»Frag ihn mal!«, forderte Emelie ihren Bruder auf.

»Der schlaft doch noch«, sagte Nils. »Wenn Mama die Augen zuhat, dürfen wir sie auch nicht wecken.«

»Vielleicht ist der tot«, überlegte Emelie. »Ich glaube, wenn die Leute tot sind, liegen sie auch einfach nur rum, und irgendwann stinken sie, hat Jonna mal gesagt.«

Etwas berührte Björns Gesicht, dann vernahm er ein schnüffelndes Geräusch, und was auch immer ihn berührt hatte, entfernte sich wieder.

»Nein, der stinkt nicht«, sagte Nils. »Der lebt noch.«

»Aber du stinkst«, erwiderte Emelie ohne jeden Vorwurf in der Stimme. »Ich glaube, da ist nicht nur Pipi in deiner Hose.«

Björn roch es jetzt auch, ihm wurde übel.

Wieder blieb es eine ganze Weile still, und dann spürte Björn kleine Finger auf seinem Gesicht, die sein rechtes Lid nach oben zogen.

»Der hat ein Auge auf«, sagte der Junge. »Der ist halbwach. Kann ich ihn jetzt fragen, oder muss ich warten, bis der ganz wach ist?«

Björn kapitulierte. Es hatte keinen Zweck, noch länger zu warten und darauf zu hoffen, dass Frederika kam. Er musste sich der Situation und besonders diesen Kindern stellen. Er öffnete die Augen.

»Ich bin ganz wach«, knurrte er.

Die beiden Kinder betrachteten ihn eher interessiert als eingeschüchtert.

»Wenn er die Augen aufhat, ist er nicht ganz so hässlich«, sagte Emelie.

»Ist mir egal, wie der ausseht«, erwiderte Nils. »Ich will wissen, wo meine Mama ist.«

»Aussieht«, berichtigte Björn den Jungen, nicht aus erzieherischen Gründen, sondern um Zeit zu gewinnen.

Nils ignorierte den Einwand und stampfte mit dem Fuß auf. »Ich will meine Mama!«

Björn setzte sich auf. »Tja«, sagte er gedehnt und klang ziemlich hilflos, »da gibt es ein kleines Problem. Oder vielmehr ein ziemlich großes.«

Verdammt, wie sollte er zwei kleinen Kindern klarmachen, dass ihre Mutter im Krankenhaus lag? Und dass sie das ihm zu verdanken hatten?

Okay, den zweiten Teil konnte er getrost unterschlagen, das musste er den Kindern nicht unbedingt auf die Nase binden.

Björn hätte gerne ein paar Minuten Zeit für sich gehabt, um sich die passenden Worte in Ruhe zurechtzulegen. Er war Schriftsteller, ihm würde schon das Richtige einfallen.

»Ich habe eine gute Idee«, sagte er zu den beiden. »Ich gehe ganz schnell unter die Dusche, ihr bereitet inzwischen das Frühstück vor, und dann erzähle ich euch genau, was passiert ist.«

Leider fanden die Kinder seinen Vorschlag nicht so gut wie er.

Emelie schüttelte den Kopf. »Das können wir nicht«, sagte sie. »Wir haben noch nie Frühstück gemacht, das macht immer Mama.«

»Scheiße!«, entfuhr es Björn.

Emelie starrte ihn vorwurfsvoll an, aber Nils schlug die Hand vor den Mund und kicherte.

»Er hat Scheiße gesagt.« Nils schien sich richtig darüber zu freuen.

»Das sagt man nicht«, empörte sich Emelie.

»Scheiße! Scheiße! Scheiße!« Nils sang das Wort und drehte sich dabei im Kreis.

»Nils!« Emelie stemmte beide Hände in die Hüften und schaute ihren Bruder strafend an.

Kleine Wichtigtuerin, dachte Björn und ahnte zu diesem Zeitpunkt noch nicht, wie sehr sich das in der nächsten Zeit bestätigen sollte.

»Er hat das gesagt, nicht ich«, verteidigte sich Nils und zeigte mit dem Finger auf Björn.

»Du hast das sogar dreimal gesagt«, stellte Emelie richtig. Dann zeigte sie ebenfalls auf Björn. »Und nur weil der da das gesagt hat, heißt das nicht, dass du das auch sagen darfst.«

»*Der da* heißt übrigens Björn«, brummte Björn. »Und *der da* möchte jetzt gerne unter die Dusche. Danach erzähle ich euch, wo eure Mama ist.« Vor allem wollte er dem Gestank entfliehen, den der kleine Junge verströmte.

»Ich will aber jetzt wissen, wo meine Mama ist!«, begehrte Nils weinerlich auf.

»Ein paar Minuten wirst du wohl noch warten können«, sagte Björn streng.

»Nee, kann er nicht«, mischte Emelie sich ein. »Riechst du das denn nicht? Jemand muss ihm den Popo sauber machen und ihm eine andere Hose anziehen.«

Björn brach der Schweiß aus, weil er ahnte, was da auf ihn zukam. »Kannst du das nicht machen?«, wandte er sich hoffnungsvoll an Emelie.

Das Mädchen sah ihn entsetzt an, wich einen Schritt zurück und hob abwehrend beide Hände. »Ich mach die Nilsstinke nicht weg.«

Nils stand neben seiner Schwester und ließ den Kopf hängen. »Ich mach nicht mehr in die Hose«, sagte er. Eine dicke Träne rollte über seine Wange, und Björn spürte, wie peinlich dem kleinen Jungen dieses Malheur war.

Plötzlich tauchte ein Bild vor seinem inneren Auge auf: er selbst als kleiner Junge, der vor Unsicherheit seine Hosen vollgemacht hatte, obwohl er dafür eigentlich schon zu alt war. Älter sogar als der Kleine vor ihm.

Björn verspürte Mitleid mit Nils. Er schob die Decke beiseite, schwang seine Beine über die Bettkante, stand auf und legte eine Hand auf die Schulter des Jungen, wohl wissend, dass die Aufgabe, die vor ihm lag, ihn all seine Überwindung kosten würde. »Wir Männer, wir schaffen das schon, nicht wahr?«, sagte er aufmunternd.

Nils blickte zu ihm auf, fühlte sich offensichtlich geschmeichelt und nickte vertrauensvoll. Zusammen zogen die beiden ab ins Bad.

— 6 —

Die Operation sollte im Laufe des Vormittags stattfinden, aber Livs Sorge um die Kinder war stärker als ihre Angst.

Sie hörte kaum zu, als der Arzt ihr den Eingriff erklärte. Obwohl es noch früh am Morgen war, hatte Dr. Norberg schon wieder Dienst. Oder war er immer noch da?

Livs Kopf fuhr herum, als die Tür zu ihrem Krankenzimmer geöffnet wurde.

»Mama!« Jonna flog auf sie zu und umarmte sie.

Über die Schulter ihrer Tochter hinweg sah Liv Frederika, die langsam näher kam, während Jonna in ihren Armen laut aufschluchzte.

»Ich komme später noch einmal«, verabschiedete sich der Arzt und verließ das Zimmer.

»Ist schon gut.« Liv strich ihrer Tochter über das blonde Haar.

»Jonna kam gerade von der Freundin, bei der sie übernachtet hatte«, erklärte Frederika. »Wir haben uns vor deinem Haus getroffen. Ich habe ihr erzählt, was passiert ist, und da wollte sie sofort zu dir. Ich habe mir übrigens dein Fahrrad geliehen, um zusammen mit Jonna hierherzufahren.«

Liv nickte. Das Krankenhaus lag nur fünf Kilometer von Norrfällsviken entfernt im Nachbarort, aber Frederika schien die Fahrt ganz schön angestrengt zu haben. Ihr Gesicht war hochrot.

»Wie geht es den beiden Kleinen und meinem Vater?«, wollte Liv wissen.

»Ich war nur kurz im Haus«, berichtete Frederika. »Da war noch alles ruhig. Wir bleiben auch nicht lange und fahren gleich zurück. Ich komme dann später noch einmal vorbei.« Frederika lächelte. »Du musst dir keine Sorgen machen. Björn ist bei den Kindern, und ich unterstütze ihn natürlich.«

Jonna hob den Kopf und sah Frederika fragend an. »Björn? Ist das der Mann, der Mama über den Haufen gefahren hat?« Ihre Stimme klang wütend.

Frederika wirkte hilflos, zuckte mit den Schultern und nickte dann. »Es tut ihm schrecklich leid.« Ihre Stimme klang beschwichtigend, und sie schaute Liv an, obwohl Jonna die Frage gestellt hatte. »Ich gebe zu, Björn war zu schnell, aber du bist so plötzlich auf der Straße gestanden, selbst ich habe dich erst im letzten Moment gesehen, und dann war es auch schon passiert.«

»Ich kann mich nicht erinnern«, sagte Liv. »Ich weiß nur, dass ich mit Knut spazieren gegangen bin, und als ich wieder aufgewacht bin, lag ich im Krankenhaus.« Angstvoll schaute sie Frederika an. »Glaubst du wirklich, dass meine Kinder bei diesem Mann gut aufgehoben sind?«

»Ja, ganz bestimmt. Ich würde mich selbst um sie kümmern, aber was ist dann mit der Bäckerei? Erinnerst du dich noch an meinen Käsekuchen, den du als Kind so gerne gegessen hast, Liv? Ich werde dir heute Nachmittag ein Stück mitbringen. Und wenn ich in der Backstube stehe, ist deine Familie ja direkt nebenan.«

»Und ich bin doch auch noch da«, ergänzte Jonna und nahm ihre Mutter ganz fest in den Arm. Ihre Stimme klang kriegerisch, als sie fortfuhr: »Ich passe schon auf, dass Emelie und Nils nichts passiert.«

»Du musst dir keine Sorgen machen«, versicherte Frederika. Sie beugte sich vor und strich über Livs Schulter. »Es wird alles gut. Denk jetzt nur an dich, umso schneller wirst du gesund.«

Als ob das so einfach wäre. Liv konnte ihre Gedanken nicht einfach so abstellen, und die drehten sich nun einmal ausschließlich um ihre Kinder und ihren Vater.

»Mein Vater ...«, fing sie an, aber diesmal ließ Frederika sie nicht aussprechen.

»Ich weiß«, fiel sie ihr ins Wort. »Ich habe gestern schon bemerkt, dass er ziemlich verwirrt ist. Er hat mich nicht erkannt.«

»Die meisten Menschen erkennt er nicht mehr«, sagte Liv. »Und dich hat er ja schon seit vielen Jahren nicht mehr gesehen.«

»Ich weiß«, erwiderte Frederika. Ihre Stimme klang belegt, ihre Miene wirkte betroffen. Sie sah Liv nicht an, als sie fortfuhr: »Es ist traurig, ihn so zu sehen. In meiner Erinnerung ist er immer noch der starke Mann von früher, den nichts aus der Bahn werfen konnte.«

Warum bist du damals so plötzlich verschwunden? Die Frage lag Liv auf der Zunge, doch sie kam nicht dazu, sie auszusprechen. Frederika wechselte abrupt das Thema.

»Du willst bestimmt ein paar von deinen Sachen haben. Was sollen wir dir mitbringen, wenn wir dich heute Nachmittag besuchen?«

»Ja, Mama.« Jonna richtete sich auf, blieb aber auf der Bettkante sitzen. »Du brauchst doch bestimmt Nachthemden, Unterwäsche, deine Zahnbürste. Soll ich dir ein Buch mitbringen oder ein paar Zeitschriften besorgen?«

Liv fuhr sich mit beiden Händen durchs Gesicht. »Als ob ich mich darauf jetzt konzentrieren könnte.«

»Schon gut.« Jonna tätschelte ihr den Arm. »Ich packe einfach ein paar Sachen ein.«

Liv nickte mutlos. »Pass bitte gut auf deine Geschwister auf«, bat sie.

»Du kannst dich auf mich verlassen.« Jonna sah zu Frederika hinüber. »Und auf Frederika auch, da bin ich mir ganz sicher, auch wenn ich sie eben erst kennengelernt habe.«

Liv sagte nichts dazu. Sie konnte Frederika ihr Vertrauen nicht aussprechen, weil diese Frau sie schon einmal bitter enttäuscht hatte, vor etwas mehr als zwanzig Jahren: Frederika war damals ohne Erklärung verschwunden, hatte die Wunde wieder aufgerissen, die der Tod der Mutter bei ihr hinterlassen hatte.

Immer wieder hatte Liv gefragt, warum sie gegangen war. Nicht nur sich selbst, sondern vor allem ihren Vater, der es doch eigentlich wissen musste, weil er von morgens bis abends mit Frederika zusammengearbeitet hatte. Aber auch er hatte es nicht gewusst, oder zumindest hatte er das behauptet.

Irgendwann hatte Liv aufgehört zu fragen, ihr Leben ging weiter. Sie begann ihre Ausbildung als Bäckerin, lernte Lennart kennen und verliebte sich in ihn. Dann kamen die Kinder und schließlich die schreckliche Nacht, in der sie Lennart für immer verlor ...

»Wir müssen die Patientin jetzt zum Röntgen bringen.« Zwei Krankenschwestern waren ins Zimmer gekommen. Eine der beiden stellte sich ans Fußende des Bettes und löste mit dem Fuß die Bremspedale an den Rädern.

Jonna war aufgestanden, hielt Livs Hand aber ganz fest, als wolle sie sie nie wieder loslassen. In den Augen des Mädchens schimmerten Tränen.

»Es wird alles gut«, versprach Liv, obwohl sie selbst Angst

hatte. Vor der Operation, vor der Ungewissheit – ach, da war ein ganzer Wust an Gefühlen, die sie nur mühsam unter Kontrolle halten konnte.

Jonna hielt ihre Hand weiter fest, ging neben dem Bett her, als Liv zur Tür geschoben wurde. Erst als Frederika dazukam und eine Hand auf die Schulter des Mädchens legte, ließ Jonna sie los.

Liv lächelte, obwohl ihr eher nach Weinen zumute war. Das alles hatte sie nur diesem Raser zu verdanken, und ausgerechnet dieser Mann, der sich schon durch seine Fahrweise als absolut verantwortungslos erwiesen hatte, sollte sich um ihre Kinder kümmern.

»Liv«, sprach eine der Krankenschwestern sie an. »Alles in Ordnung?«

Liv nickte, obwohl überhaupt nichts in Ordnung war.

Die Krankenschwestern schoben das Bett aus dem Zimmer.

Liv fühlte sich schrecklich hilflos. Es gab nichts, was sie tun konnte.

»Wenn sie kein Brot mehr haben, sollen sie doch Kuchen essen.«

(Jean-Jacques Rousseau, *Bekenntnisse*)

Käsekuchen aus Småland

Zutaten:

4 Eier
50 g Zucker
100 g gemahlene Mandeln
50 g Mehl
400 g Hüttenkäse
300 g Schlagsahne
Butter
Kompott oder Schlagsahne nach Geschmack

Zubereitung:

Die Eier schlagen, den Zucker dazugeben und so lange rühren, bis eine cremige Masse entstanden ist. Nach und nach die gemahlenen Mandeln, das Mehl und den Hüttenkäse einrühren.

Die Sahne steif schlagen und unter den Teig heben. Eine Springform (26 cm) mit Butter einfetten und den Teig hineingießen.

Den Käsekuchen im vorgeheizten Backofen bei 175 °C ca. eine Stunde backen, bis die Oberfläche angebräunt ist.

Serviert wird der Kuchen warm mit Kompott und geschlagener Sahne.

— 7 —

Es war wirklich widerlich gewesen. Als Björn endlich unter der Dusche stand, glaubte er immer noch den Gestank in der Nase zu haben und musste einen Würgereflex unterdrücken.

Nils war es sehr peinlich gewesen, dass er sich von einem fremden Mann den Po abwaschen lassen musste. Björn hatte den Jungen einfach komplett ausgezogen, in die Badewanne gestellt, von Kopf bis Fuß abgeduscht und ihm die frische Unterwäsche angezogen, die Emelie ihm gebracht hatte. Jetzt stand er selbst unter der Dusche und versuchte, die letzte schreckliche halbe Stunde zu vergessen. Schlimmer konnte es kaum noch kommen – glaubte er zumindest.

Björn hinterließ das Bad so, wie er es von zu Hause gewohnt war, und dachte in dem Augenblick gar nicht daran, dass es hier keine Haushaltshilfe gab, die hinter ihm herräumte.

Es war still im Haus, und leider roch es so gar nicht nach Kaffee. Den würde er wahrscheinlich auch selbst kochen müssen. Er betrat das Wohnzimmer – und blieb abrupt stehen.

Frederika saß neben einem jungen Mädchen auf dem Sofa vor dem Fenster, das den herrlichen Ausblick nach draußen auf die Ostsee bot.

Das Mädchen – es musste sich um Livs älteste Tochter Jonna handeln – hatte Nils auf dem Schoß, der gerade ungeniert in der Nase bohrte. Emelie stand daneben. Und leider hatte Frederika auch den schwarzen Köter wieder mitgebracht. Alle fünf starrten ihn finster an.

Björn starrte zurück. Zwischen ihnen schien eine Wand zu stehen, unsichtbar, aber spürbar eisig.

Der kleine Nils brach als Erster das Schweigen: »Du hast meine Mama kaputt gefahrt«, sagte er böse und schien völlig vergessen zu haben, dass Björn ihm eben noch den Hintern abgewaschen hatte. Undankbares Balg!

»Gefahren«, korrigierte Emelie sofort, wobei sie Björn nicht aus den Augen ließ. »Ich finde dich ganz, ganz doof!«

Angesichts der fünf Augenpaare, die ihn unfreundlich musterten, wagte Björn es nicht, sich seinen eigenen Ärger anmerken zu lassen. »Es tut mir leid«, murmelte er unbehaglich.

»Damit hilfst du jetzt auch niemandem«, sagte Frederika kühl. »Liv wird übrigens heute operiert.«

»Das tut mir auch leid«, sagte Björn und meinte es diesmal sogar ernst.

Frederika sagte nichts mehr. Sie stand auf und ging zur Tür. »Ich schaue mal nach Villiam«, sagte sie, mehr zu den Kindern gewandt als zu Björn.

Der verrückte Alte! Björn durchfuhr es abwechselnd heiß und kalt, weil er Livs Vater völlig vergessen hatte.

Es dauerte nicht lange, bis Frederika wieder nach unten kam. »Villiam ist weg!«, stieß sie hervor.

Die Kinder schien das nicht weiter zu beunruhigen.

»Wahrscheinlich ist er im Arbeitszimmer und kontrolliert Rechnungen«, sagte Jonna. »Ich schau mal nach.«

Sie ging an ihm vorbei, so nah, dass sie ihm mit der Schulter einen Stoß verpassen konnte.

Björn schaute ihr nach, und als er sich wieder umdrehte, hatte Emelie die Hände in die Hüften gestemmt. »Ich habe Hunger«, sagte sie.

»Ich auch!«, stimmte Nils seiner Schwester zu.

Björn sah Frederika auffordernd an. Wenn sie schon einmal da war, konnte sie sich auch gleich ums Frühstück kümmern.

Frederika war da offensichtlich anderer Ansicht. »Was stehst du da noch rum? Du hast doch gehört, dass die Kinder Hunger haben. Und wenn du schon dabei bist, ich könnte auch einen anständigen Kaffee vertragen.«

Björn hob hilflos die Schultern. Kaffee bekam er gerade noch hin, den kochte er sich zu Hause selbst, literweise sogar, aber was zum Teufel sollte er den Kindern servieren? Er selber ging zum Frühstücken immer ins *Café Östermalm*, nur wenige Schritte von seiner Wohnung entfernt.

»Kannst du nicht ...?«, sagte er zögerlich, aber Frederikas unerbittlicher Blick brachte ihn zum Schweigen. Er zuckte hilflos mit den Schultern, wandte sich dann aber an Emelie: »Was esst ihr denn morgens so?«

Emelies Augen blitzten auf. »Schokoladenkuchen«, sagte sie schnell. »Den musst du nur nebenan aus der Bäckerei holen.«

Das klang einfach. Björn atmete erleichtert auf, aber leider mischte sich Frederika ein: »Ich bin mir ganz sicher, dass eure Mutter euch keinen Schokoladenkuchen zum Frühstück serviert«, sagte sie bestimmt. »Die Kinder brauchen gesunde Nahrung«, ergänzte sie an Björn gewandt.

Er wusste nicht, was ihn mehr verunsicherte: ihr strenger Blick oder diese Ansage.

»Havregrynsgröt«, schlug Frederika vor, »mit Milch und Apfelmus. Ich weiß, dass es das früher immer hier gab.«

»Ich mag keinen Haferbrei.« Emelie verzog das Gesicht.

»Ich schon«, sagte Nils. »Mama macht das auch immer.«

»Siehst du, dann wäre das ja geklärt«, sagte Frederika zu Björn.

»Und was macht deine Mutter für dich?«, wollte Björn von Emelie wissen.

Emelie schwieg und zuckte trotzig mit den Schultern, offensichtlich beleidigt, weil das mit dem Schokoladenkuchen nichts wurde.

»Opa ist nicht im Arbeitszimmer!« Jonna kam zurück ins Wohnzimmer und starrte Björn so böse an, als wäre er für das Verschwinden des Großvaters verantwortlich. »Er ist überhaupt nicht im Haus, ich habe in allen Zimmern nachgesehen.«

Frederika wirkte plötzlich sehr beunruhigt. »Hoffentlich ist ihm nichts passiert«, murmelte sie.

»Opa lauft immer weg«, sagte Nils.

»Das heißt läuft! Und dem passiert nix.« Emelie hatte wohl beschlossen, dass sie lange genug beleidigt geschwiegen hatte, und mischte sich wieder in das Gespräch ein. »Irgendeiner bringt ihn dann nach Hause.«

Frederika schüttelte sichtlich besorgt den Kopf. »Darauf verlasse ich mich lieber nicht. Ich mache mich auf die Suche nach ihm. Und du machst den Kindern Frühstück.« Auffordernd sah sie Björn an.

»Für mich nicht«, sagte Jonna bissig, »ich frühstücke in der Schule.« Noch vor Frederika verließ sie den Raum.

Frederika ging ebenfalls zur Tür, und zu Björns Erleichterung trottete der Hund hinter ihr her. Sie nickte Björn noch einmal zu. »Du weißt ja jetzt, was du zu tun hast.« Dann war auch sie weg, und Björn sah zwei Kindergesichter erwartungsvoll auf sich gerichtet.

»Okay, Frühstück«, sagte er. »Ich kümmere mich darum, und ihr wartet hier brav, bis ich fertig bin.«

Zwei unschuldige Engelsgesichter schauten ihn an und nickten folgsam. Irgendwie hatte er trotzdem kein gutes Gefühl, als er in die Küche ging. Im Schrank fand er Knäckebrot und eine halbvolle Packung Haferflocken, auf deren Rückseite das Rezept für den Haferbrei aufgedruckt war.

Björn atmete erleichtert auf. So schwer schien das nicht zu sein. Wasser mit den Haferflocken und etwas Salz aufkochen, anschließend Milch und Apfelmus darüber, das war wirklich kein Problem.

Neben den Haferflocken stand eine Packung Kakao. Perfekt! Vielleicht akzeptierte Emelie das als Ersatz für den gestrichenen Schokoladenkuchen, und glücklicherweise stand auch auf der Kakaopackung, was zu tun war: Milch aufkochen lassen …

Ein lautes Scheppern aus dem Wohnzimmer, gefolgt von heftigem Gebrüll, ließ ihn herumfahren.

Björn ließ alles stehen und liegen und rannte nach nebenan. Auf dem Boden lagen Scherben, Emelie blickte ihn schuldbewusst an, während Nils immer noch brüllte. Dicke Tränen liefen über seine Wangen.

»Der ist schuld«, sagte Emelie und zeigte auf ihren Bruder.

»Bin ich nicht!« Nils stampfte mit dem Fuß auf. »Die blöde Kuh«, jetzt zeigte er auf seine Schwester, »hat an dem Teller gezieht, den ich in der Hand hatte. Dann ist der runtergefallt und war kaputt. Und ich wollte doch nur den Tisch decken.« Der Junge weinte noch lauter.

»Mit Mamas gutem Porzellan! Ich hatte Angst, dass er den Teller fallen lässt«, verteidigte sich Emelie. »Und das hat er ja auch.«

»Weil du dran gezieht hast. Deshalb ist der runtergefallt.«

»Gefallen, Nils! Er ist runtergefallen, weil du noch ein Baby bist.«

»Ich bin kein Baby«, kreischte Nils. »Ich …«

»Schluss jetzt!«, brüllte Björn dazwischen.

Beide Kinder starrten ihn an, Nils hörte schlagartig auf zu weinen. Dafür zitterte Emelies Unterlippe verdächtig, und zu allem Überfluss breitete sich auch noch der Gestank nach etwas Verbranntem aus.

»Mist!« Björn drehte sich um und rannte in die Küche. Die überkochende Milch zischte auf der Herdplatte, der Gestank wurde stärker. Björn griff automatisch nach dem Topf und schrie laut auf. »Verdammte Scheiße!«

»Das sagt man nicht.«

Björn fuhr herum. Die beiden Kinder waren ihm in die Küche gefolgt. Ihren Disput wegen des zerbrochenen Tellers hatten sie angesichts der neuen Katastrophe vergessen.

Nils freute sich und nutzte auch jetzt wieder die Gelegenheit, das verbotene Wort zu wiederholen. »Er hat verdammte Scheiße gesagt.« Der Junge kicherte und wiederholte es gleich noch mal: »Verdammte Scheiße, hast du das gehört? Verdammte Scheiße!«

Emelie stieß ihn in die Seite. »Lass das!« Ihr strenger Blick richtete sich wieder auf Björn. »Du hast noch kein Brot geholt. Mama holt morgens immer frisches Hefebrot aus der Backstube.«

Frisches Hefebrot, Kakao, Haferbrei – was denn noch alles? Die zwei Kinder, die ihn und sein Tun unablässig beobachteten und kritisierten, gaben ihm das Gefühl, nichts richtig zu machen. Er drohte bereits jetzt zu verzweifeln, dabei ahnte er, dass noch viel Schlimmeres auf ihn zukommen würde. Er brauchte Kaffee, stark und schwarz, mindestens eine ganze Kanne. Er brauchte Ruhe und einen strategischen Plan.

»Zieht euch an, Kinder«, sagte er. »Ich lade euch zum Frühstück in ein Café ein.«

Nils schüttelte den Kopf. »Ich kann mich noch nicht allein anziehen«, sagte er mit kläglichem Stimmchen.

— 8 —

Nach dem Röntgen wurde Liv zurückgebracht. Ihr blieben noch ein paar Stunden bis zur Operation, die für elf Uhr angesetzt war. Sie war allein im Zimmer, und die Schmerzen waren so weit auszuhalten, dass sie sich nicht ausschließlich darauf konzentrierte. Sie lag in dem Bett am Fenster, das Bett nebenan wirkte unbenutzt, und Liv empfand es als Luxus, das Zimmer ganz für sich allein zu haben.

Auf dem Nachtschränkchen rechts neben ihrem Bett stand ein Telefon. Liv musste sich strecken, um es zu erreichen, und dadurch verstärkte sich der Schmerz, der von ihrem Bein her durch die ganze rechte Seite ihres Körpers zog. Sie biss die Zähne zusammen, griff nach dem Hörer und tippte ihre eigene Telefonnummer ein. Bereits nach dem zweiten Klingeln wurde abgehoben.

»Meine Mama ist nicht da«, sagte Nils am anderen Ende.

Liv spürte, wie ihr Tränen der Rührung in die Augen stiegen. »Deine Mama ist hier«, sagte sie zärtlich.

»Nein, das stimmt nicht«, sagte Nils. »Meine Mama ist im Krankenhaus.«

»Ich bin deine Mama, Nils«, sagte sie. »Ich rufe aus dem Krankenhaus an.«

Sekundenlang blieb es still. Nils musste diese Mitteilung wahrscheinlich erst verarbeiten, und Liv konnte sich seinen angestrengten Gesichtsausdruck genau vorstellen, bis er offensichtlich zu dem Schluss kam, dass die Frau am anderen Ende der Leitung die Wahrheit gesagt hatte.

»Kommst du bald wieder nach Hause?«, wollte er wissen. »Der Björn, der kann nämlich kein richtiges Frühstück machen.«

»Heißt das, ihr habt noch nichts gegessen?«, fragte Liv besorgt.

»Doch, im Café, aber nicht bei Mats, und das hat überhaupt nicht geschmeckt. Das Brot war ganz trocken. Und der Björn weiß nicht, wie Haferbrei gekocht wird.« Nils senkte die Stimme, als verriete er ein Geheimnis: »Ich glaube, der kann überhaupt nicht kochen.«

»Kannst du mir Björn mal ans Telefon holen?«, bat Liv.

»Das geht nicht«, sagte Nils. »Der kriegt nämlich gerade ziemliche Schimpfe von der Frederika, weil er Opa verliert hat.«

Liv stockte der Atem. Sie hatte gewusst, dass das nicht gut gehen würde. »Dann holst du jetzt Frederika ans Telefon«, verlangte Liv energisch.

»Okay«, hörte sie Nils antworten, dann folgten ein Knacken und das Besetztzeichen. Nils hatte einfach aufgelegt.

— 9 —

Du hast ihn nicht gefunden?« Eine überflüssige Frage, wie Björn selbst wusste, weil Frederika ohne den alten Villiam zurückkam.

Frederika schüttelte den Kopf und presste die Lippen aufeinander. Sie sah blass aus.

Björn fühlte sich schuldig, ohne zu wissen, worin seine Schuld eigentlich bestand. Er hatte nicht gewusst, dass der alte Mann extra beaufsichtigt werden musste, und selbst wenn er es gewusst hätte, konnte er nicht vierundzwanzig Stunden am Tag aufpassen und sich nebenher noch um die Kinder kümmern. Er fragte sich, wie Liv dieses Kunststück fertigbrachte.

»Ich kann nichts dafür«, verteidigte er sich, obwohl Frederika noch kein Wort gesagt hatte.

Sie runzelte die Stirn. »Wer denn sonst?«, fuhr sie ihn an. »Du hast doch gestern gehört, dass Villiam Alzheimer hat. Wahrscheinlich irrt er irgendwo da draußen umher. Verwirrt und voller Angst.« Sie brach ab, und kurz hatte Björn das Gefühl, dass sich ihre Augen mit Tränen füllten.

Nein, das hatte er sich nur eingebildet. Frederika weinte nicht. Frederika weinte nie.

Sie wandte den Blick nicht von ihm ab, starrte ihn verärgert an. Er hörte, dass irgendwo ein Telefon klingelte, reagierte aber ebenso wenig darauf wie Frederika. Er bekam auch nur am Rande mit, dass Nils aus dem Zimmer lief, während Emelie weiterhin mit neugieriger Miene dem Gespräch zwischen ihm und Frederika folgte.

»Es tut mir leid«, entschuldigte sich Björn. Wahrscheinlich würde das in den nächsten Tagen sein Standardsatz werden. »Wir werden den Mann schon finden«, versuchte er sich zuversichtlich zu geben. »So groß ist das Kaff ja nicht.«

»Genau«, sagte Frederika mit blitzenden Augen. »Das Dorf ist nicht besonders groß, eingerahmt von der Ostsee und einem riesigen Wald. Wenn Villiam sich da verlaufen hat ...«

Sie brachte den Satz nicht zu Ende, aber das war auch nicht nötig. Björns Fantasie arbeitete bereits auf Hochtouren, gaukelte ihm die Bilder vor, die offensichtlich auch Frederika zu schaffen machten.

Nils kam zurück ins Wohnzimmer. »Mama hat angeruft«, sagte er und wurde sofort von seiner Schwester verbessert.

»Angerufen!«

»Mama hat angerufen«, wiederholte der Junge und schaute dabei Frederika an. »Sie wollte mit Björn sprechen, aber ich hab ihr gesagt, dass du ihn erst ausschimpfen musst, weil er Opa verliert hat.«

»Verloren!«, rief Emelie.

Björn und Frederika stöhnten gleichzeitig auf.

»Auch das noch«, sagte Frederika und schaute Björn wütend an. »So kurz vor der Operation ist diese Aufregung nicht gut für Liv.«

Daran war er jetzt also auch noch schuld! Langsam reichte es Björn. »Gibt es sonst noch etwas, was du mir vorwerfen willst?«, fragte er aufgebracht.

»Ich werde jetzt erst einmal mit Liv sprechen und versuchen, sie zu beruhigen«, sagte Frederika und wandte ihm den Rücken zu.

Sie öffnete die Tür zum Flur, als gleichzeitig die Verbindungstür zur Backstube geöffnet wurde. Ein Mann, den Björn nicht kannte, brachte Villiam ins Haus.

Villiam strahlte, während der Mann neben ihm sehr gereizt wirkte. »Könnt ihr nicht auf ihn aufpassen? Er hat die ganze Backstube verwüstet.«

Das glückliche Lächeln auf Villiams Gesicht verschwand. Die Worte des Mannes neben ihm schienen in sein Bewusstsein gedrungen zu sein. »Vorsichtig, Bürschchen!«, warnte er. »Das ist immer noch meine Backstube, und da backe ich, wann ich will.«

Immerhin wussten sie jetzt, wo Villiam seine Zeit verbracht hatte.

»Wer bist du denn? Und was hattest du in der Backstube zu suchen?«, wandte sich Frederika an Villiams Begleiter.

»Das ist doch der Mats! Der backt zusammen mit Mama«, mischte Emelie sich ein, bevor der Mann etwas sagen konnte.

»Genau«, sagte der knapp.

»Und wieso hast du Villiam jetzt erst bemerkt?«, wollte Frederika wissen und wirkte dabei ebenso gereizt wie Mats.

»Weil ich mich um den Verkauf kümmern musste«, erwiderte Mats mit erhobener Stimme. »Wo ist Liv? Ich brauche Hilfe, in der Backstube und auch im Laden und im Café. Und wer seid ihr überhaupt?«

»Mama ist im Krankenhaus«, rief Nils dazwischen, offensichtlich froh, dass er die Neuigkeit zuerst verkünden konnte.

Der ärgerliche Ausdruck auf dem Gesicht des Mannes machte Betroffenheit Platz. »Oh«, sagte er. »Hoffentlich nichts Schlimmes.«

»Wie man's nimmt«, erwiderte Frederika trocken und schaute Björn wieder mit diesem kühlen Blick an, den sie in den letzten Stunden ausschließlich für ihn reserviert zu haben schien. »Gehirnerschütterung, komplizierter Beinbruch, Operation«, zählte sie kurz die Fakten auf.

»Mist!«, fluchte Mats und schaute in die Runde. »Ich habe keine Ahnung, wie es ohne Liv in der Bäckerei weitergehen soll. Ich bin eigentlich nur Bäcker, der Service liegt mir nicht besonders. Und Ulrika hat sich mal wieder nicht blicken lassen.«

Ulrika? Björn blickte langsam überhaupt nicht mehr durch, und auch Frederika schien nicht zu wissen, um wen es sich handelte. Auf ihre Nachfrage hin erklärte Mats, dass Ulrika im Laden und Café bediente, wenn sie denn mal zur Arbeit kam.

»Wir brauchen dringend eine neue Aushilfe«, sagte Mats. »Die Backstube schaffe ich schon. Hoffe ich jedenfalls.«

»Ich kümmere mich jetzt erst einmal um Villiam, danach helfe ich dir in der Backstube«, sagte Frederika. Sie klärte Mats kurz darüber auf, wer sie und Björn waren.

Björn war froh, dass sie ihn nicht auch noch als den *Mann, der Liv über den Haufen gefahren hat*, vorstellte. Er machte große Augen, als er hörte, dass Frederika Villiam und Liv von früher kannte und vor über zwanzig Jahren eine Ausbildung in Villiams Backstube gemacht hatte. Er hatte nicht gewusst, dass seine Agentin auch backen konnte!

Frederika griff nach Villiams Hand und schaute Björn herausfordernd an. »Du erklärst Liv, dass ihr Vater in meiner Obhut ist«, bestimmte sie. »Danach kümmerst du dich endlich um die Kinder.«

Sie sah zu den beiden Kleinen, und ein Lächeln glitt über ihr Gesicht. Sie wurde jedoch schnell wieder ernst. »Müsstet ihr nicht längst im Kindergarten sein?«, fragte sie Emelie.

»Doch«, sagte Emelie und zeigte anklagend auf Björn. »Aber der hat uns nicht hingebracht, und alleine dürfen wir nicht.«

Der Gedanke war so verführerisch, dass Björn ihm kaum

widerstehen konnte. Er war kurz davor, sich einfach umzudrehen, aus dem Haus zu rennen, sich in seinen Wagen zu schmeißen und zu verschwinden. Zurück nach Stockholm, zurück in sein altes Leben …

»Jetzt mach schon«, drängte Frederika. »Liv macht sich Sorgen um ihren Vater, die Kinder müssen in den Kindergarten, und ich muss mich um Villiam kümmern und in der Backstube helfen.« Sie zog den alten Mann an der Hand aus dem Zimmer und überließ Björn sich selbst.

Er schaute auf die beiden Kinder, die erwartungsvoll zu ihm aufsahen. »Und jetzt?«, fragte er hilflos.

»Ich hab Hunger«, sagte Nils prompt.

»Aber du hast doch eben erst gegessen«, rief Björn aus.

»Ja, aber jetzt hab ich eben wieder Hunger.«

Das Telefon klingelte erneut, Nils vergaß seinen Hunger, stürmte los und war vor Björn am Apparat. Er riss den Hörer aus der Ladeschale, presste ihn an sein Ohr und meldete sich mit: »Hallo, hier ist Nils.«

Dann lauschte er kurz, bevor er verkündete: »Opa ist wieder da, der Mats hat ihn gefunden, aber Frederika hat ihn wieder mitgenommen.«

Kurze Pause.

»Ja, der Björn ist da.«

Nils reichte ihm den Hörer. Björn nahm ihn und meldete sich.

»Was ist mit meinem Vater?«, hörte er Liv am anderen Ende der Leitung sagen. Ohne Gruß, ohne jede höfliche Floskel. Ihre Stimme klang verärgert, und Björn musste sich in Erinnerung rufen, dass sie heute operiert werden sollte, um nicht im gleichen Tonfall zu reagieren.

»Es geht ihm gut«, erwiderte er knapp und sachlich. »Frederika kümmert sich um ihn.«

»Sie haben mir versprochen, auf meinen Vater und auf meine Kinder aufzupassen«, sagte sie anklagend.

Genau genommen hatte Frederika das versprochen. Er selbst hatte mit Liv bis zu diesem Telefonat noch kein Wort gewechselt.

»Ihren Kindern geht es gut«, erwiderte er steif.

Daraufhin blieb es still in der Leitung. Sie sagte nichts mehr, und er wusste nicht, was er sagen sollte. Er räusperte sich, aber sie sagte noch immer nichts.

»Wie geht es Ihnen?«, fragte er, um dieses unangenehme Schweigen zu unterbrechen.

»Wie soll es mir schon gehen?«, gab sie mit bitterer Stimme zurück. »Kurz vor einer Operation, die nur deshalb erforderlich ist, weil mich ein Idiot über den Haufen gefahren hat.«

Björn hatte an dieser Antwort schwer zu schlucken und verschluckte sich gleichzeitig fast an der Bemerkung, die ihm auf der Zunge lag. Musste ihm denn immer wieder vorgehalten werden, dass er an diesem ganzen Mist schuld war?

Das Schweigen in der Leitung wurde allmählich peinlich. Björn räusperte sich wieder einige Male, aber auch das ermunterte Liv nicht zum Sprechen. Warum hatte sie dann überhaupt angerufen?

Plötzlich wurde Björn von Unbehagen erfasst. Nils war nicht mehr im Zimmer! Er hatte nicht einmal mitbekommen, dass der Junge den Raum verlassen hatte. Außerdem war es sehr still im Haus. Zu still – oder etwa nicht? Er hatte so gar keine Erfahrung mit Kindern.

Da hörte er die Haustür ins Schloss fallen.

»Ich muss jetzt Schluss machen«, sagte er hastig. »Frederika kümmert sich um Ihren Vater, und ich muss jetzt wieder nach den Kindern sehen.«

»Ja, das rate ich Ihnen auch«, antwortete sie scharf.

Björn legte auf, ohne sich zu verabschieden. Zum einen, weil er sich immer noch ärgerte. Über sich selbst, über Liv, über Frederika, die ihn überhaupt erst hierhergeschleppt hatte. Dazu kam aber etwas Neues, was er bisher noch nicht kannte: Er machte sich wirklich Sorgen um die Kinder.

Björn erwischte die beiden am Ende der Straße. Hand in Hand gingen sie auf die Kreuzung zu.

»Stehen bleiben!« Seine Stimme war so schneidend, dass die beiden Kinder abrupt innehielten. Mit wenigen Schritten hatte Björn sie eingeholt. Die beiden standen immer noch wie angewurzelt da und drehten sich nicht einmal zu ihm um.

Björn umrundete sie und stellte sich vor sie hin. »Wo wollt ihr hin?«, fragte er mit drohendem Unterton.

»In den Kindergarten«, erwiderten sie unisono.

»Ich hab Hunger«, sagte Nils mit kläglichem Stimmchen.

»Im Kindergarten gibt es was zu essen«, sagte Emelie kriegerisch. »Du gibst uns ja nix mehr.«

»Okay, gehen wir zum Kindergarten«, stimmte Björn zu. Er war froh, dass er die beiden erst einmal abschieben konnte und sie in den nächsten Stunden auch nicht füttern musste. Er brauchte dringend einen Plan, eine Idee, irgendetwas, was ihm half, diese Situation zu überstehen. Dummerweise war niemand bereit, ihm zu helfen. Weder Jonna, die große Schwester der beiden kleinen Quälgeister, die ihn offensichtlich hasste, noch Frederika.

In diesem Moment klingelte das Handy in der Tasche seiner Jeans. *Mia*, las er auf dem Display.

Ausgerechnet …

Obwohl, vielleicht war sie ja gerade seine Rettung?

Also meldete sich Björn, und das bedeutend freundlicher, als er in den letzten Wochen auf ihre Anrufe reagiert hatte. »Mia, wie schön!« Ihm fiel selbst auf, wie überschwänglich seine Stimme klang. So hatte er Mia noch nie begrüßt, nicht einmal in den ersten Tagen ihrer Affäre. Es schien sie zu irritieren, jedenfalls sagte sie erst einmal nichts.

»Dir scheint es in der Einöde ja gut zu gehen«, kam es irgendwann spitz zurück.

»Traumhafte Landschaft«, erwiderte Björn, obwohl er noch nicht viel von Norrfällsviken gesehen hatte. »Und nette Menschen.« Er schaute auf die beiden Kinder hinunter, die ihn ihrerseits finster anstarrten und unzufrieden wirkten, weil es nicht weiterging.

Mia sagte nichts.

»Warum kommst du nicht einfach hierher?«, schlug Björn vor und erweckte damit ganz offensichtlich Mias Misstrauen.

»Warum sollte ich?«, fragte sie gedehnt.

»Um dich selber zu überzeugen, wie schön es hier ist«, sagte er laut, während er sich fragte, ob Mia kochen konnte.

Mia schwieg wieder sekundenlang. »Tut mir leid«, sagte sie dann, »aber deine plötzliche Begeisterung fürs Landleben überzeugt mich nicht. Ich denke darüber nach, aber du solltest nicht wirklich mit mir rechnen.«

»Okay, dann eben nicht«, sagte er sauer und beendete das Gespräch kurz angebunden. »Ab in den Kindergarten«, sagte er zu den Kindern.

Björn hoffte auf einen ruhigen Tag, wenn er Emelie und Nils erst einmal abgegeben hatte. Leider machte ihm die Erzieherin einen Strich durch die Rechnung.

Björn erklärte ihr, weshalb er die Kinder brachte und was

mit Liv passiert war, wobei er geflissentlich seine eigene Beteiligung am Unfall verschwieg.

»Das tut mir leid«, sagte Klara. »Bei all der Aufregung hat Liv wahrscheinlich nicht daran gedacht, dass wir heute Nachmittag geschlossen haben. Die Kinder müssen um eins abgeholt werden.«

Björn starrte sie entsetzt an. Um eins? Da blieben ihm gerade mal zwei Stunden.

Klara zuckte mit den Schultern. »Dringende Renovierungsarbeiten«, erklärte sie. »Wir haben das den Eltern schon vor Wochen mitgeteilt.«

Björn fuhr sich mit beiden Händen durchs Gesicht. »Okay«, sagte er. »Ich hole die Kinder rechtzeitig ab.«

Als Björn ganz alleine in Livs Haus war, fühlte er sich wie ein Eindringling. Dabei war er dazu gezwungen worden, hier zu sein. Fast wünschte er sich die Kinder herbei, damit sie die Stille mit ihrem Geplapper vertrieben.

Langsam ging er durchs Haus und ließ wie am Abend zuvor jeden Raum auf sich wirken. Ihm fiel auf, dass nirgendwo das Foto eines Mannes zu sehen war, obwohl ganz viele Bilder von den Kindern an den Wänden hingen. Die Frau daneben war wohl ihre Mutter.

Björn hatte Liv gestern nur kurz gesehen, als sie auf der Straße lag und dann in den Rettungswagen geschoben wurde. Er hatte nicht auf ihr Gesicht geachtet und würde sie wahrscheinlich nicht wiedererkennen, wenn er ihr irgendwo begegnen würde.

Aber was war mit dem Vater der Kinder? Waren er und Liv geschieden? Lebte er woanders? Und wenn ja, wieso kümmerte er sich jetzt nicht um seine Kinder?

Er ging in die Küche, öffnete den Kühlschrank und schnitt sich ein Stück Wurst ab. Als er sich wieder umdrehte, stand der Hund – Knut, wie Björn inzwischen wusste – hinter ihm und zeigte ihm die Zähne. Ein drohendes Knurren kam aus seiner Kehle. Verdammt, den Köter hatte er völlig vergessen!

»Hör zu, Kumpel«, sagte Björn. »Mir gefällt das auch nicht, aber du wirst dich wohl oder übel mit mir abfinden müssen.«

Knut hörte auf zu knurren, fletschte aber immer noch die Zähne.

»Hat dir schon mal jemand gesagt, dass das ziemlich albern aussieht?«, fragte Björn.

Knut schien das nicht zu gefallen, und er ließ erneut ein dumpfes Grollen hören, das ganz und gar nicht albern, sondern ziemlich gefährlich klang. Björn hatte keine Ahnung, wie er Knut abwehren sollte, wenn der ihn tatsächlich angriff. Es brachte bestimmt nichts, wenn er ihn mit dem Wurststück in seiner Hand bewarf.

Die Wurst! Björn ging in die Hocke und streckte sie dem Hund vorsichtig entgegen.

Zuerst schien Knut seine ausgestreckte Hand als Drohung aufzufassen, sein Knurren wurde lauter. Dann roch er offensichtlich, dass Björn da einen besonderen Leckerbissen in der Hand hielt. Langsam kam er näher, blieb wieder stehen und hob schnuppernd die Nase, traute sich aber wahrscheinlich nicht dichter an Björn heran. Er hatte aufgehört zu knurren.

»Du spielst also nur den großen, bösen Hund«, sagte Björn leise. »In Wirklichkeit bist du ein ziemlicher Feigling.« Er legte die Wurst direkt vor seine eigenen Füße und richtete sich auf. »Wenn du die haben willst, musst du schon kommen«, sagte er.

Knut zeigte ein erstes, zaghaftes Schwanzwedeln.

»Braver Hund«, lobte Björn. »Komm her!« Er ging wieder in die Hocke, streckte dem Hund den Handrücken hin, so, wie er es bei Frederika gesehen hatte.

Knut kam tatsächlich näher. Langsam zwar, mit steifen Beinen, aber schon sehr viel zutraulicher. Er schnupperte an Björns Hand. Dann schnappte er schnell nach der Wurst und schlang sie hinunter. Danach sah er Björn erwartungsvoll an.

»Okay«, sagte Björn, »noch ein Stück, aber auch nur, damit wir beide die nächsten Tage miteinander klarkommen.« Er öffnete den Kühlschrank, schnitt noch ein Stück Wurst ab und streckte es Knut entgegen. Ein bisschen komisch war ihm dabei schon zumute, aber der Hund schnappte nach der Wurst, schlang sie erneut mit einem Happs hinunter und erwartete danach ganz offensichtlich ein weiteres Stück.

»Lieber nicht.« Björn schüttelte den Kopf. »Später vielleicht.«

Knut schien zu verstehen, dass es keine weiteren Leckerbissen gab. Er drehte sich um und trottete aus der Küche.

Als Björn seine Tour durchs Haus fortsetzte und in den Flur kam, sah er Knut ausgestreckt auf dem Läufer liegen. Der Hund blieb ganz ruhig, knurrte ihn nicht mehr an und schien auch nichts dagegen zu haben, dass Björn das ganze Haus begutachtete.

Björn stieg die Treppe hinauf ins Obergeschoss und warf nacheinander einen Blick in die Zimmer der Kinder. Zuletzt ging er in Livs Schlafzimmer, in dem er in der vergangenen Nacht geschlafen hatte. Gestern Abend war er einfach nur müde gewesen, froh über einen Platz zum Schlafen. Heute war alles ganz anders.

Björn fühlte sich nicht wohl in dem Zimmer. Es lag nicht am Raum selbst oder an der Einrichtung, sondern vielmehr an dem Gefühl, dass er hier nichts zu suchen hatte. Er stopfte seinen Pyjama und alles andere, was er gestern Abend und heute Morgen herausgezerrt hatte, in die Reisetasche und beschloss, sich für die kommenden Nächte nach einer anderen Schlafgelegenheit umzusehen. Notfalls würde er die Matratze aus Livs Bett hinunter ins Wohnzimmer tragen.

Das Klingeln des Telefons riss ihn aus seinen Überlegungen. Er eilte nach unten, nahm den Hörer ab und meldete sich.

»Bei …« Er verstummte, weil ihm jetzt erst einfiel, dass er nicht wusste, wie Liv mit Familiennamen hieß. »Bei Liv«, sagte er einfach. »Björn Bjerking hier.«

Am anderen Ende blieb es sekundenlang still.

»Björn Bjerking?«, vernahm er dann eine Frauenstimme. »*Der* Björn Bjerking? Der bekannte Schriftsteller?«

»Ja«, sagte Björn unfreundlich und rechnete mit weiteren Fragen zu seiner Person.

Doch die Frau wechselte schnell das Thema. »Hier ist Ylva«, sagte sie. »Kann ich Liv sprechen?«

»Liv ist nicht da«, sagte Björn und überlegte, ob er der Frau sagen sollte, dass Liv im Krankenhaus lag. War sie eine Verwandte oder eine gute Freundin?

»Okay«, sagte die Fremde. »Ich versuche es später noch einmal.« Sie legte auf, bevor Björn zu einer Erklärung kam. Na gut, er konnte es ihr ja sagen, wenn sie später wieder anrief.

Doch die Frau namens Ylva rief nicht mehr an. Nicht an diesem und auch nicht an einem der nächsten Tage.

— 10 —

Sie schwebte irgendwo zwischen den Welten, hörte jemanden ihren Namen rufen, fühlte sich gestört, wollte einfach in Ruhe gelassen werden.

»Liv!«

Die Leichtigkeit ließ nach. Hatte sie geträumt?

Liv konnte sich nicht erinnern.

»Liv!«, vernahm sie erneut eine Stimme, die erst weit entfernt und dann ganz dicht neben ihr zu sein schien, und jetzt fühlte sich ihr Körper auch nicht mehr leicht, sondern bleischwer an.

»Mach die Augen auf«, sagte die Stimme sehr energisch.

»Schmerzen«, stöhnte sie. Sie tobten irgendwo auf ihrer rechten Seite. Komplizierter Bruch des rechten Wadenbeines, erinnerte sie sich. Sie war operiert worden. Gestern oder heute? Sie wusste es nicht, der Schmerz betäubte jeden konzentrierten Gedanken.

»Liv!« Die Stimme wurde streng. »Augen auf!«

»Kann nicht«, stöhnte sie. »Schmerzen.«

»Es gibt sofort etwas gegen die Schmerzen.«

Liv spürte, wie sich jemand an ihrem Arm zu schaffen machte. Dort, wo vor der Operation eine Infusion gelegt worden war. Tatsächlich ließen die Schmerzen kurz darauf nach.

Liv blinzelte in das grelle Licht des Aufwachraums.

»So ist es gut«, wurde sie gelobt.

Sie brachte ein schwaches Lächeln zustande. Sie war so unendlich müde, wollte einfach nur schlafen.

Als sie das nächste Mal erwachte, war sie wieder in ihrem Krankenzimmer. Eine Krankenschwester war bei ihr und lächelte sie an. »Hallo Liv, ich bin Schwester Hilla. Alles in Ordnung?«

»Ich habe Durst«, sagte Liv. Ihre Kehle war völlig ausgetrocknet, ihre Zunge fühlte sich pelzig an und erschwerte ihr das Sprechen. »Kann ich etwas trinken?«

Schwester Hilla schüttelte den Kopf. »Damit solltest du noch ein bisschen warten. Versuch lieber, noch eine Weile zu schlafen.«

Jonna saß an ihrem Bett, als sie die Augen wieder aufschlug. Ihre Tochter lächelte, aber Liv erkannte, dass sie geweint hatte.

»Ist zu Hause etwas passiert?«, stieß sie erschrocken hervor.

Jonna schüttelte den Kopf und presste die Lippen fest aufeinander. Beruhigend griff sie nach Livs Hand. »Es ist alles in Ordnung«, versicherte sie.

Liv versuchte, im Gesicht ihrer Tochter zu lesen. »Du hast doch geweint«, sagte sie.

Prompt füllten sich Jonnas Augen mit Tränen. »Ja«, schluchzte sie. »Weil ich so froh bin, dass du die Operation überstanden hast. Jetzt wird alles wieder gut.«

»Ja, alles wird wieder gut«, versicherte Liv und drückte die Hand ihrer Tochter so fest sie konnte, um ihr eine Zuversicht zu vermitteln, die sie selbst nicht empfand. Trotzdem schien sie auf Jonna überzeugend zu wirken, denn ihre Tochter lächelte schon wieder.

»Ich muss los«, sagte Jonna. Sie stand auf, ließ die Hand ihrer Mutter aber nicht los. »Schule«, fügte sie mit einem verlegenen Grinsen hinzu. »Ich habe Geschichte geschwänzt, weil ich wissen wollte, wie es dir geht. Übrigens soll ich dir von Schwester Hilla sagen, dass du jetzt einen Schluck Wasser trinken darfst.« Sie wies auf das Wasserglas auf dem Nachttisch, das zu einem Drittel gefüllt war.

Gierig griff Liv nach dem Glas und trank einen Schluck, bevor sie ihre Tochter ermahnte: »Du sollst wegen mir nicht die Schule schwänzen!«

»Nur Geschichte, Mama. Bis Mathe anfängt, bin ich wieder in der Schule.« Jonna beugte sich über sie, um ihr einen Abschiedskuss zu geben.

Jonna war eine gute Schülerin, und Liv wusste, dass ihre Tochter sehr zuverlässig war. Trotzdem ließ sie das Gefühl nicht los, dass sie ihren Kindern gegenüber auf der ganzen Linie versagte. Sie lag hier und hatte keine Ahnung, was zu Hause los war.

»Rufst du mich bitte sofort an, wenn du zu Hause bist?«, bat sie ihre Tochter.

Jonna, die bereits an der Tür stand, drehte sich um und nickte. »Versprochen«, sagte sie, »aber das dauert noch. Ich habe jetzt erst noch zwei Stunden Mathe. Danach gehe ich mit den anderen etwas essen, und heute Nachmittag habe ich Sportunterricht. Ich kann dich also erst am späten Nachmittag anrufen.«

Liv wusste, dass sie warten musste, und wünschte sich, sie könnte wieder einschlafen. Sie versuchte, sich keine Sorgen zu machen, aber die Szenarien, die sich in ihrem Kopf abspielten, wurden immer schlimmer. Wie sollte sie die nächste Zeit im Krankenhaus nur aushalten?

»Wer aus dem Weizen einen Kuchen haben will, muss das Mahlen abwarten.«

(William Shakespeare)

Schwedisches Hefebrot

Zutaten:

320 ml Milch
1 Würfel Hefe
500 g Mehl
1 TL gemahlener Kardamom
1 EL Zucker
6 EL Olivenöl
Salz
1 Eigelb
Puderzucker zum Bestäuben

Zubereitung:

Die Milch erwärmen und die Hefe darin auflösen. Mehl, Kardamom, Zucker, Olivenöl und 1 Prise Salz dazugeben, alles zu einem glatten Teig verkneten und zugedeckt an einem warmen Ort eine Stunde gehen lassen.

Den Teig zu einem länglichen Brotlaib formen und noch einmal 20 Minuten gehen lassen. Den Backofen auf 175 °C vorheizen.

Das Eigelb mit etwas Wasser verrühren und das Brot damit bestreichen. Ca. 25 bis 30 Minuten backen. Herausnehmen und sofort mit Puderzucker bestäuben.

Schmeckt köstlich mit frischer Marmelade.

— 11 —

Nach dem seltsamen Anruf stand Björn etwas ratlos in Livs Wohnzimmer. Sein Blick fiel durch die gläserne Terrassentür auf das hölzerne Geländer der Terrasse und das glitzernde Wasser dahinter.

Neugierig öffnete er die Tür und sog tief die frische Salzluft ein, bevor er nach draußen ging. Er trat ans Geländer und sah sich fasziniert um.

Norrfällsviken lag in einer geschützten Bucht der Ostsee. Die roten Häuser des Dorfes schmiegten sich ans Ufer, und viele Terrassen waren direkt über dem Wasser erbaut, genau wie die, auf der Björn gerade stand. Boote dümpelten an den Anlegestegen.

Für einen Stadtmenschen war die Stille ungewohnt. Nur das Rauschen der Wellen war zu hören, aber es wirkte nicht störend, sondern beruhigte und entspannte ihn ungemein. Er umfasste das Geländer mit beiden Händen, lauschte den Wellen und genoss die warmen Sonnenstrahlen auf seiner Haut. Und auf einmal spürte er unsagbare Lust, sich auf diese Terrasse zu setzen und zu schreiben. Ein Gefühl, das ihm in den letzten Jahren völlig abhandengekommen war.

Er wandte sich um und lief zielstrebig zu seinem Gepäck, das immer noch in Livs Schlafzimmer stand. Neben der Reisetasche lehnte die Tasche mit seinem Notebook an der Wand. Er öffnete den Reißverschluss, zog das Notebook heraus und ließ die Tasche achtlos fallen. Zurück auf der

Terrasse setzte er sich an den Tisch, schaltete den Computer ein und begann zu tippen.

In den letzten Jahren hatte das Notebook stets auf seinem Schreibtisch gestanden, und er hatte es jeden Morgen eingeschaltet. Stundenlang hatte er dann davor gesessen, doch anstatt an einem Roman zu schreiben, surfte er im Internet oder sah über das Notebook hinweg hinaus auf den Nybroviken, die Bucht vor seinem Fenster. Wenn er überhaupt ein paar Zeilen zustande brachte, dann verwarf er sie spätestens am nächsten Tag wieder.

An diesem Morgen schaute er nicht ein einziges Mal auf. Den Blick fest auf den Bildschirm geheftet, schrieb er alles auf, was ihm durch den Kopf ging. Es waren Ideen, grobe Skizzen, die noch keine feste Gestalt annahmen, und doch wusste er, dass irgendwann der Moment kommen würde, in dem sie sich zu einer Story zusammenfügten.

Bei seinen ersten beiden Büchern war das ganz genauso gewesen, beide waren Bestseller geworden. Doch seit der Trennung von Eivor hatte er das nie wieder erlebt.

Nicht darüber nachdenken! Einfach nur diese Phase ausnutzen!

Björn vertiefte sich wieder in seine Notizen, bis auf einmal ein penetrantes Geräusch seine Gedanken störte. Zuerst runzelte er nur unwillig die Stirn, nicht bereit, sich ablenken zu lassen, dann begriff er, dass es das Telefon war.

Ylva! Diese Frau, die wieder anrufen wollte, musste ihn ausgerechnet jetzt stören. Er ärgerte sich, weil er nicht dazu gekommen war, ihr zu erklären, dass Liv im Krankenhaus lag. Er versuchte, das Klingeln zu überhören, was sich als äußerst schwierig erwies. Endlich brach es ab.

Erleichtert lenkte Björn seine Konzentration erneut auf den Bildschirm. Da klingelte das Telefon schon wieder!

»Verdammter Mist!« Er stand auf, ging ins Haus und gab sich keine Mühe, seinen Ärger zu verbergen, als er den Hörer abnahm und sich knapp meldete.

»Hier ist Klara!« Die Frau am anderen Ende der Leitung klang genau so, wie er sich fühlte: ungeduldig und ziemlich genervt. »Emelie und Nils sollten heute pünktlich abgeholt werden.«

Björn stöhnte laut auf und gab zu: »Oje, die beiden habe ich völlig vergessen!«

Klara schnappte nach Luft. »Wie kann man Kinder einfach vergessen? Ich möchte wissen, was Liv dazu sagen würde.«

Es fehlte ihm gerade noch, dass Liv oder Frederika davon erfuhren! Heute Morgen war ihm der Opa abhandengekommen, jetzt hatte er die Kinder vergessen.

»Es kommt nicht wieder vor«, sagte er hastig. »Ich hole sie sofort ab.«

Klaras Miene war eisig, als Björn am Kindergarten eintraf. Sie schnitt seine wortreiche Entschuldigung mit einer Handbewegung ab. »Liv weiß, dass es normalerweise kein Problem ist, wenn die Kinder ein paar Minuten später abgeholt werden, aber heute ist es sehr wohl ein Problem, und die beiden hätten schon vor einer Stunde abgeholt werden müssen.«

»Tut mir leid!«, entschuldigte sich Björn zum wiederholten Mal, aber Klara wollte offensichtlich keine Entschuldigung mehr hören. Wortlos drehte sie sich um und holte die Kinder.

Als sie mit Emelie und Nils zurückkam, registrierte Björn, dass die Erzieherin trotz ihres offensichtlichen Ärgers sehr freundlich mit den Kindern umging. Es erfüllte ihn mit Erleichterung, dass sie ihren Ärger nicht an den Kleinen ausließ, und das wiederum überraschte ihn. Eigentlich waren ihm diese fremden Kinder doch völlig egal – ganz abgesehen davon, dass er sich aus Kindern ohnehin nichts machte.

Die beiden schienen sich jedoch darüber zu freuen, ihn zu sehen, und sosehr er sich dagegen wehrte, es rührte ihn. Zumindest bis Emelie fragte: »Was hast du gekocht?«

»Gekocht?« Björn sah in zwei Kindergesichter, die erwartungsvoll zu ihm aufschauten.

Er war überhaupt nicht auf die Idee gekommen, dass die Kinder schon wieder Hunger haben könnten. Er konnte nicht kochen, und regelmäßige Mahlzeiten kannte er schon lange nicht mehr. Wenn er Hunger hatte, schob er sich ein Fertiggericht in die Mikrowelle oder ging ins Restaurant.

Genau, das war *die* Idee!

»Kinder, ich lade euch ins Restaurant ein«, sagte er.

»Was ist ein Restero?«, wollte Nils wissen.

»Da gibt es was zu essen, du Dummkopf«, beantwortete Emelie die Frage ihres Bruders. »Das ist aber ganz doll teuer.« Sie hob den Kopf und schaute Björn streng an. »Und deshalb können wir uns das nicht leisten, hat meine Mama gesagt.«

»Ich kann mir das leisten«, sagte Björn und merkte selbst, dass er gerade ziemlich überheblich klang.

Nils schaute mit großen Augen zu ihm auf. »Bist du reich? Hast du so viel Geld?«

Emelie kam ihm auch diesmal mit der Antwort zuvor: »Mama hat gesagt, Reichtum hat nichts mit Geld zu tun.«

Nils wirkte verständnislos, aber Björn machten die Worte des Mädchens nachdenklich. Er hatte mit seinen Bestsellern sehr viel verdient, bis heute lebte er davon sehr gut, aber das ganze Geld hatte sein Leben nicht wirklich reicher gemacht, und seit Eivor nicht mehr da war …

Eivor! Immer wieder Eivor! Warum konnte er nicht endlich mit ihr abschließen?

»Habt ihr Hunger?«, fragte er, vor allem, um sich selbst auf andere Gedanken zu bringen.

Beide Kinder nickten gleichzeitig.

»Und weiß einer von euch, wo wir was zu essen bekommen?«

Emelie packte seine Hand und zog daran. »Komm mit!«

Nils griff nach seiner anderen Hand.

Björn war gerührt über so viel Zutrauen, das er mit seinem bisherigen Verhalten sicher nicht verdient hatte. Diese Kinder weckten Gefühle in ihm, die ihm völlig fremd waren, eine Mischung aus Rührung und Beschützerinstinkt. Er war fast erleichtert, als Emelie ihn nach ein paar Metern losließ und vorauslief, woraufhin auch Nils seine Hand aus Björns zog und seiner Schwester im Laufschritt folgte.

Das *Fischerhaus* lag direkt am Wasser, nicht weit von Livs Bäckerei entfernt.

»Warst du schon mal hier?«, wollte Björn von Emelie wissen.

»Nö.« Sie schüttelte den Kopf.

»Und woher hast du gewusst, dass das hier ein Restaurant ist?«

»Weil die von Mama Brot bekommen, und ich hab ihr schon ein paar Mal geholfen, es hierherzubringen.« Ihre Stimme klang stolz, und sie ließ es sich nicht nehmen, nachdem sie den Weg hierher gewusst hatte, vorauszugehen und einen Platz auf der Außenterrasse auszusuchen.

»Kann ich Pizza?«, krähte Nils, als eine Kellnerin sich nach ihren Wünschen erkundigte.

Die Kellnerin schüttelte bedauernd den Kopf. »Das hier ist ein Fischrestaurant.«

Nils zog eine Schnute, strahlte aber wieder, als die Kellnerin ihm Nudeln mit Tomatensoße vorschlug. »Die machen wir sogar extra für dich«, sagte sie zu Nils.

»Kann ich auch welche haben?«, bat Emelie.

»Natürlich.« Die Kellnerin nickte, und ihr fragender Blick richtete sich auf Björn, der das Tagesgericht, eine Fischplatte, bestellte.

Es schmeckte ausgezeichnet, und Björn war blendender Laune, was sich auf die Kinder übertrug. Als die beiden nach dem Hauptgericht Eis bestellten, ließ er sie gewähren.

— 12 —

Liv hatte es nicht mehr ausgehalten und wählte immer wieder ihre eigene Nummer. Niemand ging ans Telefon. Sie versuchte es alle paar Minuten. Nichts!

Schließlich öffnete sich die Tür, und Frederika und Villiam kamen herein. Frederika brachte den versprochenen Käsekuchen mit sowie einen riesigen Blumenstrauß und eine Vase, die sie sich bereits von der Schwester hatte geben lassen. Zuerst platzierte sie Villiam in einem Stuhl neben Livs Bett, dann den Kuchen und die Blumen auf dem Nachttisch.

»Wie geht es dir?«, fragte Villiam, obwohl Liv den Eindruck hatte, dass er überhaupt nicht wusste, dass er sich in einem Krankenhaus befand und seine Tochter operiert worden war. Liv war froh, dass er einen recht entspannten und gelassenen Eindruck machte.

»Gut, Papa«, sagte sie leise. »Und wie geht es dir?«

»Sehr gut«, sagte er und schaute an ihr vorbei aus dem Fenster. Liv hatte keine Ahnung, ob er das wirklich so meinte oder einfach nur automatisch geantwortet hatte.

»Was ist mit den Kleinen?«, fragte sie Frederika.

»Alles bestens«, beteuerte Frederika. »Beim nächsten Mal bringe ich sie mit.«

»Ich mache mir so große Sorgen um die beiden«, sagte Liv bedrückt.

»Ich habe dir versprochen, dass ich mich um alles kümmern werde, und darauf kannst du dich verlassen.«

»Du hast mich schon einmal im Stich gelassen«, sagte Liv leise. Sie hätte das nicht sagen sollen. Die Worte waren heraus, bevor sie darüber nachdenken konnte. Sie schlug eine Hand vor den Mund. »Das wollte ich nicht sagen.«

»Doch.« Frederika nickte. Obwohl sie lächelte, wirkte sie traurig. »Du wolltest das sagen, und du hast recht, ich habe dich damals im Stich gelassen. Schon alleine deshalb kannst du dich diesmal hundertprozentig auf mich verlassen. Wirklich Liv, ich mache wieder gut, was ich damals versäumt habe.«

»Ich habe nie begriffen, warum du von einem Tag auf den anderen verschwunden bist. Ohne Abschied, ohne ein Wort der Erklärung.«

Eine Erklärung bekam Liv auch jetzt nicht. Frederika starrte unbehaglich auf den Boden und murmelte: »Die Umstände ... Ich konnte einfach nicht anders.« Dann wechselte sie schnell das Thema. »Ich werde dafür sorgen, dass die Kinder dich nachher anrufen, damit du beruhigt bist. Und morgen bringe ich sie mit ins Krankenhaus.«

Liv nickte, obwohl sie wusste, dass sie nicht zur Ruhe kommen würde, bevor sie ihre Kinder gesehen hatte.

Frederika blieb nicht lange und entschuldigte sich damit, dass sie Mats in der Backstube helfen wollte. »Ich soll dich herzlich von ihm grüßen und dich fragen, ob er eine neue Aushilfe einstellen kann. Diese Ulrika scheint überhaupt nicht mehr zu kommen.«

»Natürlich.« Liv seufzte tief auf. »Hoffentlich findet er jemanden.«

»Ganz bestimmt«, versicherte Frederika. »Und wenn er jemanden gefunden hat, der für die Arbeit infrage kommt, wird der- oder diejenige sich bei dir im Krankenhaus vorstellen.«

Liv nickte, obwohl ihr die Bäckerei im Moment völlig egal war.

Frederika schien das zu spüren. »Du musst dir wirklich keine Sorgen machen«, versicherte sie noch einmal. »Ich bin da, und Björn ist sehr zuverlässig.« Sie schmunzelte, als sie hinzufügte: »Auch wenn ihm das selbst noch nicht bewusst ist.«

»Du erwartest nicht ernsthaft, dass ich diesem Mann vertraue?«, fragte Liv bitter. »Es ist seine Schuld, dass ich überhaupt in diese Situation gekommen bin.« Sie schüttelte leicht den Kopf. »Ich mag diesen Mann nicht, und das liegt nicht nur an dem Unfall. Es reicht schon völlig, was in der Presse über ihn berichtet wird.«

Frederika schien nicht zu wissen, was sie darauf sagen sollte, und wirkte erleichtert, als Villiam plötzlich aufstand.

»Ich muss in die Backstube«, sagte er, ging zur Tür, öffnete sie und stolzierte hinaus.

»Du hörst von mir und den Kindern«, rief Frederika Liv zu und hastete eilig hinter Villiam her.

Liv schaute den beiden seufzend nach. Um ihren Vater musste sie sich keine Sorgen machen, aber es wäre ihr lieber, Frederika würde sich auch um die Kinder kümmern.

— 13 —

Nils kotzt!«

Björn hob den Kopf und starrte über seinen aufgeklappten Laptop hinweg auf Emelie, die vor dem Tisch stand, die Hände in die Hüften gestützt, und ihn herausfordernd anschaute.

»Warum?« Etwas Besseres fiel ihm nicht ein.

»Weil du ihm so viel Schokoladeneis gegeben hast.« Emelies Blick und ihre ganze Haltung zeigten Björn, dass sie ausschließlich ihm die Schuld gab.

»Und was soll ich jetzt machen?« Björn hatte mal wieder keine Ahnung, wie er mit der Situation umgehen sollte, und inzwischen nervte es ihn, dass er für alles verantwortlich gemacht wurde.

Emelie zuckte mit den Schultern. Vielleicht hatte sie selbst keine Ahnung, vielleicht wollte sie auch einfach nur mit ihrem kotzenden Bruder nichts zu tun haben. Dieser Verdacht stieg in Björn auf, als er das Zimmer des Jungen betrat.

Nils saß auf seinem Bett, Tränen liefen über seine Wangen, das Erbrochene tropfte von seinem T-Shirt auf den Boden. Das Schlimmste aber war der Gestank.

Björn begann selbst zu würgen. Am liebsten hätte er sich auf dem Absatz umgedreht, um zu flüchten.

»Ich will meine Mahahama!«, weinte Nils.

»Ich wünschte auch, sie wäre hier«, stimmte Björn dem Jungen zu. *Und ich selber ganz weit weg*, fügte er in Gedanken hinzu.

»Du musst das da ausziehen.« Björn wies auf das vollgekotzte T-Shirt. Um nichts in der Welt wollte er dem Jungen zu nahe kommen. Vorsichtshalber trat er noch einen Schritt zurück und hielt sich eine Hand vor die Nase.

»Ich will meine Mama!« Der Junge schluchzte herzzerreißend.

»Was ist denn hier schon wieder los?« Frederika stand plötzlich hinter Björn.

In einer Mischung aus Erleichterung und Schuldbewusstsein drehte er sich zu ihr um. »Ich habe keine Ahnung, was ich machen soll«, gestand er.

»Ist ja schon gut.« Frederika ging auf den weinenden Jungen zu, obwohl ihr deutlich anzusehen war, dass auch sie sich vor dem Gestank ekelte. »Du kannst deine Mama gleich anrufen, und morgen besuchen wir sie alle zusammen.«

Nils war damit nicht zufrieden. »Ich will meine Mama nicht besuchen«, weinte er. »Ich will, dass sie kommt.«

Frederika streckte die Hand nach ihm aus, aber Nils schlug sie weg. Er sprang von seinem Bett, machte einen Bogen um Frederika und lief zu Björn. Bevor Björn ihm ausweichen konnte, war der Junge schon bei ihm und umklammerte seine Beine mit beiden Händen.

Na toll, jetzt hatte er die Kotze auch auf seiner Jeans!

Björn schluckte den Fluch hinunter, der ihm auf der Zunge lag, als Nils den Kopf hob und ihn anschaute. Verzweifelt wehrte er sich gegen das Gefühl, das die flehenden Augen des Jungen in ihm auslösten.

Ich kann Kinder nicht ausstehen, rief er sich selbst in Erinnerung, also empfinde ich auch kein Mitleid mit ihnen.

»Holst du meine Mama?«, bat Nils.

Björn seufzte tief und strich dem Jungen über die blonden Locken. »Ich kann deine Mama nicht holen«, sagte er, »aber wenn du dich jetzt waschen und umziehen lässt, können wir sie gleich besuchen gehen.«

Verdammt, er hatte gehofft, heute noch ein bisschen arbeiten zu können!

Immerhin hatte er es geschafft, ein Lächeln auf Nils' Gesicht zu zaubern. Der Kleine sah süß aus, wie er zu ihm aufschaute, immer noch mit Tränen in den Augen, und ihn anlächelte. Wieder spürte Björn dieses Gefühl der Rührung, gegen das er sich ebenso verzweifelt wie vergeblich wehrte.

»Kommst du auch mit?«, fragte er Frederika, weil er das Gefühl hatte, etwas sagen zu müssen, um seinen Gefühlen nicht mehr so hilflos ausgeliefert zu sein, und weil er dieser Liv nicht alleine gegenübertreten wollte.

Frederika schüttelte den Kopf. »Ich kann Mats in der Backstube nicht alleine lassen«, sagte sie. »Aber ich finde es gut, dass du mit den Kindern ins Krankenhaus fahren willst. Nicht nur für die beiden, sondern vor allem wegen Liv. Sie macht sich schreckliche Sorgen, und es ist gut, wenn sie sich selbst davon überzeugen kann, dass alles in Ordnung ist.«

Björn nickte, aber zufrieden war er nicht. Verdammt, warum war er gestern nicht langsamer gefahren?

»Übrigens habe ich beschlossen, Villiam mit zu mir nach Hause zu nehmen«, informierte ihn Frederika. »Ich bin eigentlich nur hier, um ein paar Sachen für ihn zu holen.« Sie zögerte kurz und fragte dann: »Soll ich Knut auch mitnehmen?«

Björn war erleichtert, dass ihm wenigstens die Verantwortung für den alten Mann abgenommen wurde. Das war auch ganz praktisch, da konnte er in Villiams Zimmer ziehen, solange er hierbleiben musste.

Knut, der wahrscheinlich seinen Namen gehört hatte, kam schwanzwedelnd ins Zimmer. Er setzte sich vor Björn und schaute ihn erwartungsvoll an. Vermutlich hoffte er auf eine weitere Wurstration.

»Nicht nötig.« Björn schüttelte den Kopf. »Knut und ich kommen inzwischen ganz gut miteinander aus.«

»Ich will zu Mama!«, bettelte Nils, und Emelie, die ebenfalls ins Zimmer gekommen war und wegen des Gestanks eine angewiderte Miene zog, stimmte flehentlich in die Bitte ihres Bruders mit ein.

Björn zog Nils aus, wusch ihn – schon das zweite Mal an diesem Tag – und zog ihm frische Kleidung an. Danach zog er sich selbst um, weil Nils' Umarmung Spuren auf seiner Jeans hinterlassen hatte.

Björn zögerte die Fahrt hinaus, solange es ging. Er hatte überhaupt keine Lust darauf, diese Frau zu sehen. Schon gar nicht nach dem Telefonat mit ihr.

— 14 —

Der Arzt hatte Liv ermahnt, sich nicht aufzuregen. Ihr Blutdruck war zu hoch, ihre Stimmung dafür ziemlich weit unten. Die Sorge um ihre Kinder machte sie völlig fertig.

Und dann ging plötzlich die Tür auf, und ihre geliebten kleinen Monster stürzten auf sie zu.

»Mama, Mama!« Bevor ihn jemand daran hindern konnte, war Nils auf ihr Bett gehopst und bedeckte ihr Gesicht mit feuchten kleinen Küssen.

Ein heftiger Schmerz zog durch Livs Bein. Sie unterdrückte ein Stöhnen und bemühte sich um ein strahlendes Lächeln.

»Mein Schatz!« Sie umarmte Nils, der sich ganz fest an sie drängte und seinen Kopf auf ihre Schulter legte.

Eifersüchtig drängelte Emelie sich von der anderen Seite des Bettes an sie. »Mama, ich hab dich so vermisst!«, sagte sie.

»Hab dich auch vermisst«, nuschelte Nils an ihrer Schulter.

»Und ich habe euch beide vermisst!« Liv drückte Nils an sich und streckte den anderen Arm aus, um ihre Tochter zu umarmen. Ihr Blick fiel auf den Mann, der an der Tür stand und sie unsicher ansah.

Liv sah Björn zum ersten Mal, aber sie hatte sich längst ihre Meinung über ihn gebildet. Er war groß, schlaksig, hatte ein hageres Gesicht, einen Dreitagebart und blonde Haarstoppeln, die viel zu lang von seinem Kopf abstanden.

Unwillig runzelte Liv die Stirn. Am liebsten hätte sie ihn weggeschickt, um mit ihren Kindern alleine zu sein. Es war bitter, dass sie ihm auch noch dankbar sein musste, weil er die Kinder hierhergebracht hatte.

Björn kam näher. Seine Augen wirkten dunkel, fast schwarz. Erst als er nur noch wenige Meter von ihrem Bett entfernt war, erkannte Liv, dass sie dunkelblau waren. Seine Gesichtszüge wirkten hart und kantig. Seine ganze Haltung drückte dieselbe Abneigung aus, die auch sie empfand. Unfassbar, dass sie einem solchen Menschen die Verantwortung für ihre Kinder überlassen musste!

»Wie geht's?«, presste er hervor.

»Wie soll es mir schon gehen?«, erwiderte Liv gereizt.

Er blieb stehen, stand jetzt mitten im Raum, und es war ihm deutlich anzusehen, wie unbehaglich er sich fühlte.

»Wir sind Zug gefahrt«, berichtete Nils ganz stolz, bevor Björn noch etwas sagen konnte.

»Quatsch!«, sagte Emelie und vergaß dabei, die Grammatik ihres Bruders zu korrigieren. »Wir sind mit Björns Auto gekommen.«

»Wir sind wohl Zug gefahrt«, beharrte Nils. »Hier im Krankenhaus.«

Emelie tippte sich gegen die Stirn, Björn allerdings schien den Kleinen zu verstehen. »Du meinst den Aufzug«, sagte er.

Nils hob den Kopf von Livs Schulter und strahlte über das ganze Gesicht. »Sag ich doch, ein Zug.« Nils wandte sich seiner Mutter zu. »Aber der fahrt nur nach oben und unten, und man kann da auch nicht drin sitzen so wie in dem Zug, mit dem wir nach Stockholm gefahrt sind.«

Die Zugfahrt nach Stockholm in den letzten Ferien war für die Kinder ein ganz besonderes Erlebnis gewesen, vor allem für Nils.

»Und Björn musste für den Zug auch nix bezahlen«, berichtete der Junge aufgeregt weiter.

»Das ist doch kein richtiger Zug, du Blödmann«, sagte Emelie. »Das ist nur ein Aufzug, damit kannst du nur in einem Haus von unten nach oben fahren.«

Nils, wahrscheinlich immer noch gefangen von den neuen Eindrücken, überhörte den Einwand seiner Schwester. Bittend schaute er Björn an. »Können wir nachher noch mal mit dem Zug fahren?«

»Klar«, sagte Björn. »Wenn du möchtest, fahren wir ein paar Mal rauf und runter.«

Nils strahlte glücklich und schmiegte sein Köpfchen wieder an Livs Schulter.

Zum ersten Mal, seit sie im Krankenhaus lag, fühlte Liv sich etwas entspannter. Sie spürte, dass es ihren Kindern gut ging, auch wenn sie diesem Mann immer noch nicht traute. Vorsichtshalber hakte sie noch einmal nach.

»Ist alles in Ordnung mit euch?«, fragte sie und schaute dabei Emelie an, weil sie wusste, dass sie von ihrer Tochter genauere Auskünfte bekommen würde als von Nils. »Geht es euch gut?«

»Jaaaa«, sagte Emelie gedehnt. Ein unausgesprochenes *Aber* schwang mit.

»Ganz bestimmt?« Liv ließ nicht locker. Wenn etwas nicht stimmte, wollte sie es wissen.

»Der Björn ist ja ganz nett«, kam Emelie auf den Punkt, »aber ich glaube, der kann nicht kochen.«

»Ihr bekommt nichts Ordentliches zu essen?«, fragte Liv und warf Björn einen eisigen Blick zu. Streng sagte sie: »Ich lege großen Wert auf eine gesunde Ernährung meiner Kinder.«

»Wir haben im Restaurant gegessen«, sagte Emelie und

fügte stolz hinzu: »Aber da musste ich dem Björn erst mal zeigen, wo eins ist, der wusste das nämlich nicht. Und dann hat der Björn den Nils gaaaanz viel Schokoeis essen lassen.« Emelie breitete die Hände aus, um die Menge zu demonstrieren, und redete dabei weiter wie ein Wasserfall. »Und dann hat der Nils gekotzt, und das hat furchtbar gestunken, und der Nils hat geweint, und der Björn musste den Nils abwaschen.«

Liv ballte die Hände zu Fäusten, öffnete sie wieder und atmete erst einmal ganz tief durch. Dann bat sie die Kinder: »Könnt ihr mal kurz aus dem Zimmer gehen, ich habe mit …« – sie zögerte, weil es ihr schwerfiel, den Namen auszusprechen, und wies deshalb mit der Hand in Björns Richtung – »… mit ihm etwas zu besprechen.«

»Oje!«, sagte Emelie und bedachte Björn mit einem fast schon mitleidigen Blick. Beide Kinder gehorchten widerspruchslos.

»Pass auf deinen Bruder auf!«, rief Liv Emelie nach, woraufhin diese Nils' Hand ergriff. Gemeinsam gingen die Kinder zur Tür.

»Kriegt der Björn jetzt geschimpft?«, hörte Liv ihren Sohn fragen und bekam auch noch Emelies Antwort mit.

»Bestimmt«, erwiderte Emelie im Brustton der Überzeugung und ohne ihren Bruder zu berichtigen.

Liv wartete, bis sich die Tür hinter den Kindern geschlossen hatte. Dann wandte sie sich mit zusammengezogenen Brauen Björn zu, doch der kam ihr zuvor.

»Es tut mir leid«, sagte er hastig, »aber ich wusste nicht, dass Nils kein Schokoladeneis verträgt.«

»Das kommt ganz auf die Menge an. Offensichtlich war es zu viel.« Liv wollte seine Entschuldigung nicht akzeptieren. »Ich lege großen Wert auf eine gesunde und ausgewogene

Ernährung meiner Kinder«, wiederholte sie mit mühsamer Beherrschung. »Nils' Magen ist ein bisschen empfindlich. Heute Abend geben Sie ihm am besten nur noch etwas Knäckebrot.«

»Ich werde daran denken.« Björns Miene blieb undurchdringlich. Liv war sich nicht einmal sicher, ob er sie überhaupt ernst nahm.

»Ich erwarte, dass es meinen Kindern gut geht«, fuhr sie mit erhobener Stimme fort. »Zumindest das schulden Sie mir, nachdem ich Ihnen das hier verdanke.« Sie wies auf ihr Bein, das in einer Gipsschale hochgelagert war.

Sie duzte ihn nicht, so wie es in Schweden normalerweise üblich war, und zeigte ihm damit besonders deutlich und bewusst ihre Abneigung.

Arrogant hob er eine Augenbraue. »Ich gebe mein Bestes«, sagte er von oben herab. »Und deshalb fahre ich jetzt auch mit den Kindern nach Hause, damit sie pünktlich ins Bett kommen.«

Er verzog die Lippen zu einem schmalen Lächeln. Nicht der geringste Anflug von Schuldbewusstsein, kein Anzeichen von Mitleid, nur pure Arroganz.

»Ich warne Sie«, sagte Liv mit gefährlich leiser Stimme. »Wenn meinen Kindern etwas passiert, ...« Sie ließ den Satz unbeendet, weil ihr keine passende Drohung einfiel.

Björn wirkte nach wie vor völlig unbeeindruckt. »Ich werde es berücksichtigen«, gab er zurück und lächelte dabei immer noch.

Dieses Lächeln und der Ausdruck in seinen Augen machten sie rasend. Was für ein widerlicher, aalglatter Mistkerl! Er nahm sie tatsächlich nicht ernst, und sie verspürte den Wunsch, ihm deutlich ihre Meinung zu sagen. Ihre eigene Hilflosigkeit verstärkte ihre Wut noch mehr.

»Ich kann Sie nicht leiden!«, presste sie hervor.

»Dann haben wir doch wenigstens etwas gemeinsam«, erwiderte Björn und grinste dabei immer noch. »Ich kann Sie nämlich auch nicht ausstehen.« Damit wandte er sich um und ging einfach aus dem Zimmer.

Liv starrte ihm fassungslos hinterher.

»Mit Brot ist kein Kummer eine Not.«

(Spanisches Sprichwort)

Knäckebrot

Zutaten:

150 g Dinkelvollkornmehl
½ TL Salz
2 EL Rapsöl
500 ml Wasser
120 g Haferflocken
60 g Kürbiskerne
60 g Sesamsamen
60 g geschälte Sonnenblumenkerne

Zubereitung:

Das Dinkelvollkornmehl mit dem Salz, dem Rapsöl und dem Wasser verrühren.

Die Haferflocken mit den Kürbiskernen, dem Sesamsamen und den Sonnenblumenkernen vermischen. Einen Teil davon für die spätere Verzierung beiseitestellen. Den Rest zu der Mehlmischung geben und alles gründlich verrühren.

Den Backofen auf 160 °C vorheizen.

Backpapier auf zwei Backblechen ausbreiten und den Teig dünn darauf streichen. Die restliche Körnermischung darüberstreuen.

In den Backofen geben, nach einer Viertelstunde herausnehmen und in Scheiben schneiden. Danach eine weitere Dreiviertelstunde lang backen lassen.

— 15 —

Björn schaffte es, die Tür leise hinter sich zu schließen und das Grinsen auf seinem Gesicht beizubehalten, bis sie ihn nicht mehr sehen konnte.

Was für eine blöde Ziege!

»Ich kann Sie nicht leiden«, äffte er Livs Worte in gehässigem Tonfall nach. »Wenn meinen Kindern etwas passiert …«

Kinder?!

Björn blieb abrupt stehen, wandte sich um und schaute suchend den Gang zurück, dann wieder nach vorn. Keine Kinder weit und breit – und tatsächlich hatte er sie in seinem Ärger über Liv völlig vergessen.

Schon zum zweiten Mal heute!

Im Laufschritt legte er den Weg bis zu der Glastür zurück, die das Treppenhaus vom Gang mit den Krankenzimmern trennte. Links führte eine Treppe nach unten, rechts nach oben, und dazwischen befanden sich zwei Aufzüge.

Eine der Aufzugtüren schloss sich in dem Moment, als Björn durch die Glastür trat, und er konnte gerade noch sehen, wie Emelie und Nils Hand in Hand nebeneinander in der Kabine standen.

Auf der Anzeige sah er, dass der Aufzug nach oben fuhr. Er eilte die Treppe hinauf, nahm zwei Stufen auf einmal, schaffte es aber trotzdem nicht rechtzeitig. Als er schwer atmend oben ankam, schloss sich die Aufzugstür gerade wieder vor seiner Nase, und die Kinder, immer noch Hand in Hand, winkten ihm mit ihren freien Händen begeistert zu. Diesmal fuhr der Aufzug nach unten.

»Verdammt!«, fluchte Björn und nahm erneut die Verfolgung auf.

Er hätte es geschafft, ganz sicher, wenn nicht hinter der nächsten Biegung die alte Dame vor ihm auf der Treppe gewesen wäre.

Björn konnte gerade noch rechtzeitig bremsen. Um ein Haar wäre er voll gegen die Frau geprallt, die sich mit ihrem Gehstock von Stufe zu Stufe quälte. Er stöhnte erschrocken auf und hatte sofort das Bild einer weiteren Frau vor Augen, die wegen ihm verunglückte.

Das fehlte ihm gerade noch! Möglicherweise hatte sie einen alten, verfressenen Mops zu Hause, für den er dann auch noch sorgen musste, oder einen debilen Ehemann oder ...

»Immer langsam, junger Mann!«, sagte die alte Frau, die sich mit großer Mühe zu ihm umgedreht hatte, unwillig.

»Tut mir leid«, murmelte Björn und fragte sich im Stillen, warum die Frau nicht einfach mit dem Aufzug nach unten fuhr.

Es waren nur wenige Sekunden, die ihn dieser Vorfall kostete, aber er kam trotzdem zu spät. Dieses Mal sah er die Kinder nicht, sondern erkannte an der Anzeige des Aufzugs, dass sie schon wieder auf dem Weg nach oben waren.

Björn atmete tief durch. Noch einmal wollte er dem Aufzug nicht nachjagen. Er würde hier unten warten und die Kinder in Empfang nehmen, sobald der Aufzug wieder unten ankam. Er drückte auf den Knopf und wartete ungeduldig.

Das Krankenhaus hatte fünf Etagen, der Aufzug hielt auf jeder einzelnen. Auch das konnte Björn an der Anzeige sehen. Als der Aufzug in der fünften Etage angekommen war, kam er – ganz wie Björn gehofft hatte – wieder nach unten, hielt in der dritten, in der zweiten, in der ersten Etage und dann direkt vor ihm. Die Metalltür schob sich auf.

Der Aufzug war leer.

Björn war fassungslos. Er starrte in die leere Kabine, bis sich die Tür wieder schloss.

Auf welcher Etage waren die Kinder ausgestiegen? Warum waren sie überhaupt ausgestiegen? Freiwillig? Oder hatte sie jemand mitgenommen?

Ihm brach der kalte Schweiß aus, und dann sah er, dass der zweite Aufzug auf dem Weg nach unten war. Er hoffte darauf, dass Emelie und Nils einfach nur umgestiegen waren.

Als der Aufzug unten ankam und die Tür sich öffnete, eilte ein Mann im Arztkittel hinaus, gefolgt von einer jungen Frau. Sonst war niemand in der Kabine.

»Entschuldigung!« Björn hielt die Frau auf, die schnell an ihm vorbei wollte. »Ich suche zwei Kinder, einen Jungen und ein Mädchen.«

»Die habe ich gesehen«, sagte die Frau. »Die beiden sind in der dritten Etage aus dem anderen Aufzug gestiegen.«

In der dritten Etage war Livs Krankenzimmer, es war also nicht schwer zu erraten, wohin die Kinder wollten. Es gefiel ihm überhaupt nicht, dass er noch einmal zu Liv ins Zimmer musste. Und was sollte er sagen, falls die Kinder nicht bei ihr waren?

Diesmal fuhr Björn mit dem Aufzug nach oben. Seine Schritte wurden immer langsamer, je näher er Livs Zimmer kam. Vorsichtig klopfte er an.

»Herein!« Selbst durch die geschlossene Tür klang Livs Stimme hart und verärgert.

Björn öffnete die Tür und trat ein. Sein Blick fiel auf die

beiden Kinder, die neben Livs Bett standen und sich offensichtlich freuten, ihn zu sehen. Ganz im Gegensatz zu ihrer Mutter.

»Ist Ihnen inzwischen aufgefallen, dass meine Kinder nicht mehr da sind?«

Er war müde, er war außer Atem, er war gefühlte tausendmal die Treppe hinauf- und wieder hinuntergelaufen. Er hatte sich Sorgen gemacht, und er wurde permanent für alles kritisiert, was er tat. Dabei war er diesmal wirklich nicht schuld.

»Sie haben die Kinder doch selbst aus dem Zimmer geschickt«, sagte er mit zusammengezogenen Brauen und einer Stimme, in der ganz deutlich die Warnung mitschwang, dass sie es nicht zu weit treiben sollte.

Liv schien diese Warnung nicht zu bemerken, vielleicht wollte sie sie auch überhören.

»Wir sind nur mit dem Zug gefahrt«, sagte Nils. Der Junge blickte hilflos zwischen Björn und seiner Mutter hin und her. Es war ihm anzusehen, dass er die Spannung in der Luft spürte und die Situation ihn verwirrte.

Emelie stöhnte genervt auf. »Mit dem *Auf*zug, du Trottel!«

Nils trat seiner Schwester heftig gegen das Schienbein. »Ich bin kein Trottel!«, schrie er aufgebracht.

Emelie heulte los, und Nils stimmte sofort mit ein.

»Da sehen Sie, was Sie angerichtet haben.« Liv starrte Björn böse an.

»Ich?« Björn wies mit dem Zeigefinger auf sich. Jetzt reichte es ihm endgültig. Weil er das Geheule der Kinder übertönen musste, brüllte er: »Sie haben doch nicht alle Tassen im Schrank!«

Die Kinder verstummten augenblicklich. Wahrscheinlich

hatte es noch nie jemand gewagt, so mit ihrer Mutter zu reden. Aber Björn war noch nicht fertig.

»Ihr verdammtes Herumgezicke geht mir auf die Nerven!«, schrie er. »Sie haben die Kinder aus dem Zimmer geschickt. Es ist nicht meine Schuld, dass sie einfach zu den Aufzügen gegangen sind. Und was den Unfall betrifft: Wer so dämlich ist, sich mitten auf die Straße zu stellen, muss damit rechnen, dass er von einem Auto angefahren wird. Ich lasse mich nicht länger wie ein Schwerverbrecher behandeln!«

»O-Ooo«, machte Emelie, hielt es aber offensichtlich für angeraten, nichts weiter zu sagen. Selbst Nils war still und schaute nur zwischen seiner Mutter und Björn hin und her.

»Verschwinden Sie!«, sagte Liv heiser. »Sehen Sie zu, dass Sie hier rauskommen.«

Das ließ Björn sich nicht zweimal sagen. »Kommt, Kinder«, sagte er. Er hielt den beiden, die ihm schweigend folgten, die Tür auf, sah sich aber nicht mehr um.

Auf dem Weg zum Parkplatz hing Björn seinen Gedanken nach. In ihm brodelte noch immer die Wut auf Liv, und es fiel ihm noch eine ganze Menge mehr ein, was er ihr hätte sagen können.

Irgendwann bemerkte er, dass es hinter ihm still war. Erschrocken wandte er sich um. Fast rechnete er damit, dass die Kinder schon wieder verschwunden waren, aber die beiden trotteten brav hinter ihm her. Hand in Hand, so wie eben im Aufzug, aber jetzt sah es so aus, als würden sie sich gegenseitig Halt geben.

Die beiden wirkten wie eine Einheit: Emelie und Nils

gegen den Rest der Welt. Sie wichen seinem Blick nicht aus. Nils wirkte ängstlich, Emelie eher trotzig.

Björn hatte das Gefühl, die beiden beruhigen zu müssen, und lächelte ihnen zu. Der Gesichtsausdruck der Kinder blieb unverändert.

»Was ist los mit euch?«, fragte er, obwohl er das ganz genau wusste.

»Du warst ganz schön gemein zu unsrer Mama«, sagte Emelie böse.

Das ließ Björn nicht auf sich sitzen. »Eure Mama war ganz schön gemein zu mir«, widersprach er und kam sich gleich darauf ziemlich kindisch vor. »Ist schon gut«, sagte er beschwichtigend. »Eure Mutter und ich waren eben nicht einer Meinung, das kommt schon mal vor. Hin und wieder hast du doch auch Streit mit Nils, und dann vertragt ihr euch wieder.«

Beide Kinder nickten.

»Macht euch keine Gedanken«, sagte Björn und fragte sich, warum es ihm so wichtig war, dass die beiden ihm vertrauten. »Alles wird gut.«

Inzwischen hatten sie seinen Wagen erreicht. Er öffnete die hintere Tür, ließ die Kinder einsteigen und half ihnen beim Anschnallen. Dabei fiel ihm ein, dass er für die beiden eigentlich Kindersitze bräuchte.

Björn richtete sich auf. Was passierte hier gerade mit ihm? Er war doch der *personifizierte Kinderhasser*. Zumindest hatte Eivor ihm das an den Kopf geworfen, kurz bevor sie ihre Koffer gepackt hatte und gegangen war.

Und er selbst? Er hatte ihr nicht widersprochen, war sogar davon überzeugt gewesen, dass sie recht hatte. Er hatte nie Kinder gewollt, und obwohl er sonst alles für Eivor getan hätte, konnte und wollte er ihr diesen Herzenswunsch nicht erfüllen.

Und jetzt waren da zwei völlig fremde Kinder, ein kleines Mädchen und ein noch kleinerer Junge, die sein Herz berührten und die Entscheidung, die er vor Jahren getroffen hatte – ganz allein, völlig egoistisch und mit der Konsequenz, dass sie seine Ehe zerstörte –, infrage stellten.

Verwirrt setzte sich Björn hinter das Lenkrad und startete den Wagen. Die Rückfahrt verlief schweigend. Hin und wieder sah er in den Rückspiegel und bemerkte dabei, dass die Kinder sich auch jetzt wieder an den Händen hielten. Das war gut, vor allem für den armen kleinen Nils. So hatte er wenigstens nicht das Gefühl, ganz alleine zu sein.

Die schmale Straße wand sich in Kurven durch ein Waldstück. Nur noch zwei Kilometer bis Norrfällsviken.

Plötzlich schrie Nils laut auf.

Björn trat hart auf die Bremse, schlingernd kam der Wagen zum Stehen, der Motor erstarb. Zum Glück fuhr niemand hinter ihnen, und es kam ihnen auch kein anderes Fahrzeug entgegen.

Björn drehte sich um, der Schreck war ihm in alle Glieder gefahren. »Was ist?«

Nils hatte die Hand seiner Schwester losgelassen und presste die Nase gegen die Scheibe. Er zeigte mit dem Finger zu den Baumstämmen am Straßenrand. »Da war der Bär.«

Björn atmete tief durch und spürte, wie sein Puls sich langsam wieder beruhigte. »Du meinst, du hättest einen Bären gesehen, und hast deshalb so laut geschrien?«

Emelie machte eine wegwerfende Handbewegung. »Der sieht immer Bären, wo keine sind.«

»Da ist ein Bär gelauft«, schrie Nils.

»Das heißt gelaufen«, sagte Emelie und verdrehte die Augen. »Und außerdem habe ich nichts gesehen.«

»Weil du nicht hingeguckt hast, du doofe Kuh.«

Björn fasste sich mit beiden Händen an den Kopf. Dieser Tag überforderte ihn allmählich.

»Björn«, beklagte sich Emelie. »Der Nils hat *doofe Kuh* zu mir gesagt.«

»Das habe ich gehört«, erwiderte Björn mit geschlossenen Augen.

»Das darf der aber nicht«, sagte Emelie streng. »Du musst ihm das sagen.«

»Nils, sag nicht *doofe Kuh* zu deiner Schwester«, sagte Björn lustlos. Er hatte keine Kraft mehr, fühlte sich völlig am Ende.

»Aber die Emelie ärgert mich immer.« Nils' Stimme klang weinerlich.

»Tu ich gar nicht«, sagte Emelie von oben herab.

Björn öffnete die Augen wieder und sah Emelie an. »Na ja, du könntest es deinem Bruder wirklich ein bisschen netter beibringen, wenn er etwas Falsches sagt. Stell dir mal vor, Nils würde dich immer so verbessern, wie du es mit ihm machst. Würde dir das gefallen?«

Einen Moment lang war es ganz still. »Nein«, sagte Emelie dann ziemlich kleinlaut.

»Könnt ihr euch dann bitte vertragen?«, bat Björn müde. »Es wäre doch schön, wenn wir alle miteinander auskommen, oder?«

Die Kinder nickten gleichzeitig.

»Okay«, sagte Björn und startete den Wagen wieder. Er schaute in den Rückspiegel, sah sein eigenes Gesicht und musste plötzlich grinsen. Du bist der geborene Kinderflüsterer, dachte er.

»Da war wohl der Bär!«, schrie Nils auf dem Rücksitz.

»War er nicht«, sagte Emelie ganz leise, wohl in der Hoffnung, dass Björn sie vorne nicht hören konnte.

Er stöhnte laut auf, dann schaltete er das Radio ein. Freddy Mercury röhrte: »We will, we will rock you!«

Björn drehte den Lautstärkeregler bis zum Anschlag auf und sang lauthals mit.

— 16 —

Ich will nicht, dass sich dieser Mann um meine Kinder kümmert«, rief Liv erbost ins Telefon.

Frederika antwortete nicht sofort, aber Liv hörte sie tief seufzen.

»Okay, Liv«, sagte sie betont ruhig. »Wie sollen wir das regeln? Soll ich Björn in die Backstube stellen und mich selbst um die Kinder kümmern? Ich glaube kaum, dass das funktioniert.«

Nach Björns letztem Auftritt war Liv für solche Argumente nicht zugänglich. Er hatte sich unmöglich aufgeführt.

Aber sie selbst auch. Das musste sie im Nachhinein zugeben.

Lass mich in Ruhe!, brachte sie ihr Gewissen zum Schweigen. Jedenfalls für den Augenblick.

Frederika hatte noch immer keine Antwort bekommen. »Was soll ich machen?«, hakte sie nach. In ihrer Stimme schwangen Ungeduld und Unverständnis mit.

»Keine Ahnung«, erwiderte Liv und merkte selbst, dass sie sich wie ein trotziges Kind anhörte.

»Hast du das Gefühl, dass es deinen Kindern nicht gut geht?«, fragte Frederika.

»Nils hat sich übergeben, weil dieser Mann zugelassen hat, dass er sich mit Schokoladeneis vollstopft«, klagte Liv. Ihr eigener Tonfall erinnerte sie an Emelie an besonders quengeligen Tagen.

»Ich bin sicher, das wird Björn nicht noch einmal zulassen«, erwiderte Frederika trocken. »Und was hast du sonst noch gegen ihn einzuwenden?«

Alles!, schoss es Liv durch den Kopf, ohne dass sie es genau definieren konnte. Jetzt, da sie darüber nachdachte, fiel ihr nichts ein, was sie noch gegen ihn vorbringen konnte. Mal abgesehen davon, dass er sie über den Haufen gefahren hatte. Aber sie hatte selbst das Gefühl, dass sich dieses Argument allmählich abnutzte.

»Glaubst du, dass die Kinder ihn nicht mögen oder sogar Angst vor ihm haben?«, bohrte Frederika nach.

Liv musste zugeben, dass es nicht so war. Ganz im Gegenteil, sie hatte sogar das Gefühl, dass Emelie und Nils diesem Mann vertrauten. Wie er mit Jonna zurechtkam, wusste sie nicht, aber ihre größte Sorge galt ohnehin den beiden Kleinen. Jonna war kein hilfloses Kleinkind mehr, sie würde schon klarkommen.

»Liv?«, hakte Frederika nach, weil sie immer noch schwieg.

»Nein«, erwiderte Liv gedehnt, »die Kinder haben keine Angst vor ihm.«

Diesmal war es Frederika, die schwieg. So lange, bis Liv das Gefühl hatte, etwas sagen zu müssen.

»Ich kann diesen Mann einfach nicht leiden«, wiederholte sie das, was sie auch schon zu Björn Bjerking gesagt hatte.

»Vielleicht könntest du dich eher mit ihm abfinden, wenn du ihn nicht immer als *diesen Mann* bezeichnen, sondern ihn einfach beim Vornamen nennen würdest«, schlug Frederika vor.

Liv hatte keine Ahnung, ob Frederika sie nur aufzog oder es wirklich ernst meinte. Ihr wurde bewusst, wie fremd sie sich geworden waren. Früher waren sie sehr vertraut gewesen, aber die Frederika von heute konnte Liv nicht einschätzen.

In den letzten zwanzig Jahren hatten sie sich beide sehr verändert.

Liv fragte sich, ob Frederika das auch bemerkte, ob es sie überhaupt interessierte, was sie, Liv, empfand. Vielleicht fühlte Frederika sich auch einfach nur verpflichtet, Liv nicht noch einmal im Stich zu lassen. Weil sie damals einfach gegangen war. Weil sie mit im Auto gesessen hatte.

Die Vorstellung, dass sie für Frederika möglicherweise nicht mehr als eine lästige Pflicht war, setzte Liv sehr zu.

Liv war in ihrem bisherigen Leben vor allem von den Menschen enttäuscht worden, die sie geliebt hatte, und sie wusste selbst, dass sie zur Verbitterung neigte. Manchmal konnte sie sich nicht dagegen wehren, dass die schlimmen Erinnerungen sie mit Macht überkamen. Dann neigte sie dazu, ungerecht zu werden und selbst die Menschen vor den Kopf zu stoßen, die es gut mit ihr meinten.

Auch Frederika hatte sie schon einmal bitter enttäuscht. Trotzdem nahm Liv sich vor, die Gründe für ihre Hilfsbereitschaft nicht infrage zu stellen, auch wenn es ihr nicht leichtfiel.

Liv hielt noch immer den Hörer in der Hand, und langsam war es an der Zeit, mal wieder etwas zu sagen. Ohne auf Frederikas letzten Einwand einzugehen, wechselte sie das Thema: »Dr. Norberg meint, dass ich übernächste Woche nach Hause kann. Dann werde ich mich wieder selbst um alles kümmern.«

Liv hörte Frederika lachen. »Genau«, kam es gleich darauf ironisch zurück. »Sobald du aus dem Krankenhaus kommst, versorgst du deine Kinder und deinen Vater, kümmerst dich um den Haushalt, arbeitest in der Backstube – und das alles mit einem Gipsbein.«

»Ich hasse das alles«, sagte Liv leise. »Ich hasse es, auf andere angewiesen zu sein.«

»Ja, das kann ich verstehen«, sagte Frederika, und diesmal war Liv sich ganz sicher, dass keine Ironie in ihrer Stimme lag. »Aber du solltest trotzdem zulassen, dass wir dir helfen.« Frederika machte eine kleine Pause, bevor sie weitersprach: »Und gib Björn eine Chance. Er ist nicht so, wie er sich nach außen hin zeigt, und wenn ich ihm vertraue, kannst du das auch.«

Liv war nicht überzeugt, und Frederika schien das zu spüren, denn bevor Liv etwas sagen konnte, fuhr sie fort: »Ich habe übrigens eine Stellenanzeige aufgegeben. Ich hoffe, dass wir ganz schnell jemanden für den Service finden, dann kann ich mich auch ein bisschen mehr um die Kinder kümmern. Nur zu deiner Beruhigung«, fügte sie schnell hinzu, »und nicht, weil ich es für erforderlich halte.«

Liv bekam ein schlechtes Gewissen. »Glaube bitte nicht, dass ich deine Hilfe nicht zu schätzen weiß«, sagte sie. »Es ist nur so ...« Sie brach ab, weil sie nicht wusste, wie sie erklären sollte, was sie empfand.

»Ich weiß.« Frederika lachte. »Du kannst Björn nicht leiden. Ich gebe zu, es ist schwer, ihn zu mögen, wenn man ihn nicht richtig kennt. Aber Emelie und Nils bringen dieses Kunststück offenbar fertig.«

Liv konnte ein leises Lachen nicht unterdrücken. Das war typisch Frederika, so kannte Liv sie noch von früher: Sie hatte schon immer die Fähigkeit besessen, andere aufzuheitern.

— 17 —

Da ist wohl ein Bär gewest, ein ganz großer!«, brüllte Nils.

Emelie schüttelte den Kopf. »Du spinnst!«

»We will, we will rock you!«, schmetterten Björn und Freddy Mercury.

»Du doofe Kuh!« Diesmal übertönte Nils' kreischende Stimme sogar Björns schräge Gesangskünste.

Björn ignorierte die Kinder und atmete erleichtert auf, als er vor Livs Haus parkte.

»Björn, der Nils hat schon wieder *doofe Kuh* zu mir gesagt«, beschwerte sich Emelie.

»Du bist ja auch eine doofe Kuh«, beharrte Nils.

»Bin ich nicht.« Emelie schlug nach ihrem Bruder, der das sofort mit einem lauten »Aua!« und anschließendem Geheule quittierte.

In aller Ruhe stieg Björn aus dem Wagen, öffnete die hintere Tür auf Nils' Seite und löste dessen Gurt. Er hob den heulenden Nils aus dem Auto, stellte ihn auf den Boden und strich ihm liebevoll übers Haar. »Schon gut, Kleiner.«

»Da war wohl ein Bär!« Das schien Nils immer noch mehr zu beschäftigen als der Klaps seiner Schwester. »Aber keiner glaubt mir.«

»Ich glaube dir«, log Björn mit ernster Stimme.

Nils hörte augenblicklich auf zu weinen, sein Gesicht leuchtete auf. Er steckte den Kopf durch die Wagentür zu Emelie, die noch immer auf der Rückbank saß. »So, der Björn glaubt mir, du doofe Kuh.«

»Dann ist der genauso blöd wie du«, sagte Emelie beleidigt.

Als Björn auf die andere Seite des Wagens ging, um Emelie ebenfalls beim Aussteigen zu helfen, wurde ihm klar, dass sie jetzt vor allem auf ihn sauer war.

»Ich kann das allein!« Sie schlug seine Hand weg, als er den Sicherheitsgurt lösen wollte.

»Okay!« Björn richtete sich auf und hob abwehrend die Hände.

Emelie nestelte an dem Gurt herum, und es dauerte eine ganze Weile, bis sie ihn aufbekam. Sie kletterte aus dem Wagen, warf Björn einen bitterbösen Blick zu und stolzierte hoch erhobenen Hauptes an ihm vorbei.

Was für eine kleine Zicke, dachte Björn amüsiert grinsend. Offensichtlich kommt sie genau nach ihrer Mutter.

Beim Gedanken an Liv sank seine Laune rapide. Dieser Auftritt, den sie heute im Krankenhaus hingelegt hatte, war wirklich das Allerletzte gewesen. Warum ließ er sich das gefallen? Warum setzte er sich nicht einfach in seinen Wagen und fuhr wieder nach Hause?

Eine kleine Hand schob sich in seine. Ein vertrauensvolles Jungengesicht schaute zu ihm auf. »Spielst du was mit mir?«

»Klar«, sagte Björn und drängte alle Gedanken an eine Abreise energisch zurück, auch wenn es ihm nicht leichtfiel. Seine Wohnung in Stockholm lockte, die Stille dort, die Einsamkeit ...

Lockte ihn das wirklich?

Björn schüttelte unwillig den Kopf. Er hatte jetzt keine Zeit für solche Gedanken.

Zusammen mit Nils folgte er Emelie zum Haus. Sie war schon die Treppe zur Tür hochgestiegen, wartete dort mit beleidigtem Gesichtsausdruck und sah weder ihn noch Nils an, als sie nach oben kamen. Hinter der Tür winselte Knut.

»Komm, Emelie«, sagte Björn, »sei nicht mehr böse!«

Emelie wandte ihm den Rücken zu.

»Emelie.« Björn sang ihren Namen. »Sei nicht mehr böse!«

»Ich will rein.« Emelie rüttelte an der Tür. Knut bellte von innen. Er konnte offensichtlich nicht verstehen, dass die drei nicht hereinkamen.

»Ich schließe die Tür erst auf, wenn du nicht mehr böse auf mich bist.« Björn grinste.

»Ich bin immer, immer, immer böse auf dich, weil du dem Nils glaubst, obwohl da wirklich kein Bär war.« Emelie setzte sich auf die oberste Stufe der Treppe und stützte ihr Kinn in eine Hand. So starrte sie vor sich hin und schaute auch nicht auf, als Björn sich neben sie setzte.

»Emelie«, sagte er weich und legte einen Arm um ihre Schultern. »Vielleicht hat Nils ja wirklich einen Bären gesehen.«

»Hab ich.« Nils setzte sich auf der anderen Seite neben Björn und nickte eifrig.

Emelie beugte sich vor und schaute um Björn herum zu ihrem Bruder. »Hast du nicht«, sagte sie, aber diesmal klang es nicht mehr wütend oder provozierend, sondern ganz kläglich und traurig. Sie schien sich missverstanden und allein zu fühlen, weil sie glaubte, dass Björn zu ihrem Bruder hielt.

»Vielleicht sieht Nils ja etwas, was wir nicht sehen können«, sagte Björn versöhnlich.

»Das war ein richtiger Bär, den kann jeder sehen«, protestierte Nils.

Björn legte seinen anderen Arm um Nils' Schultern. »Jeder, der die Fähigkeit hat, einen Schutzbären zu sehen«, sagte er und beglückwünschte sich in diesem Moment selbst zu seiner Fantasie. »Denn genau das ist dieser Bär ganz bestimmt, den du immer siehst: dein Schutzbär. Und deshalb kannst nur du ihn sehen.«

»Was ist denn ein Schutzbär?«, wollte Emelie wissen, während Nils Björn mit großen Augen ansah.

»So was wie ein Schutzengel«, sagte Björn schnell. »Der passt auf, dass Nils nichts passiert.«

»Das finde ich gemein.« Emelie runzelte die Stirn. »Warum hat der Nils einen Schutzbären und ich nicht?«

»Weil du doof bist«, sagte Nils.

Oh Mann, war das schwer, beiden gerecht zu werden! Zum Glück fiel Björn auch diesmal schnell eine passende Antwort ein. »Deine Schwester ist nicht doof«, sagte er ernst zu Nils. »Sie ist ein kluges Mädchen und ein bisschen älter als du. Deshalb braucht sie keinen Schutzbären.«

Björn spürte, wie Emelie sich entspannte, und auch Nils schien seine Erklärung völlig einzuleuchten.

»Ich brauch aber kein Schutzbär«, sagte Nils und schmiegte seinen Kopf an Björns Oberarm. »Ich hab doch dich.«

»Keinen Schutzbären«, verbesserte Emelie automatisch. Plötzlich lachte sie laut auf. »Jetzt weiß ich, wer dein Bär ist, Nils. Björn bedeutet doch Bär, und den sehe ich auch. Dann ist der auch mein Schutzbär.« Sie schmiegte sich nun ebenfalls an ihn und schaute bittend zu ihm auf. »Du beschützt mich doch auch, oder?«

»Klar beschütze ich dich auch. Euch beide«, sagte Björn, drückte die Kinder fest an sich und versuchte krampfhaft, nicht darüber nachzudenken, was gerade mit ihm vorging. Es wurde ihm leicht gemacht, weil Jonna nach Hause kam und vor der Treppe von ihrem Fahrrad stieg.

Sie schaute die drei an, und ihre Miene verfinsterte sich, als sie Björn ins Gesicht schaute. »Was soll das denn werden?«, fragte sie barsch.

»Björn ist unser Schutzbär«, krähte Nils begeistert. »Weil er uns beschützt, solange Mama im Krankenhaus ist.«

»Quatsch!«, sagte Jonna. »Ohne den«, mit spitzem Finger wies sie auf Björn, »läge Mama gar nicht im Krankenhaus.«

Björn stand auf und stieg langsam die Stufen hinunter. Dabei sah er Jonna fest ins Gesicht. »Ich kann nur immer wieder betonen, wie leid es mir tut, Jonna«, sagte er. »Aber ich kann es nicht mehr rückgängig machen. Es wäre schön, wenn wir alle das Beste aus der Situation machen, bis deine Mutter wiederkommt.«

»Die Kleinen lassen sich vielleicht mit dämlichen Geschichten über den Schutzbären Björn beeindrucken«, sagte Jonna giftig. »Ich aber nicht.« Sie schob ihr Fahrrad neben sich her, als sie um das Haus herumging.

»Ich glaube, die Jonna kann dich nicht leiden«, stellte Emelie fest.

»Echt? Darauf wäre ich nie gekommen«, sagte Björn.

Emelie war noch zu klein, um die Ironie in seiner Stimme zu erkennen. »Dann ist es ja gut, dass ich dir das gesagt habe.«

Knut winselte immer noch und wieselte wie verrückt um sie herum, als Björn endlich die Tür aufschloss. Björn wollte sich bücken, um ihn zu streicheln, als er die Bescherung sah.

»Knut!«, rief er streng.

Der Hund duckte sich und sah schuldbewusst zu ihm auf.

»Knut kann nichts dafür«, sagte Jonna ebenso streng. »Wenn niemand mit ihm Gassi geht, kackt er eben in die Diele.«

Björn wies auf den Hundehaufen. »Könntest du vielleicht ...«

»Auf keinen Fall!«, fiel Jonna ihm ins Wort. »Es ist nicht meine Schuld, also mache ich das auch nicht weg.« Sie ging an Björn vorbei in die Küche. Auch Emelie verdrückte sich ganz schnell, als hätte sie Angst, dass Björn ihr die unangenehme Arbeit aufdrücken würde.

»Sieht so aus, als müssten wir beide das machen«, sagte Björn zu Nils.

Nils schüttelte den Kopf. »Ich weiß nicht, ob ich das kann.«

Björn strich dem Jungen über den Kopf. »Ich mach das schon«, sagte er.

»Ich lass dich nicht allein«, versprach Nils.

Björn musste lachen und war gleichzeitig gerührt. Als er damit begann, Knuts Hinterlassenschaft zu entfernen, entdeckte er ein paar Meter weiter die nächste unangenehme Überraschung.

Eine riesige Pfütze!

Er war noch damit beschäftigt, die Schweinerei zu beseitigen, als das Telefon klingelte. Jonna, ein Glas Wasser in der Hand, ging gerade an ihm vorbei.

»Kannst du wenigstens mal ans Telefon gehen?«, fragte Björn gereizt.

Jonna zuckte nur mit den Schultern und ging weiter, aber ein paar Sekunden später hörte Björn, wie sie sich meldete.

Kurz darauf kam sie wieder zurück. »Da war eine Kerstin am Telefon«, sagte sie in einem Ton, als wäre es eine Zumutung für sie, überhaupt mit ihm zu reden. »Sie hat wegen der Stellenanzeige angerufen und kommt morgen, um sich vorzustellen.«

»Was für eine Stellenanzeige?«, wollte Björn wissen.

»Woher soll ich das wissen?«, erwiderte Jonna und ging nach oben.

»Ich weiß es auch nicht«, sagte Björn. Dann zuckte er mit den Schultern und beendete seine unangenehme Aufgabe.

»He, Bursche, was hast du hier zu suchen?«

Björn schlug die Augen auf und sah direkt ins Gesicht eines alten Mannes. Villiam! Er hatte sich über ihn gebeugt, sein Gesicht war zornesrot, und die rechte Hand, in der er die Wasserflasche hielt, die Björn gestern Abend auf den Nachttisch gestellt hatte, war drohend erhoben.

Auch wenn er gerade erst aus dem Tiefschlaf gerissen worden war, erkannte Björn sofort, dass die Situation alles andere als harmlos war. Der Alte war nicht zurechnungsfähig, und Björn befürchtete, dass er jeden Moment zuschlagen würde.

»Ich schlafe hier nur«, sagte er und hoffte, dass Villiam sich beruhigte. »Ich bin doch hier, um auf die Kinder aufzupassen.«

»Papperlapapp! Du hast in meinem Haus nichts zu suchen, du Schurke!«

Verdammt, wo war Frederika? Sie wollte sich doch um den Alten kümmern.

Björn überlegte, ob er eine Chance hatte, aufzuspringen und den alten Mann zu überwältigen. Doch Villiam war sehr groß, und trotz seiner gebeugten Schultern und seines verwirrten Gesichtsausdrucks wirkte er kräftig. Außerdem stand er über ihm, und Björn fühlte sich im wahrsten Sinne des Wortes unterlegen.

Oder konnte es ihm gelingen, aus dem Bett zu springen und zu flüchten, bevor Villiam mit der Flasche zuschlug?

Björn schob sich ein Stück auf die Bettkante zu, was den alten Mann sofort dazu bewog, mit der Flasche in seiner Hand noch weiter auszuholen. »Wage es nicht, dich zu bewegen, bevor die Polizei da ist!«, sagte er mit drohender Stimme.

»Opa, was machst du da?« Jonna stand in der Tür.

Villiams Kopf fuhr herum, seine Miene wirkte verständnislos, und Björn hatte das Gefühl, dass der Alte nicht einmal seine Enkelin erkannte.

»Geh weg, Kind!«, sagte Villiam dann aber. »Ich habe einen Einbrecher erwischt.«

Jonnas Blick flog zwischen ihrem Großvater und Björn hin und her, dann verzog sie das Gesicht zu einem gehässigen Grinsen. Sie wandte sich tatsächlich ab, als wollte sie das Zimmer verlassen.

»Jonna!«, brüllte Björn.

Er hatte nicht wirklich damit gerechnet, aber das Mädchen wandte sich wieder um und kam langsam näher. Behutsam griff sie nach dem Arm ihres Großvaters, den er immer noch erhoben hielt. »Ist schon gut, Opa«, redete sie beruhigend auf ihn ein. »Das ist kein Einbrecher, das ist nur der Typ, der Mama über den Haufen gefahren hat.«

Villiams Blick drückte pure Verständnislosigkeit aus, aber er ließ den Arm tatsächlich sinken.

»Wie dumm von mir«, sagte Jonna kühl. »Ich hätte ihn zuschlagen lassen sollen.«

Björn zog finster die Augenbrauen zusammen. »Ich wollte mich gerade für deine Hilfe bedanken.«

»Geschenkt!« Jonna grinste ihn frech an. »Ich hab's nur für Opa gemacht, damit der keine Schwierigkeiten bekommt.«

»So ungefähr habe ich mir das gedacht«, murmelte Björn und stieg aus dem Bett. Frederika konnte was erleben! Gestern hatte sie ihm selbst noch Vorwürfe gemacht, weil der Alte verschwunden war.

Björn nahm sich die Zeit für eine ausgiebige Dusche, bevor er nach unten ging. Eigentlich hatte er gehofft, dass Jonna mitsamt dem Alten verschwunden war, aber die beiden saßen in der Küche am gedeckten Frühstückstisch. Jonna schaute ihn finster an, Villiam wirkte misstrauisch, hatte den Vorfall von eben aber offenbar schon wieder vergessen.

»Wer ist das?«, fragte er und wies mit dem Finger auf Björn.

»Das ist Björn.« Frederika kam in die Küche, in der Hand hielt sie einen Korb voller frisch gebackener Brötchen. Es duftete verführerisch. »Björn passt auf die Kinder auf.« Sie stellte den Korb auf den Tisch und strich liebevoll über Villiams Schulter.

Jonna zog eine Grimasse. »Was gar nicht nötig wäre, wenn er Mama nicht ...«

»Ja, Jonna, das wissen wir alle«, fiel Frederika ihr ungeduldig ins Wort. »Und es hilft uns nicht weiter, wenn du immer wieder darauf herumreitest.«

Frederika wandte sich um und nahm das kochende Wasser vom Herd. Vorsichtig goss sie es in den mit Kaffee gefüllten Filter auf der Kaffeekanne. Der Duft, der jetzt durch die Küche zog, war noch weitaus besser als der Brötchenduft.

Björns Laune besserte sich schlagartig. Er freute sich auf den Kaffee und darüber, dass er endlich einmal Rückendeckung gegen diesen renitenten Teenager bekam. Er beschloss, Frederika wegen des Vorfalls mit Villiam keine Vorwürfe zu machen, um sie nicht gleich wieder gegen sich aufzubringen.

Jonna sagte kein Wort mehr, aber der Blick, mit dem sie ihn anschaute, sprach Bände.

Björn grinste sie an und wandte sich dann an Frederika, die gerade mit der gefüllten Kaffeekanne zurück an den Tisch kam. »Wo sind die Kleinen?«, fragte er.

»Die sind schon im Kindergarten.«

Björn drehte sich erschrocken um und schaute auf die Uhr neben der Küchentür. »Schon fast zehn!«, rief er entsetzt aus.

»Ich habe dich heute extra ausschlafen lassen«, sagte Frederika nachsichtig lächelnd.

Björn hob eine Augenbraue. »Womit habe ich das verdient?«

»Das frage ich mich auch«, murmelte Jonna.

»Wieso bist du eigentlich noch nicht in der Schule?«, erkundigte sich Björn mit einem boshaften Unterton.

»Weil ich die ersten beiden Stunden freihabe«, erwiderte sie giftig. »Aber erstens geht dich das nichts an, und zweitens brauche ich kein Kindermädchen.«

»Da bin ich mir nicht so sicher«, sagte Björn süffisant.

Jonna sprang auf. »Der Typ ist nicht zum Aushalten!«, schmetterte sie Frederika entgegen und lief wutschnaubend aus der Küche.

»So etwas Ähnliches hat ihre Mutter gestern auch gesagt.« Frederika lächelte.

»Ich wünschte, ich hätte mich nie auf deine Idee eingelassen«, sagte Björn. »Ich hätte nie nach Norrfällsviken fahren dürfen.«

»Ich weiß«, antwortete Frederika leise. Ihr Blick fiel auf Villiam, der immer noch am Tisch saß, jetzt ganz friedlich wirkte und von all dem, was um ihn herum geschah, offensichtlich nichts mitbekam.

Björn wartete darauf, dass sie weitersprach.

»Kaffee?« Frederika hielt die Kanne hoch.

Björn nickte, und sie schenkte ihm ein. Er wartete, bis sie sich an den Tisch gesetzt hatte. »Darf ich dich etwas fragen?«

»Ich möchte nicht darüber reden«, sagte Frederika unmissverständlich.

Björn blieb nichts anderes übrig, als das zu akzeptieren. Auch wenn sie gar nicht wissen konnte, was er sie hatte fragen wollen. Stattdessen wiederholte er seine Frage von eben. »Womit habe ich das verdient?« Er wies über den Tisch. »Warum hast du mich ausschlafen lassen und die Kleinen selbst in den Kindergarten gebracht?«

»Ich habe gestern Abend noch lange nachgedacht und bin zu dem Schluss gekommen, dass ich an der ganzen Situation nicht ganz unschuldig bin. Wenn ich nicht von dir verlangt hätte, dass du mitkommst, wäre das alles nicht passiert. Deshalb wollte ich dich heute Morgen erst einmal in Ruhe lassen. Die nächsten Tage werden noch hart genug, und ich habe mir gedacht« – sie machte eine kurze Pause und sah ihn bittend an – »dass wir gemeinsam alles viel besser schaffen. Wenn du aber unbedingt fahren willst, werde ich dich nicht zwingen, länger hierzubleiben.«

Björn war überrascht. Damit hatte er wirklich nicht gerechnet. Noch vor vierundzwanzig Stunden hätte er das Angebot sofort angenommen. Was ließ ihn jetzt zögern?

In zehn Minuten konnte er reisefertig, in ein paar Stunden wieder in Stockholm sein.

»Ich bleibe«, sagte er.

»Prima.« Frederika strahlte ihn an, als hätte sie genau diese Antwort erwartet. »Dann lass uns mal in Ruhe frühstücken, bevor wir uns wieder an die Arbeit machen.«

Björn musste Frederika zugutehalten, dass sie es ihm wirklich leichter machen wollte, auch wenn ihre Hilfe sich darauf beschränkte, ihm zu sagen, was er zu tun hatte.

Ihm wurde klar, dass sich weder das Bad noch die Küche von selbst aufräumten und putzten. Und die Wäsche, die er heute waschen musste, stellte eine echte Herausforderung für ihn dar. Er hatte zwar selbst eine Waschmaschine in seiner Wohnung, aber nach Eivor hatte sich seine Haushaltshilfe um die Wäsche gekümmert. Björn liebte Unterhaltungselektronik, aber jede Art von elektrischer Haushaltsmaschine war ihm unheimlich.

Knut folgte ihm auf Schritt und Tritt. Björn war sich nicht ganz sicher, ob der Hund einfach nur nicht allein sein wollte oder ob er ihm immer noch misstraute und aufpasste, dass Björn sich nicht am Eigentum seiner Familie vergriff.

Er stopfte die ganze Schmutzwäsche, die er finden konnte, in die Maschine. Seine eigene Wäsche packte er gleich dazu. Außerdem das rote Kleidchen, das Emelie gestern getragen hatte, und Nils' vollgekotztes Shirt.

Bis hierhin war alles ganz einfach. Ziemlich schnell fand er das Fach, wo das Waschmittel hineinkam, und füllte es randvoll. Danach stand er nachdenklich vor der Maschine und kratzte sich das Kinn. Und jetzt? Auf welche Temperatur sollte er die Maschine einstellen? Mit Vorwäsche oder ohne?

Wenn er an das Shirt von Nils dachte, erschien ihm eine Kochwäsche mit Vorwäsche durchaus sinnvoll, und zwar möglichst heiß, damit auch alles richtig sauber wurde. Genau so stellte er die Maschine ein und war richtig zufrieden mit sich. So schwer war das eigentlich gar nicht gewesen.

Danach räumte er den Tisch in der Küche ab und stellte das Geschirr in die Spülmaschine. Keine Arbeit, die ihm besonderes Vergnügen bereitete, trotzdem war Björn stolz auf sich. Vielleicht sollte er ein Sachbuch schreiben, über die Tücken des Haushalts und wie Mann damit fertig wurde. Viel besser nämlich, als Frau es ihm zutraute. Vielleicht auch als Kolumne, das kam bestimmt gut an.

Er ging in die Küche und ließ sich dabei schon einzelne Formulierungen durch den Kopf gehen. Heute Mittag konnten die Kleinen im Kindergarten bleiben, er musste sie also nicht durchfüttern und hatte Zeit zu schreiben.

Wann Jonna aus der Schule kam, wusste er nicht, aber das war ihm auch egal. Sie hatte ihm deutlich gesagt, dass sie seine Hilfe nicht brauchte, also würde er für sich alleine ein Mittagessen zubereiten.

»Spiegelei und Brot«, murmelte er vor sich hin. Das musste reichen. Er hatte schon einmal zugesehen, wie Spiegeleier gebraten wurden. Allzu schwer erschien ihm das nicht.

Knut wedelte zustimmend mit dem Schwanz und winselte leise.

Björn stellte eine Pfanne auf den Herd, ließ Butter heiß werden und schlug zwei Eier hinein. Die konnten in Ruhe vor sich hinbrutzeln, während er sich der nächsten Herausforderung im Haushalt stellte: Staubsaugen!

Knut folgte ihm in den Flur und bellte empört, als Björn den Staubsauger aus der Abstellkammer holte.

»Schon gut, Kumpel«, sagte Björn. »Ich klaue das Ding bestimmt nicht.«

Er schaltete das Gerät ein. Knut machte einen Satz nach hinten, bellte jetzt erst recht, knurrte und zeigte dem Staubsauger die Zähne. Er hatte also keine Angst, dass Björn das Ding stahl, er konnte es einfach nicht leiden.

»Da musst du jetzt durch«, sagte Björn laut in Richtung des Hundes, »genau wie ich.«

Der Staubsauger funktionierte einwandfrei. Zu gut, wie Björn feststellte, als ein kleines Spielzeugauto in dem Saugrohr verschwand. Er schaltete das Gerät aus, hörte die Waschmaschine gurgeln und grinste. Na also, er hatte doch alles im Griff. Nur das Spielzeugauto musste er irgendwie wieder aus dem Staubsauger befördern.

Es dauerte, bis Björn herausgefunden hatte, wie er an den

Staubsaugerbeutel kam. Er pulte ein wenig mit den Fingern in der Öffnung herum, glaubte schon, das kleine Spielzeugauto zu fühlen, als Knut zum Angriff überging. An den Staubsauger hatte er sich nicht herangetraut, also griff er stellvertretend den Beutel an.

»Knut, hör auf!«

Björn hielt den Beutel fest, Knut zog am anderen Ende. Der Beutel riss auf, und der ganze Dreck ergoss sich auf den frisch gesaugten Boden.

Björn blieb der Fluch im Halse stecken, als er den Geruch nach Verbranntem wahrnahm. Er rannte in die Küche, gefolgt von Knut, der immer noch bellte, und blieb so abrupt stehen, dass der Hund nicht mehr rechtzeitig bremsen konnte und gegen seine Beine prallte.

Über dem Herd stand eine Qualmwolke, und in der Pfanne befand sich nur noch ein schwarzer, undefinierbarer Klumpen. Aber was Björn viel mehr entsetzte, war das komische Verhalten der Waschmaschine. Überall quoll dichter Schaum hervor. Aus dem Waschmittelfach, aus der geschlossenen Tür, selbst unter der Maschine schob sich die schäumende Masse langsam nach vorn.

Sekundenlang verharrte Björn wie erstarrt, wusste nicht, was er zuerst machen sollte. »Tief durchatmen«, sagte er laut zu sich selbst.

Knut war ein paar Schritte zurückgewichen. Die weiße Masse, die sich aus Richtung Waschmaschine näherte, machte ihm offensichtlich Angst.

Björn eilte zum Herd, zog die Pfanne von der Platte und schaltete sie aus. Danach rannte er ins Badezimmer, gefolgt von Knut. Björn setzte im Flur mit einem Sprung über den geplatzten Staubsaugerbeutel hinweg, während der Hund mittendurch lief und den Dreck noch weiter verteilte.

Björn packte alle Handtücher, die er finden konnte, und lief zurück in die Küche. Knut, der sich wahrscheinlich über das seltsame Verhalten des Zweibeiners wunderte, folgte ihm bis zur Küchentür. Dort blieb er stehen und starrte wie hypnotisiert auf den Schaum, der sich inzwischen noch weiter ausgebreitet hatte.

Es war ein sinnloses Unterfangen, dem Schaum mit drei Handtüchern und einem Badetuch Einhalt gebieten zu wollen, und ausgerechnet jetzt klingelte es auch noch an der Tür.

Björn ließ einfach alles stehen und liegen, ging zur Tür und öffnete sie.

Eine junge Frau lächelte ihn an. Ihre langen, dunklen Haare hatte sie zu einem Zopf geflochten, ihre dunklen Augen und der leicht gebräunte Teint gaben ihr ein südländisches Aussehen. Sie war so schön, dass Björn trotz des Dramas, das gerade hinter ihm lag, unwillkürlich lächelte.

»Hallo, ich bin Kerstin«, sagte sie.

»Liv ist nicht da«, sagte Björn automatisch.

Sie schien überrascht. »Eigentlich bin ich mit einer Frederika verabredet. Ich habe bei ihr ein Vorstellungsgespräch.«

»Aha.« Björn machte eine einladende Handbewegung. »Frederika ist in der Backstube. Du kannst durchs Haus dahin.« Er entschuldigte sich für das Chaos im Flur und erzählte ihr, was ihm in den letzten Stunden passiert war.

Kerstin lachte, als sie an der Küchentür angekommen waren und sie die schäumende Waschmaschine sah. Sie ging an ihm vorbei in die Küche, marschierte mitten durch den Schaum zielstrebig auf die Maschine zu und schaltete sie aus.

»Gibt es hier irgendwo Essig?«, fragte sie dann. »Damit kann der Schaum neutralisiert werden.«

»Keine Ahnung.« Björn zuckte mit den Schultern. »Ich kenne mich hier nicht aus.«

Gemeinsam durchsuchten sie die Schränke. Kerstin fand eine Flasche Essig, schüttete etwas davon ins Waschmittelfach, und kurz darauf hörte die Maschine auf zu schäumen.

»Vor einer halben Stunde wollte ich noch einen Haushaltsratgeber für Männer schreiben«, sagte Björn grinsend und schaute sich um. »Ich glaube, das lasse ich lieber.«

Kerstin lachte laut auf. »Am besten machen wir hier erst einmal sauber«, sagte sie.

»Und dein Vorstellungsgespräch mit Frederika?«, wandte Björn ein.

Kerstin winkte ab. »Ich bin sowieso zu früh.« Fröhlich zwinkerte sie ihm zu. »Außerdem helfe ich nicht so ganz uneigennützig. Ich hätte die Stelle im Café nur zu gerne.«

Björn zuckte mit den Schultern. »Darauf habe ich keinen Einfluss«, sagte er, zwinkerte ihr aber ebenfalls zu. »Aber ich werde alles tun, um Frederika zu überzeugen.«

Nachdem Kerstin ihm beim Putzen geholfen hatte, war Björn erst recht entschlossen, dafür zu sorgen, dass sie die Stelle bekam. Kerstin war nicht nur bildschön und hilfsbereit, sie war auch fröhlich und hatte ihn zum Lachen gebracht. So unbeschwert hatte er sich schon lange nicht mehr gefühlt.

Inzwischen war die Waschmaschine fertig. Björn öffnete sie und holte die Wäsche heraus. Das Lächeln auf seinem Gesicht fror ein. Die ganze helle Wäsche hatte einen blassrosa Farbton angenommen. Die Handtücher, Nils' Shirt und sogar seine eigenen Unterhosen.

— 18 —

Liv war es nicht gewohnt, tagsüber im Bett zu liegen. So sehr gelangweilt hatte sie sich schon lange nicht mehr. Die erzwungene Ruhe machte sie fertig. Heute wäre es ihr sogar egal, wenn Jonna die Schule schwänzen würde, um sie zu besuchen – zumindest fast egal, auch wenn sie ihre Tochter wenigstens der Form halber rügen müsste.

Jonna kam nicht. Frederika kam auch nicht, obwohl sie es bei dem Telefonat gestern noch versprochen hatte. »Morgen ganz früh bin ich bei dir«, hatte sie gesagt, und jetzt war es schon kurz vor Mittag.

Als es an der Tür klopfte, schaute Liv erwartungsvoll auf, aber es war nur Schwester Hilla, die kam, um ihre Wunden neu zu verbinden.

»Alles okay?«, fragte sie.

»Geht so«, erwiderte Liv und konnte dabei sogar ein bisschen über sich selbst lachen. »Ich weiß nicht, wie oft ich mir in den letzten Jahren gewünscht habe, mich einfach ein paar Tage ruhig ins Bett zu legen und gar nichts zu tun. Oder mal wieder ein Buch zu lesen.« Liv wies auf den Roman auf ihrem Nachttisch. »Und jetzt hätte ich die Gelegenheit dazu und wünsche mir mein stressiges Leben zurück.«

»So ist das, wenn Wünsche in Erfüllung gehen.« Schwester Hilla schmunzelte.

Kurz darauf war Liv wieder sich selbst und ihrer Langweile überlassen. Sie nahm das Buch vom Nachttisch, schlug es auf, kam aber nicht über die ersten Zeilen hinaus.

Frederika hatte ihr den Roman von zu Hause mitgebracht. Liv hatte ihn vor einem halben Jahr gekauft, als er die Bestsellerlisten gestürmt hatte. Sie hatte ihn lesen wollen, war aber bisher nicht dazu gekommen – und jetzt hatte sie einfach keine Lust.

Vielleicht hätte sie sich ein Buch von Björn Bjerking besorgen sollen.

Sie schüttelte den Kopf. So ein Blödsinn! Sie wollte überhaupt nichts von diesem Menschen lesen. Es reichte ihr schon, dass sie seine Anwesenheit in ihrem Haus dulden musste.

Sie zuckte richtig zusammen, als es wieder an der Tür klopfte, und stieß gleich darauf einen erfreuten Schrei aus, als Mats den Kopf ins Zimmer streckte. In einer Hand hielt er einen Blumenstrauß, in der anderen einen Korb mit frischen Brötchen.

»Weil es in Krankenhäusern doch angeblich nie etwas Vernünftiges zu essen gibt«, sagte er und platzierte Blumenstrauß und Brötchen auf dem Nachttisch, bevor er sich zu ihr herabbeugte und sie auf die Wange küsste. »Tut mir leid, dass ich erst jetzt komme«, entschuldigte er sich.

»Schon in Ordnung«, sagte Liv. »Wie klappt es in der Backstube?«

»Ohne Frederika würde ich es nicht schaffen. Sie kann richtig gut backen. Diese Brötchen sind zum Beispiel von ihr. Zwischendurch hat sie auch im Café serviert. Ausgerechnet jetzt haben wir eine Menge zu tun, weil so viele Leute kommen, um zu fragen, wie es dir geht, und dann gleich zu Kaffee und Kuchen bleiben. Ich soll dir Grüße bestellen von Gunnila, Dagmar und Erik. Ach ja, Christina war auch da. Sie will dich im Krankenhaus besuchen.«

»Schön! Aber noch lieber wäre es mir, ich könnte einfach wieder nach Hause«, sagte Liv.

»Du musst dir keine Sorgen machen.« Mats griff nach ihrer Hand. »Es läuft alles ganz gut. Frederika und ich haben die Bäckerei im Griff. Dein Vater ist tagsüber auch bei uns in der Backstube. Wir müssen ihm nur ein Stück Teig geben, dann ist er beschäftigt.« Mats grinste, als er fortfuhr: »Und Björn kümmert sich um die Kinder.«

»Ja, und genau darüber mache ich mir die ganze Zeit Gedanken«, stieß Liv heftig hervor. »Dass meine Kinder diesem Typen ausgeliefert sind.«

Das Grinsen auf Mats' Gesicht wurde breiter. »Ich habe eher das Gefühl, dass er ihnen ausgeliefert ist.« Er sah ihr aufmerksam ins Gesicht und schien zu erkennen, dass sie nicht wirklich überzeugt war. »Es ist alles gut, Liv«, versicherte er.

Liv zögerte kurz, dann fragte sie: »Was für ein Mensch ist dieser Björn Bjerking eigentlich?«

Mats zuckte mit den Schultern. »Keine Ahnung«, sagte er. »Ich kenne ihn ja nicht wirklich, aber er scheint in Ordnung zu sein. Frederika ist jedenfalls überzeugt von ihm. Und sie macht einen sehr vernünftigen Eindruck auf mich. Warum fragst du sie nicht, wenn du etwas über ihn wissen willst?«

»Weil Frederika in allem, was diesen Mann betrifft, voreingenommen ist«, ereiferte sich Liv.

Mats wirkte verwundert. »Hast du ein Problem mit ihm?«

»Das fragst du noch?« Aufgebracht wies Liv auf ihre Beinschiene. »Wegen ihm liege ich hier.«

»Aber das hat er doch nicht absichtlich gemacht«, erwiderte Mats verständnislos.

»Das wäre ja auch noch schöner!« Liv bemerkte selbst, dass sich ihre Stimme fast überschlug. Sie hielt inne, holte tief Luft. »Lass uns nicht über diesen Mann reden«, sagte sie. »Das regt mich nur auf.«

»Ich muss sowieso schon wieder gehen«, sagte Mats und stand auf. »Gleich kommen Frederika und Kerstin, und irgendwer muss sich ja um die Backstube kümmern.«

»Wer ist denn Kerstin?«, fragte Liv verwundert.

Mats machte ein geheimnisvolles Gesicht. »Das wirst du dann schon selbst sehen.«

»Jetzt komm, Mats, du kannst mich doch nicht so auf die Folter spannen.«

Mats fuhr mit den Fingern über seine Lippen, als würde er einen Reißverschluss zuziehen. »Frederika will es dir selbst sagen, und ich habe ihr versprochen, die Klappe zu halten.«

»Was dir wunderbar gelungen ist«, sagte Liv ironisch.

Mats lachte nur, gab ihr einen Abschiedskuss auf die Wange und war schon wieder weg.

Frederika und Kerstin kamen erst nach dem Mittagessen. Das Erste, was Liv auffiel, war die positive Ausstrahlung der jungen Frau, auch wenn das freundliche Lächeln auf ihrem Gesicht ihre Unsicherheit nicht überspielen konnte. Liv mochte sie sofort.

»Kerstin würde gerne in deinem Café arbeiten«, sagte Frederika. »Ich habe sie mitgebracht, damit ihr euch kennenlernt.«

Liv wollte wissen, ob Kerstin schon als Kellnerin gearbeitet hatte.

»Ja, zuletzt in einem Eiscafé«, bestätigte Kerstin.

»Gut. Aber der Verkauf in der Bäckerei kommt auch noch dazu«, sagte Liv.

Kerstin nickte eifrig. »Das macht bestimmt Spaß. Ich habe Frederika einen Probetag versprochen. Danach könnt ihr gemeinsam entscheiden, ob ich bleiben darf.«

»Wenn alles gut klappt und dir die Stelle gefällt, würde ich dich sehr gerne einstellen«, sagte Liv. Sie streckte Kerstin die Hand entgegen. »Herzlich willkommen in meiner Bäckerei!«

»Danke, das freut mich sehr!«, sagte Kerstin.

Erst später, als die beiden Frauen sich längst verabschiedet hatten, fiel Liv auf, dass Kerstin eigentlich überhaupt nichts von sich erzählt hatte. Sie hatten über ihre zukünftigen Aufgaben, die Arbeitszeiten und die Bezahlung gesprochen, aber Liv wusste nicht, wo ihre neue Kraft herkam, ob sie verheiratet war, ob sie Familie hatte. Liv hatte sich durch ihre Sympathie leiten lassen.

Vielleicht wusste Frederika mehr über Kerstin. Liv wollte sie bei der nächsten Gelegenheit fragen. Jedenfalls schien sie Kerstin zu vertrauen, und eigentlich teilte Liv diese Einschätzung. Aber Frederika vertraute auch Björn …

Verflixt, wieso musste sie jetzt schon wieder an diesen Kerl denken? Er ging ihr permanent auf die Nerven, selbst dann, wenn er überhaupt nicht anwesend war.

»Man stehe stets so vom Tisch auf, als könne man noch ein kleines Brötchen essen.«

(Joyce Grenfell)

Schwedische Brötchen

Zutaten:

25 g Hefe
2 TL Zucker
¼ TL Salz
50 ml Öl
125 ml Wasser
250 g Mehl
15 g Mohn
15 g Sesam
1 Eigelb

Zubereitung:

Mehl auf eine Arbeitsfläche sieben, eine Vertiefung hineindrücken und das Öl, 100 ml lauwarmes Wasser, Zucker, Salz und die zerbröselte Hefe hineingeben. Alles zu einem geschmeidigen Teig verkneten. Mit einem Küchenhandtuch bedeckt an einem warmen Ort eine Stunde gehen lassen. Den Backofen auf 200 °C vorheizen.

Aus dem Teig längliche Brötchen formen und auf ein mit Backpapier ausgelegtes Backblech legen. Mit einem Messer oben eine Kerbe einschneiden.

Die Brötchen mit Eigelb bestreichen und mit Mohn oder Sesam bestreuen. Auf der mittleren Schiene ca. 10 bis 15 Minuten backen.

— 19 —

Björn saß auf der Terrasse und starrte auf sein Notebook. Ausnahmsweise spielten Nils und Emelie friedlich miteinander. Es war ganz still im Haus, und Björn hegte die Hoffnung, dass es noch eine Weile so bleiben würde. Erfahrungsgemäß gerieten Nils und Emelie jedoch selbst im schönsten Spiel irgendwann in Streit.

Es blieb still, länger als sonst, und Björn wollte die Gelegenheit nutzen, um mit seinem Manuskript voranzukommen. Er hatte immer noch das Gefühl, dass die Story in ihm steckte, aber je mehr er danach stocherte, umso weniger kam dabei heraus. Er skizzierte einen düsteren Thriller, aber er war nicht zufrieden damit. Es war nicht das, was er schreiben wollte.

Verdammt, wann kam endlich der Durchbruch?

Alles war sehr viel entspannter, seit Kerstin nebenan im Laden und Café arbeitete. Frederika hatte seither mehr Zeit und half Björn im Haushalt und mit den Kindern. Nicht zuletzt, damit er Zeit zum Schreiben fand.

Björn hatte sich angewöhnt, immer dann eine Pause einzulegen, wenn auch Mats gerade Zeit hatte. Sie setzten sich auf die Terrasse, tranken einen Kaffee miteinander und unterhielten sich. So erfuhr Björn einiges über Liv, auch dass ihr Mann vor drei Jahren bei einem Unfall ums Leben gekommen war. Sie tat ihm leid, aber sympathischer wurde sie ihm dadurch nicht.

Björn hatte Liv seit seinem Besuch vor einer Woche nicht

mehr gesehen. Er bedauerte es nicht. Die Fronten waren geklärt, eine weitere Begegnung, so fand er, war unnötig.

Frederika und Kerstin besuchten Liv regelmäßig im Krankenhaus und nahmen die Kinder mit, sodass Björn sich nicht dazu verpflichtet fühlte, ihr weitere Besuche abzustatten.

Mit den Kleinen kam er erstaunlich gut zurecht. Nils klebte förmlich an ihm, wenn er aus dem Kindergarten kam, und zu Björns eigener Verwunderung störte ihn das nicht. Ganz im Gegenteil, er war gerne mit dem Jungen zusammen, beantwortete ernsthaft dessen Fragen, auch wenn er insgeheim manchmal lachen musste, und genoss die Zeit mit Nils.

Emelie war weniger anhänglich. Sie bereitete Björn überhaupt keine Mühe, war sehr selbstständig für ihr Alter und konnte sich gut alleine mit ihren Spielsachen beschäftigen.

Nur Jonna brachte ihm immer noch die gleiche Feindseligkeit entgegen wie am Anfang. Björn hatte es aufgegeben, mit ihr klarzukommen. Er ignorierte sie und ihr schlechtes Benehmen einfach, genau wie sie ihn ignorierte. Trotzdem hatte er das Gefühl, dass sie noch mürrischer geworden war und sogar ihre Geschwister kurz angebunden behandelte.

Björn hatte die ganze Zeit auf den Monitor gestarrt, war aber mit den Gedanken nicht bei der Sache. Es war immer noch nichts zu hören, trotzdem hatte er plötzlich das Gefühl, beobachtet zu werden. Als er den Kopf hob, sah er Emelie und Nils einträchtig nebeneinander am anderen Tischende stehen. Die beiden schauten ihn unverwandt an.

»He, ihr beiden, was wollt ihr denn?«

»Hast du eine Frau?«, wollte Emelie wissen.

Björn schüttelte den Kopf. »Nein. Warum fragst du?«

Nils und Emelie schauten sich an, dann wieder zu ihm.

Björn griff nach seiner Kaffeetasse und trank einen Schluck.

Die beiden Kinder grinsten, und Nils rief laut: »Dann kannst du dich doch mit unserer Mama verheiraten, die hat nämlich auch keinen Mann, und dann kannst du immer bei uns bleiben.«

Björn verschluckte sich an seinem Kaffee. Er gurgelte, prustete, stellte die Tasse ganz schnell ab. Mit hervorquellenden Augen starrte er die Kinder an. Das konnten die nicht ernst meinen.

Doch, es war ihnen völlig ernst damit, musste er gleich darauf erkennen.

»Wir wollen nämlich, dass du bei uns bleibst«, erklärte Nils.

»Ja.« Emelie nickte zustimmend. »Und ich kann dich ja nicht heiraten, weil du schon so alt bist. Und verheiratete Leute müssen sich ja küssen.« Sie verzog angewidert das Gesicht. »Das finde ich eklig.«

»Das wird sich ändern, wenn du erwachsen bist«, sagte Björn amüsiert.

»Nie«, behauptete Emelie im Brustton der Überzeugung und schüttelte den Kopf.

»Sollen wir Mama mal fragen, ob sie dich heiratet?«, fragte Nils, den das Gespräch übers Küssen sichtlich langweilte.

»Bloß nicht!«, sagte Björn so schnell und heftig, dass die Kinder ganz erschrocken wirkten. »Das geht nicht so einfach«, versuchte er zu erklären. »Wenn zwei Menschen heiraten, dann müssen sie sich kennen und lieb haben. Eure Mutter und ich, wir haben uns nur ein Mal gesehen.« *Und wir haben uns kein bisschen lieb*, fügte er in Gedanken hinzu. *Ganz im Gegenteil.*

Für die Kinder schien das kein Problem zu sein. »Ihr könnt euch doch kennenlernen«, sagte Emelie. »Mama kommt doch bald aus dem Krankenhaus.«

Das war Björn neu. Er hatte sich keine Gedanken darüber gemacht, wann Liv aus dem Krankenhaus kommen und wie es dann weitergehen würde. Eigentlich war es doch ganz einfach: An dem Tag, an dem sie nach Hause kam, konnte er zurück nach Stockholm fahren.

»Wann kommt eure Mutter denn nach Hause?«, wollte er wissen.

Beide Kinder zuckten ahnungslos mit den Schultern. »Bald, hat sie gesagt«, erwiderte Nils.

»Wenn sie wieder laufen kann«, ergänzte Emelie. »Jetzt kommt nämlich jeden Tag der Psychotherapeut zu ihr und zeigt ihr, wie sie mit den Stöcken und dem Gips laufen kann.«

Psychotherapeut? Björn runzelte nachdenklich die Stirn – obwohl er insgeheim fand, dass Liv den durchaus gebrauchen könnte –, dann kam ihm die Erleuchtung. »Du meinst Physiotherapeut«, stellte er richtig.

Nils lachte und zeigte mit dem Finger auf Emelie. »Du hast das falsch gesagt.« Er freute sich richtig, dass seine Schwester korrigiert worden war.

Emelie wurde rot vor Verlegenheit und Wut. »Na und«, giftete sie ihren Bruder an. »Das ist ja auch ein schweres Wort. Du Blödmann sagst ja sogar die ganz leichten Wörter falsch.«

Bevor die Stimmung zwischen den Geschwistern kippen konnte, mischte Björn sich ein. »Nicht streiten!« Beschwichtigend hob er beide Hände. »Wie wäre es, wenn wir zusammen etwas unternehmen?«

»Eis essen«, sagte Nils.

»Schwimmen gehen«, rief Emelie gleichzeitig.

Björn nickte zustimmend. »Wir machen beides«, sagte er.

»Zuerst gehen wir schwimmen, dann essen wir ein Eis.« Er schaute Nils an und hob warnend den Zeigefinger: »Ein *kleines* Eis, Nils!«

Nils grinste.

Gott sei Dank, er hatte sie von diesem Heiratsthema abgebracht! Zumindest glaubte Björn das. Er wusste nicht, dass Kinder sehr hartnäckig sein können, wenn sie sich einmal etwas in den Kopf gesetzt haben, und eine fixe Idee nicht so schnell verwerfen, auch wenn etwas dazwischenkommt, was sie für den Moment ablenkt.

An diesem Abend saß Björn völlig erschöpft auf der Terrasse des Cafés. Stundenlang hatte er mit den Kindern im Wasser geplantscht, und Nils hatte dabei nicht eine Sekunde lang aufgehört zu plappern – zumindest kam es Björn so vor. Frederikas Angebot, die beiden Kleinen ins Bett zu bringen, hatte er dankend angenommen.

Mats kam mit zwei dampfenden Kaffeetassen aus dem Café und setzte sich zu Björn. Kurz darauf kam auch Kerstin dazu, wie immer bildschön.

»Wie gefällt es dir hier?«, fragte Björn.

Kerstin strahlte. »Ich liebe Norrfällsviken.«

»Und wie gefällt dir die Arbeit bei uns?«, fragte Mats.

»Ich bin rundum glücklich und zufrieden«, sagte Kerstin und lehnte sich entspannt zurück. Sie schloss die Augen und ließ die Sonne auf ihr Gesicht scheinen.

Björn bemerkte, dass Mats die junge Frau fasziniert musterte und den Blick nicht von ihr lassen konnte. Er verstand ihn nur zu gut. Kerstin war nicht nur wunderschön, sie war ein liebenswerter Mensch.

Sie schlug die Augen auf, sah Björn direkt ins Gesicht

und lächelte. »Ich spüre das, wenn du mich so anstarrst«, sagte sie.

Dabei war es gar nicht er, der sie unverwandt angestarrt hatte, sondern Mats. Das allerdings verriet Björn ihr nicht. »Wundert dich das?«, fragte er. »Als du das erste Mal vor der Tür gestanden hast, habe ich dich für eine Südländerin gehalten.«

Kerstin warf den Kopf zurück und lachte laut auf. »Und dann habe ich mich als waschechte Schwedin entpuppt. Warst du sehr enttäuscht?«

Björn schüttelte den Kopf. »Wie könnte ich? Ich bin froh, dass du hier bist.« Sein Blick fiel auf Mats. »Wir sind alle froh«, sagte er schnell.

Mats nickte zustimmend. »Soll ich dir auch einen Kaffee holen?«, fragte er sie.

»Nein, danke.« Kerstin schüttelte den Kopf und lächelte verschmitzt. »Fürs Kaffeeholen bin ich hier zuständig.« Nur kurz sah sie zu Mats, dann schaute sie wieder Björn an. »Meine Eltern und meine beiden Schwestern sind übrigens strohblond. Es gab in der Familie meiner Mutter irgendwann mal spanische Vorfahren, deren Gene bei mir durchgeschlagen sind. Ich vermute aber, dass meine Eltern sich insgeheim trotzdem manchmal fragen, ob ich nicht im Krankenhaus vertauscht wurde.«

Es war das erste Mal, dass Kerstin etwas von sich selbst erzählte. Bisher war sie allen Fragen nach ihrer Vergangenheit und ihrer Familie ausgewichen.

Björn nutzte die Gelegenheit, um nachzuhaken. »Lebt deine Familie in der Nähe? Siehst du sie oft?«

Es war, als würde Kerstin in diesem Moment klar, dass sie schon zu viel von sich preisgegeben hatte. Ihr Gesicht verschloss sich. Sie schüttelte den Kopf und stand auf. »Ich mache dann mal Feierabend. Soll ich euch vorher noch etwas bringen? Ein Stück Kuchen vielleicht?«

Björn und Mats lehnten beide ab.

Björn ärgerte sich über sich selbst, weil er Kerstin bedrängt hatte. Gleichzeitig wurde sein Interesse an ihr noch größer. Er spürte ganz deutlich, dass sie ein Geheimnis hatte. Oder war es seine schriftstellerische Fantasie, die gerade mit ihm durchging?

»Bald kommt Liv aus dem Krankenhaus«, sagte Mats in seine Gedanken hinein.

Björn zuckte zusammen. Die Kinder hatten das auch schon erwähnt, und es gefiel ihm nicht besonders. Er fing gerade an, sich hier wohlzufühlen. Eigentlich gab es nichts, was ihn zurück nach Stockholm zog.

Er hatte sich gestern Abend vor dem Einschlafen sogar bei dem Gedanken ertappt, dass er auf dem Land leben könnte. Was hinderte ihn eigentlich daran, seine teure Wohnung in Stockholm aufzugeben, sich irgendwo am Wasser ein Häuschen zu suchen und dort in aller Ruhe zu schreiben?

Ruhe? Einsamkeit? War es das, was er wollte?

Nein. All das, was ihm hier ans Herz gewachsen war, würde es an keinem anderen Ort der Welt geben.

Vielleicht hätte sein Leben mit Eivor so aussehen können. Irgendwo auf dem Land, in einem hübschen Häuschen, mit zwei Kindern wie Emelie und Nils ...

Das war der Punkt, an dem Björn seiner Fantasie Einhalt gebot. Der Gedanke an Eivor tat immer noch weh. Doch zum ersten Mal dachte er ohne Groll und Bitterkeit an sie, dafür aber mit ganz viel Traurigkeit. Und es war bestimmt kein Trost, dass er sich die Zukunft mit ihr selbst kaputtgemacht hatte.

Björn war so in Gedanken versunken, dass ihm Mats' Schweigen nicht auffiel.

— 20 —

Liv wusste immer noch nicht viel mehr über Kerstin, obwohl sie fast jeden Tag mit den beiden Kleinen zu ihr ins Krankenhaus kam. Liv war ihr sehr dankbar für diese Besuche. So konnte sie ihre Kinder sehen, ohne die Anwesenheit dieses Menschen ertragen zu müssen.

Auch an diesem Nachmittag kam Kerstin wieder zu Besuch, gefolgt von den Kindern. Für Nils war es noch immer etwas ganz Besonderes, mit dem Aufzug zu fahren, sodass er Liv immer gleich davon erzählen musste.

»Die Kerstin ist einmal mit uns ganz nach oben gefahrt, und dann ganz nach unten, und dann dahin, wo du gerade wohnst. Und dann sind wir ausgestiegen, und der Aufzug ist mit ohne uns weitergefahrt.«

»Gefahren, Nils! Und außerdem machen wir das doch immer. Mama weiß das schon.« Emelie winkte ab. »Wir müssen dir was ganz anderes erzählen, Mama.« Emelie tat sehr wichtig, und Nils nickte mit feierlichem Gesichtsausdruck.

Liv lachte, ohne zu ahnen, dass ihr das Lachen gleich im Halse stecken bleiben würde. »Gut, was müsst ihr mir denn sagen? Hoffentlich etwas Schönes.«

»Etwas ganz Tolles!«, rief Emelie begeistert aus.

»Richtig toll!« Nils nickte. »Du heiratest nämlich den Björn.«

»Wie bitte?«, rief Liv entsetzt aus, während Kerstin in lautes Lachen ausbrach.

»Wir haben das dem Björn auch schon gesagt.« Emelie

schien verunsichert, weil ihre Mutter diese Idee alles andere als begeistert aufnahm.

Liv zog die Augenbrauen zusammen. »Und was hat dieser ...« Sie brach ab. Vor den Kindern wollte sie nicht schlecht über den Mann reden, der zurzeit auf sie aufpasste. Nicht seinetwegen, sondern ausschließlich wegen der Kinder, denen die veränderte Situation wahrscheinlich schon genug zu schaffen machte. »Was hat Björn dazu gesagt?«, korrigierte sie sich.

»Der hat gesagt, dass sich nur Verliebte verheiraten können.« Nils hatte die Stirn gerunzelt, weil ihm das offensichtlich nicht ganz einleuchtete. »Und dass sich nur Leute verlieben können, die sich kennen.«

Emelie nickte zu den Erklärungen ihres Bruders.

»Aber du kennst den Björn doch schon«, fuhr Nils verständnislos fort. »Und wenn du den nicht küssen willst, musst du das ja nicht. Ich glaub nämlich auch, dass das eklig ist.«

Kerstin bekam einen solchen Lachanfall, dass sie sich kaum noch beruhigen konnte, während Liv die Idee ihrer Kinder alles andere als lustig fand.

»So einfach ist das nicht.« Liv schüttelte den Kopf und suchte nach den richtigen Worten, was ihr durch Kerstins Lachen erschwert wurde. »Und lustig ist das erst recht nicht«, sagte sie leicht angesäuert zu Kerstin.

»Das ist sogar extrem lustig.« Kerstin nickte bestätigend zu ihren eigenen Worten und bekam einen neuen Lachanfall. »Deine Kinder wollen dich ausgerechnet mit ...« – sie machte eine kurze, sehr wirkungsvolle Pause und schloss mit Livs eigenen Worten – »... *diesem Mann* verkuppeln.«

In den vergangenen Tagen hatte wohl auch Kerstin mitbekommen, dass Liv und Björn sich überhaupt nicht leiden konnten. Liv war froh, dass sie im Beisein der Kinder keine entsprechende Bemerkung machte. Eigentlich hatten sie noch nie direkt über Björn gesprochen, aber Livs abfälliger Gesichtsausdruck, wenn er erwähnt wurde, verriet wohl ihre Gefühle. Und auch Kerstin musste aufgefallen sein, dass Liv nur von *diesem Menschen* oder *diesem Mann* sprach, wenn von Björn die Rede war.

Liv machte kurzen Prozess. »Björn und ich werden niemals heiraten«, sagte sie zu den Kindern.

»Aber ...«, wandte Emelie ein, doch Liv ließ sie nicht aussprechen.

»Kein Aber«, sagte sie streng. »Schlagt euch diesen Unsinn ganz schnell aus dem Kopf!«

Emelie stieß ihren Bruder an. »Hab ich dir doch gesagt, die Erwachsenen kapieren das nie, dabei wäre alles ganz einfach.«

Nils nickte. »Ich will nie erwachsen werden«, sagte er und schaute Liv dabei trotzig an, während Emelie schmollend die Unterlippe vorgeschoben hatte.

»So einfach, wie ihr euch das vorstellt, ist das nicht«, sagte Liv hilflos. Entgegen aller Vernunft wurde ihr Ärger auf diesen Mann noch größer. Was hatte er gemacht, um ihre beiden Kleinen so einzuwickeln, dass sie ihn für immer in Norrfällsviken behalten wollten, dass sie sogar auf die Idee kamen, sie solle ihn heiraten?

»Doch, es ist ganz einfach!«, widersprach Emelie und verschränkte die Arme vor der Brust. Nils tat es ihr nach, und Kerstin, die sich gerade erst beruhigt hatte, begann erneut zu lachen.

Es klopfte, und Jakob kam ins Zimmer. »Soll ich später wiederkommen?«, fragte er.

»Nein, ist schon in Ordnung«, sagte Liv schnell und zum ersten Mal erleichtert, dass sie ihren Besuch verabschieden konnte. »Jakob ist mein Physiotherapeut«, sagte sie erklärend zu Kerstin. »Er bringt mir das Gehen auf Krücken bei.«

Jakob nickte und sah Kerstin dabei interessiert an. Genau die gleiche Reaktion hatte Liv auch schon bei Dr. Norberg gesehen, als er vor zwei Tagen in ihr Zimmer gekommen und Kerstin gerade bei ihr zu Besuch gewesen war. Die Männer waren ausnahmslos fasziniert von ihrer neuen Aushilfe – und wer konnte es ihnen verdenken?

Kerstin selbst schien das nicht zu bemerken. Sie nahm die beiden Kinder an die Hand. »Wir kommen morgen wieder«, versprach sie zum Abschied. »Und keine Sorge, Liv«, fügte sie grinsend hinzu, »ich werde dafür sorgen, dass deine Kinder in der Zwischenzeit nicht das Aufgebot für dich und Björn bestellen.«

Liv warf ihr Kissen nach Kerstin, aber die duckte sich rechtzeitig und verließ lachend das Zimmer mit den immer noch beleidigten Kindern an der Hand. Liv hörte Emelie noch fragen: »Was ist ein Aufgebot?«, dann schloss sich die Tür hinter ihnen.

»Du willst heiraten?«, fragte Jakob interessiert.

»Nein, will ich nicht«, erwiderte Liv schärfer als beabsichtigt. »Sorry«, entschuldigte sie sich gleich darauf. »Meine Kinder haben sich da etwas in den Kopf gesetzt, und ich kann es ihnen nicht wieder ausreden.«

»Ja, das kenne ich von meinen eigenen.« Jakob nickte verständnisvoll und reichte ihr die beiden Krücken, die er mit ins Zimmer gebracht hatte. »Heute versuchen wir es mit der Treppe«, sagte er.

Obwohl Liv Angst davor hatte, weil sie sich auf den Krücken noch nicht sicher fühlte, nickte sie. Schließlich musste sie so schnell wie möglich wieder auf eigenen Beinen stehen.

Jakob blieb an ihrer Seite und erklärte ihr genau, was sie machen musste. Es ging besser, als sie erwartet hatte.

Auf dem Rückweg zu ihrem Zimmer kam Schwester Hilla auf sie zu. »Hast du einen Augenblick Zeit für mich?«, fragte sie Jakob.

Jakob zögerte.

Liv wies auf die Sitzecke am Fenster. »Ich kann mich doch da einen Moment hinsetzen, bis ihr fertig seid.« Sie fand es sogar ganz angenehm, sich mal woanders aufzuhalten als in ihrem Krankenzimmer.

»Wenn es dir wirklich nichts ausmacht.« Jakob blieb an ihrer Seite, bis sie zu den Sesseln gehumpelt war und sich hingesetzt hatte. Danach folgte er Hilla ins Schwesternzimmer.

Zuerst war es ganz nett, aber nach ein paar Minuten begann Liv, sich zu langweilen. Keine anderen Patienten kamen vorbei, nur ein Mann in einem dunklen Anzug hastete mit einem Blumenstrauß in der Hand an ihr vorüber. Er schenkte ihr keine Beachtung.

Liv griff nach einer der Zeitschriften, die auf dem kleinen Beistelltisch lagen, und schlug sie lustlos auf. Die Illustrierte war mindestens ein Jahr alt, und die Klatschgeschichten darin interessierten Liv sowieso nicht. Sie blätterte weiter und wollte die Zeitschrift schon weglegen, als ihr ausgerechnet Björn Bjerkings Gesicht entgegenlachte. Er trug auf dem Foto einen dunklen Abendanzug und hatte rechts und links je eine sparsam bekleidete Blondine im Arm.

Jetzt verfolgte der Kerl sie sogar hierher! Liv schlug die Zeitung zu, aber die Neugierde siegte. Sie schlug sie wieder auf, suchte die Seite und befürchtete, dass Jakob zurückkehrte, bevor sie den Artikel gelesen hatte.

Was in dem Bericht über Björn Bjerking stand, entsprach

dem Bild, das sich Liv von ihm gemacht hatte: Dieser Kerl war ein Weiberheld und ein Trinker, der sich auf dem Erfolg zweier Bestseller ausruhte und sich offensichtlich einbildete, der Nabel der Welt zu sein. Sein rücksichtsloser Fahrstil passte doch perfekt dazu.

Liv schlug die Illustrierte wieder zu. Es wurde Zeit, dass sie wieder nach Hause kam und ihre Kinder nicht länger dem schädlichen Einfluss dieses Menschen ausgeliefert waren.

— 21 —

Jonna schaute Björn finster an und ging wortlos an ihm vorbei zur Haustür.

»Dir auch einen schönen Tag!«, rief Björn ihr nach.

Jonna drehte sich um und warf ihm einen letzten bitterbösen Blick zu.

»Schon gut.« Björn hob abwehrend beide Hände.

Jonna verließ das Haus und schlug die Tür laut hinter sich zu, woraufhin Knut neugierig in den Flur kam und laut bellte.

»Ganz ruhig, Kumpel.« Björn beugte sich hinab, um den Hund zu streicheln. »Sie hat einfach nur schlechte Laune, wie immer.«

Knut rannte zur Tür und scharrte mit den Pfoten daran. Ein deutliches Zeichen, dass er hinausmusste, wie Björn inzwischen wusste.

Eigentlich hätte er die freie Zeit, bis er die Kleinen aus dem Kindergarten abholen musste, gerne zum Schreiben genutzt, obwohl er immer noch nicht richtig vorankam. Er hatte wieder Lust zu schreiben, eine Lust, die ihm in den letzten Jahren völlig gefehlt hatte, aber da war immer noch diese Blockade in ihm.

»Gehen wir, Kumpel!« Er machte die Leine an Knuts Halsband fest und folgte ihm aus dem Haus. Er überließ es Knut, die Route auszuwählen.

Knut zog es hinunter zum Strand, genau die Strecke, die auch Björn am liebsten ging. Ein breiter Weg führte zwischen den Dünen zum Sandstrand. Rechts und links wuchsen Kiefern, deren typischer Duft sich mit dem Geruch von Salzwasser vermischte.

Vor ihnen lag die Ostsee. Das Licht war samtig weich und ließ das Meer und die gegenüberliegende Landzunge blau schimmern. Auf einem Baum zwitscherte eine Amsel ihr Lied und übertönte sogar das Rauschen der Wellen.

Knut zog immer heftiger an der Leine. Er musste etwas wittern, was Björn noch nicht sehen konnte. Plötzlich wechselte der Hund die Richtung, er wollte die Düne hoch. Neugierig ließ Björn ihn gewähren, hielt ihn aber vorsichtshalber an der kurzen Leine.

Kerstin hatte ihm erzählt, dass sie vor ein paar Tagen einen ziemlich großen Schatten zwischen den Bäumen in den Dünen gesehen und vermutet hatte, dass es sich um einen Elch handelte. Es gab sicher Elche in den Wäldern rings um Norrfällsviken, aber Björn hatte keine Ahnung, ob sie so nahe an den Strand kamen. Gut, dass Nils davon nichts mitbekommen hatte. Er musste in seinem Glauben an den Bären, der in seiner Fantasie um Norrfällsviken herumschlich, nicht noch bestärkt werden.

Björn konnte aber auch auf die Begegnung mit einem Elch gut verzichten, und er hatte keine Ahnung, wie Knut auf ein solches Zusammentreffen reagieren würde. Noch weniger wusste er, was ein Elch mit Knut anstellen würde, wenn der kleine schwarze Mischling ihn ankläffte.

Ein paar Meter weiter konnte Björn zwischen den Baumstämmen wieder das Meer sehen, und dann entdeckte er Jonna. Sie hatte sich halb hinter einem Stamm versteckt und starrte angestrengt zum Strand hinunter. Björn folgte ihrem Blick und sah einen Jungen und ein Mädchen, beide in Jonnas Alter, die sich zärtlich küssten.

Knut zog es jetzt mit aller Macht zu Jonna. Wahrscheinlich

war es das Hecheln des Hundes, das sie verriet. Oder vernahm Jonna doch Björns Schritte auf dem sandigen Boden?

Jedenfalls fuhr sie herum, Schrecken zeichnete sich auf ihrem Gesicht ab, der sich sofort in Wut wandelte, als sie Björn erkannte. Trotzdem war deutlich zu sehen, dass sie geweint hatte.

»Spionierst du mir nach?«, fuhr sie ihn an, aber nicht in der üblichen Lautstärke, sondern sehr gedämpft, weil sie, wie Björn vermutete, von dem Paar am Strand nicht gehört werden wollte.

»Sorry«, entschuldigte sich Björn. Sosehr ihm Jonna sonst auf die Nerven ging, jetzt tat sie ihm leid. »Ich hatte keine Ahnung, dass du hier bist. Es war Knut, der unbedingt hierher wollte.«

»Lasst mich in Ruhe«, murmelte Jonna und stapfte davon.

Knut setzte sich neben Björn in den Sand und sah ihr leise winselnd nach. Dann hob er den Kopf und schaute Björn an.

»Was soll ich jetzt machen?«, fragte Björn. »Soll ich ihr nachgehen und versuchen, mit ihr zu reden?«

Knut erhob sich, sah Björn auffordernd an und wedelte mit dem Schwanz.

»Du stellst dir das so einfach vor«, fuhr Björn in seinem Zwiegespräch mit dem Hund fort. »Aber es liegt nicht nur an Jonnas Benehmen mir gegenüber, dass mir solche Gespräche schwerfallen.«

Es gefiel Knut offensichtlich, dass Björn mit ihm sprach. Der Hund wedelte immer noch mit dem Schwanz.

»Schwanzwedeln hilft mir auch nicht weiter, Kumpel«, sagte Björn resigniert. Er beschloss, seine Runde mit Knut zu gehen und danach Frederika um Rat zu fragen. Oder Kerstin. Sie war eine junge Frau, die vielleicht wusste, was Jonna im Moment brauchte.

Bevor Björn sich mit Knut auf den Weg machte, schaute er noch einmal zu dem jungen Paar am Strand hinunter. Die beiden schienen so versunken, dass sie nichts und niemanden um sich herum wahrnahmen. Arme Jonna, dachte er. Nichts tut so weh wie unerfüllte Liebe, und Sprüche wie »Der Schmerz vergeht schon« oder »Irgendwann kommt ein anderer« waren da ganz bestimmt nicht hilfreich.

Kerstin hatte zu viel zu tun, und Frederika war im Krankenhaus bei Liv, sodass Björn nur Mats um Rat fragen konnte. Aber der zuckte hilflos mit den Schultern, als Björn ihm sein Problem schilderte.

»Ich habe keine Ahnung von Kindern«, sagte er und knetete derweil einen Brotteig, »aber ich glaube, dass der Umgang mit Teenagern immer schwierig ist.«

»Also hat Liv auch Probleme mit Jonna?«, hakte Björn nach. Wenn selbst die Mutter mit ihrer Tochter nicht klarkam, hätte er selbst nicht das Gefühl zu versagen.

»Keine Ahnung«, erwiderte Mats und ließ deutlich erkennen, dass er Björn nicht weiterhelfen konnte. »Ich glaube nicht. Gesagt hat sie jedenfalls nichts, und ich muss jetzt ein paar Brote backen. Die Kinder sind dein Problem.«

Knut, der nicht mit in die Backstube durfte und den Björn deshalb draußen angebunden hatte, stieß ein Freudengeheul aus, als Björn nach draußen kam.

»Das war wohl nix«, sagte Björn leise zu ihm.

Er ging mit Knut ins Haus und ließ ihn von der Leine. Der Hund rannte sofort in die Küche zu seinem Wassernapf, während sich Björn auf die Suche nach Jonna machte. Er klopfte an ihre Zimmertür, wartete, klopfte noch einmal, erhielt auch diesmal keine Antwort und öffnete einfach die Tür.

Jonna war nicht in ihrem Zimmer, und auch im restlichen Haus fand Björn sie nicht. Fast empfand er Erleichterung. Er hatte das Gefühl, etwas tun zu müssen, wusste gleichzeitig nicht, was er machen oder sagen sollte, und war froh, dass Problem erst einmal aufschieben zu können. Vielleicht ging es Jonna ja schon viel besser, wenn sie wieder nach Hause kam. Möglicherweise sprach sie sich gerade mit einer Freundin aus oder war bei ihrer Mutter im Krankenhaus, und er konnte später einfach so tun, als hätte es die Episode am Strand nie gegeben.

Knut hatte genug getrunken und verlangte sein Futter. Björn hatte auch Hunger, aber er beschloss, gleich nebenan im Café einen Kaffee zu trinken und sich dazu ein Stück Torte zu gönnen. Er öffnete die Dose mit dem Hundefutter und verzog angewidert das Gesicht. Er mochte Knut inzwischen wirklich, aber an den Geruch des Futters würde er sich nie gewöhnen können, und als er Knuts Napf füllte, spritzte auch noch ein wenig von der Flüssigkeit auf sein Shirt.

Björn ging nach oben, um sich umzuziehen, und wollte das Zimmer gerade wieder verlassen, als er über sich ein Geräusch vernahm. Verdutzt schaute er nach oben, und dann hörte er es wieder: Jemand befand sich über ihm auf dem Speicher.

Björn war noch nie dort oben gewesen, und er hatte sich noch keine Gedanken darüber gemacht, was sich auf dem Speicher befinden mochte. Intuitiv wusste er, wer sich dort oben verkrochen hatte: Jonna. Weil sie ihm ebenso aus dem Weg gehen wollte wie er ihr?

Ich hätte nichts gehört, wenn ich nicht in Villiams Zimmer gegangen wäre, sagte er sich. Ich kann es einfach ignorieren.

Er verließ das Zimmer und schaute unwillkürlich die Treppe zum Speicher hoch, bevor er die ersten beiden Stufen nach unten nahm.

Verdammte Schriftstellerfantasie! Er sah Jonna da oben sitzen, auf einem stockdunklen, verstaubten Speicher, völlig alleine mit sich und ihrem Kummer, und keiner war da, der sich um sie kümmerte.

Er hätte sich mehr bemühen können, um mit diesem Mädchen klarzukommen, aber er hatte sich fast nur um die beiden Kleinen gekümmert. Sie waren unkompliziert, und – was er nie erwartet hätte – er hatte sogar großen Spaß mit ihnen. Und jetzt saß da oben ein Mädchen und weinte sich die Augen aus, weil der Junge, den sie liebte, sich für eine andere interessierte. Er kannte dieses Gefühl der Einsamkeit, der Verlassenheit nur zu gut.

Björn drehte sich um und lief die Treppe hinauf. Die Tür zum Speicher war nur angelehnt. Als er sie öffnete, mussten sich seine Augen erst an das Dämmerlicht gewöhnen.

Die alten Dachbalken lagen frei, ein Querbalken zog sich so tief durch den Raum, dass er sich bücken musste. Ein alter Läufer durchschnitt den ganzen Speicher. Rechts davon standen alte Möbel: zwei Stühle, denen Beine fehlten, ein dritter ohne Lehne und ein Schaukelstuhl, der völlig unversehrt aussah. Daneben standen eine Truhe mit einem Karton darauf und ein alter Kleiderschrank, dessen Türen schräg in den Angeln hingen.

Links neben dem Läufer war ein Indianerwigwam aufgebaut. Björn wunderte sich darüber, dass er hier oben stand und nicht unten in einem der Kinderzimmer.

Es war kein Mensch zu sehen.

»Jonna«, sagte Björn. »Ich weiß, dass du hier bist.«

Keine Antwort.

Björn blieb stehen, wartete einfach ab.

Schließlich kam ihre zaghafte und verweinte Stimme aus dem Wigwam: »Verschwinde!«

Björn ließ sich Zeit mit der Antwort. »Nein«, sagte er dann. »Das kann ich nicht, weil ich genau weiß, wie du dich fühlst.«

»Du weißt überhaupt nichts.«

»Für dich bin ich nur ein doofer alter Knacker, aber ich habe auch schon geliebt, Jonna, und bin schwer enttäuscht worden. Ich weiß, das tröstet dich jetzt nicht, aber wenn der Junge dich nicht will, hat er dich auch nicht verdient.«

»Das ist doch nicht nur wegen Folke«, schluchzte Jonna im Zelt.

Wieder verstummte sie, und Björn hörte sie leise weinen. Er wartete geduldig, weil er spürte, dass es besser war, sie in diesem Moment in Ruhe zu lassen.

»Es ist auch wegen Svea«, fuhr sie irgendwann fort.

»Svea ist das Mädchen, das du zusammen mit Folke am Strand beobachtet hast?«, hakte Björn nach.

»Ja«, sagte Jonna. »Sie ist ... Nein«, verbesserte sie sich, »*war* meine beste Freundin. Und sie wusste, dass ich Folke mag.«

Ja, so kam es manchmal. Während seiner Schulzeit hatte Björn sich auch einmal in ein Mädchen verliebt, das sich dann für einen seiner Freunde entschied. Die Beziehung zwischen den beiden dauerte nur ein paar Wochen, die Freundschaft aber war unwiderruflich zerstört gewesen.

»Ja, so etwas sollte eine gute Freundin nicht tun«, sagte Björn zu Jonna.

Jonna öffnete den Wigwam einen Spalt breit, sodass er ihr verweintes Gesicht sehen konnte. Prüfend schaute sie ihn an. »Meinst du das wirklich ernst?«

»Ja«, sagte er und nickte bestätigend. »Für die beste Freundin ist der Junge, den du liebst, absolut tabu. Das gilt übrigens auch umgekehrt.«

Sie schien abzuwägen, ob sie ihm glauben konnte. »Hast du das auch schon erlebt?«

»Meine Freundschaft mit Eric ist daran zerbrochen«, sagte er.

»Und war das auch die unglücklichste Zeit in deinem Leben?«, wollte Jonna wissen.

Björn ließ sich mit der Antwort Zeit. Unmöglich konnte er einem erst fünfzehnjährigen Mädchen erzählen, dass diese Erfahrung aus seiner Schulzeit nicht vergleichbar war mit dem, was er durchgemacht hatte, als Eivor ihn verließ. Es war ein Gefühl gewesen, als wäre ihm das Herz herausgerissen worden. Die Intensität dieses Schmerzes wurde ihm erst jetzt bewusst. All die Jahre hatte er sich hinter seiner Wut versteckt, um den Schmerz nicht spüren zu müssen.

»Du wirst dich wieder verlieben, Jonna«, sagte er und wich damit einer direkten Antwort aus. »Und dann wirst du feststellen, dass Liebe nicht nur wehtut, sondern sogar sehr schön sein kann.«

Während er sprach, hatte er das Gefühl, als würde in ihm etwas zerspringen, als könne er plötzlich freier atmen.

»Kommst du wieder mit nach unten, Jonna?«, bat er und streckte ihr die Hand entgegen. Jonna ergriff sie und ließ sich von ihm hochziehen.

Dann standen sie voreinander, und sie schaute zu ihm auf. »Danke«, sagte sie leise und senkte den Kopf.

»Es wird alles gut, Jonna«, sagte er freundlich und wechselte schnell das Thema, um es für sie beide einfacher zu machen. »Warum steht der Wigwam eigentlich hier oben auf dem Dachboden?«, fragte er. »Das wäre doch ein prima Spielzeug für Nils und Emelie.«

»Keine Ahnung«, sagte Jonna. »Papa hat ihn für Nils gekauft, weil er sich so auf seinen ersten Sohn gefreut hat.

Daran erinnere ich mich noch. Aber seit seinem Tod steht er hier oben. Vielleicht weil Mama nicht ständig an Papa erinnert werden wollte.«

Das leuchtete Björn ein. Er wandte sich um und betrachtete den Schaukelstuhl. »Und was ist damit? Der wäre doch perfekt für die Veranda. Es muss traumhaft sein, da drin zu sitzen und leise zu schaukeln, während unter einem das Meer rauscht.«

Probehalber setzte sich Björn, schaukelte leicht, und dann hörte er ein lautes Krachen. Er verlor den Halt, ruderte wie wild mit den Armen, konnte den Sturz aber nicht mehr verhindern.

Jonna schrie unterdrückt auf, als der Schaukelstuhl unter ihm zusammenbrach.

In dem verzweifelten Versuch, sich festzuhalten, riss Björn den Karton von der Truhe neben sich, und alles, was sich darin befand, verteilte sich auf dem Boden. Völlig verdattert saß Björn in den Trümmern des ehemaligen Schaukelstuhls. Er hatte noch nicht so recht registriert, was gerade mit ihm passiert war, als ein leises Kichern an sein Ohr drang.

Jonna hatte die Hand vor ihren Mund gepresst und versuchte, ihr Lachen zu unterdrücken. Björn musste ebenfalls lachen, und sie stimmte mit ein, konnte sich kaum noch beruhigen.

»Jetzt weiß ich, warum der Schaukelstuhl hier oben stand«, sagte Björn. Noch auf dem Boden sitzend begann er damit, die Sachen, die überall verstreut herumlagen, wieder in den Karton zu packen.

»Was ist das denn?« Er hielt ein Metallgebilde in die Höhe, das die Form eines Elchs hatte.

»Einer der Elche!«, stieß Jonna andächtig hervor. »Hier sind die also.« Sie durchsuchte den ganzen Kleinkram, der aus dem Karton gefallen war, bis sie sechs Metallteile vor sich liegen hatte: vier ganze und zwei halbe Elche. »Der hier ist zerbrochen«, sagte sie und hob die beiden halben Elche auf.

Björn rappelte sich auf und nahm sie ihr aus der Hand. Er drehte die Teile hin und her. »Was macht man damit?«

»Das sind Backformen«, erklärte Jonna. »Die sind noch von meinem Uropa, und ich kann mich daran erinnern, dass Mama jedes Jahr zu Weihnachten Elche gebacken hat, als ich ein Kind war.«

Björn nahm die letzten Worte schmunzelnd zur Kenntnis. So ganz war Jonna den Kinderschuhen noch nicht entwachsen, auch wenn sie das nicht wahrhaben wollte. Er machte aber nicht den Fehler, sie damit aufzuziehen. Stattdessen hielt er die Teile des zerbrochenen Elchs aneinander und sagte nachdenklich: »Ich glaube, das kann repariert werden.«

»Glaubst du wirklich?« Jonna klatschte begeistert in die Hände. »Mama würde sich so freuen. Als ich klein war, habe ich sie mal gefragt, warum es die Elche nicht mehr gibt, und da hat sie gesagt, sie hätte die Backformen verloren.«

Björn überlegte kurz, und dann glaubte er zu wissen, wie er zweierlei gleichzeitig in Ordnung bringen konnte. Mit Jonna, das wusste er, würde er von nun an klarkommen. Und dieses beginnende Einvernehmen konnte er noch vertiefen, indem er mit ihr zusammen etwas für ihre Mutter machte. Vielleicht kam er dann auch endlich mit Liv ein bisschen besser zurecht. »Was hältst du davon, wenn wir zusammen Elche backen und sie deiner Mutter ins Krankenhaus bringen?«, schlug er vor.

Jonna sprang auf. »Das ist eine tolle Idee!«, rief sie aus, dann verdüsterte sich ihr Gesicht. »Aber der große Elch ist noch nicht repariert.«

»Wenn wir die Teile aneinanderhalten und so in den Teig

drücken, wird es schon gehen«, sagte Björn. »Ich habe weitaus größere Bedenken, was das Backen betrifft. Davon habe ich nämlich überhaupt keine Ahnung.«

»Aber ich«, sagte Jonna stolz. »Ich bin schließlich eine Bäckerstochter.«

»Sehr gut!« Björn grinste sie an. »Gemeinsam schaffen wir das.«

Jonna schaute auf die Elchformen. »Eigentlich werden die Elche aber nur zu Weihnachten gebacken. Mit Pfefferkuchenteig.«

Björn zuckte nur mit den Schultern.

Als sie zusammen zur Tür gingen, sagte Jonna: »Es tut mir übrigens leid, dass ich die ganze Zeit so doof zu dir war.« Sie wollte wahrscheinlich beiläufig klingen und zeigte schon dadurch, dass ihr die Entschuldigung nicht leichtfiel.

»Schon vergessen«, sagte Björn ebenso beiläufig, und dann gingen sie zusammen nach unten.

— 22 —

»Ich will endlich nach Hause«, sagte Liv genervt, als Dr. Norberg ihr den weiteren Behandlungsplan erklärte. »Anfang der Woche hieß es noch, in ein paar Tagen könne ich vielleicht entlassen werden. Und letzte Woche war es genauso.«

»Das hätte auch geklappt, wenn die Infektion nicht dazugekommen wäre«, sagte Dr. Norberg. »Wir müssen mit der Entlassung warten, bis die Entzündungswerte wieder im Normalbereich liegen.«

Liv nickte deprimiert. Als sie vorgestern die Diagnose bekommen hatte, war sie den Tränen nahe gewesen. Seit drei Wochen war sie im Krankenhaus, und die Zeit kam ihr allmählich endlos vor.

Selbst Frederikas Besuch eine Stunde später heiterte sie nicht auf. »Ich will nicht mehr hier sein!«, stieß sie hervor. »Ich will nicht mehr im Bett liegen! Ich will endlich mein altes Leben zurück!«

Frederikas Blick war nachdenklich. »War dein altes Leben wirklich so toll?«

Liv war sekundenlang sprachlos, dann füllten sich ihre Augen mit Tränen. Es traf sie bis ins Mark, dass Frederika etwas aussprach, was sie sich selbst nie eingestanden hätte.

Frederika schaute sie prüfend an. »Du sprichst nie über Lennart. Warst du nicht glücklich mit ihm?«

Liv schüttelte den Kopf, nickte gleich darauf. »Ich weiß es nicht«, seufzte sie. »Eigentlich war ich davon überzeugt, dass wir beide glücklich sind. Mir hat es in unserer Ehe nie an etwas gefehlt.«

»Aber ihm?«

Liv zuckte mit den Schultern. »Muss wohl, sonst hätte er mich nicht mit einer anderen Frau betrogen, als ich mit Nils schwanger war.«

»Das tut mir leid«, sagte Frederika betroffen und legte ihre Hand auf Livs. »Das habe ich nicht gewusst.«

»Ich auch nicht«, sagte Liv mit tränenerstickter Stimme. »Ich habe es erst in der Nacht erfahren, als er tödlich verunglückt ist. Während ich zu Hause war, Elche gebacken und auf ihn gewartet habe, war er mit seiner Geliebten unterwegs.«

»Ich mag mir nicht einmal vorstellen, was du in dieser Zeit durchgemacht hast.« Frederika schüttelte den Kopf. »Was für ein Mistkerl!«

»Ja, und auch wieder nein«, sagte Liv. »Ich begreife bis heute nicht, wie er sich so verstellen konnte. Bis zu jener Nacht war ich davon überzeugt, dass ich den besten Ehemann der Welt habe. Ich habe ihn geliebt, und ich war sicher, dass er mich auch liebt. Er war ein hingebungsvoller Vater, und nichts deutete darauf hin, dass er ein Doppelleben führte.«

»Und was ist mit der Frau, mit der Lennart dich betrogen hat?«, wollte Frederika wissen. »Ist sie bei dem Unfall auch ums Leben gekommen?«

Liv presste die Lippen zusammen und schüttelte den Kopf.

»Hast du sie je kennengelernt?«

Liv zögerte. »Nicht persönlich«, sagte sie dann. »Ylva ruft ständig an und will mit mir sprechen. Aber ich will von dieser Frau nichts wissen!«

Frederika schwieg einige Sekunden und sagte dann vorsichtig: »Vielleicht würde es dir aber helfen, mit ihr zu sprechen, um mit der Vergangenheit abzuschließen.«

Liv entzog Frederika ihre Hand. »Niemals«, sagte sie bestimmt. »Ich will diese Frau nicht sehen, und ich will nicht hören, was sie zu sagen hat.«

»Schon gut, Liv«, versuchte Frederika sie zu beschwichtigen. »Wenn du das partout nicht willst, werde ich auch nicht versuchen, dich zu überreden.«

Liv schüttelte den Kopf, Tränen liefen über ihre Wangen. »Ich kann diese Nacht einfach nicht vergessen«, sagte sie. »In meinen schlimmsten Träumen sucht sie mich immer wieder heim. Das schwere Gewitter, meine Angst um Lennart, der irgendwo da draußen war, dann der Blitzeinschlag in den Apfelbaum, die zerbrochene Elchform ...« Sie brach ab und wischte sich mit der Hand die Tränen aus dem Gesicht. »Nein!«, sagte sie entschlossen. »Ich will nicht darüber reden, ich will nicht mehr daran denken. Es ist vorbei.«

Frederika stand auf. »Es tut mir leid«, entschuldigte sie sich, »aber ich muss wieder in die Backstube. Mats hat eine Großbestellung vom Campingplatz bekommen und schafft das nicht alleine.«

Sie ging zur Tür, wandte sich aber noch einmal um. »Aber du irrst dich, Liv, es ist noch nicht vorbei«, sagte sie. »Es wird erst vorbei sein, wenn du lernst, zu verzeihen und wirklich mit allem abzuschließen.«

Liv sagte kein Wort.

Nach Frederikas Besuch schweiften Livs Gedanken immer wieder zurück in die Vergangenheit. Zurück zu dieser verhängnisvollen Nacht. Hätte sie doch bloß nicht mit Frederika darüber gesprochen!

Liv hielt es alleine in ihrem Zimmer nicht mehr aus. Sie hatte schon oft mit den Krücken geübt, und zu Hause musste sie auch alleine damit zurechtkommen, also umfasste sie mit beiden Händen das Gipsbein, hob es über den Bettrand und zog das andere Bein nach. Die Krücken lehnten am Fußteil des Bettes. Liv griff danach und wollte gerade aufstehen, als die Tür aufging und Jonna ins Zimmer kam.

Livs Gesicht leuchtete kurz auf, ein paar Augenblicke nur, bis dieser Mensch ihrer Tochter folgte.

»Hej«, sagte Björn und wirkte dabei verlegen. Glaubte Liv zumindest. Er war seit seinem unglückseligen Besuch vor etwas mehr als zwei Wochen nicht mehr da gewesen, weil er wahrscheinlich ebenso wenig Wert darauf legte, sie zu sehen, wie sie ihn.

»Hej«, erwiderte Liv steif.

Jonna kam auf sie zugelaufen, umarmte sie stürmisch, ließ sie wieder los und trat einen Schritt zurück.

Liv betrachtete ihre Tochter prüfend. »Ist alles in Ordnung mit dir?«

»Ja, klar«, sagte Jonna so hastig, dass Liv misstrauisch wurde.

»Ist wirklich alles okay?«, hakte sie nach.

Jonna senkte den Kopf, wischte sich mit der Hand über die Augen, dann schaute sie wieder auf und nickte. »Du musst dir wirklich keine Sorgen machen.«

Liv spürte, dass sie log. Mit Jonna stimmte etwas nicht. Ob das mit diesem Menschen zusammenhing?

Liv warf Björn einen bösen Blick zu und bemerkte erst jetzt, dass er etwas in den Händen hielt, das mit einem Handtuch bedeckt war.

Offenbar war Jonna ihrem Blick gefolgt. »Björn hat dir etwas ganz Tolles mitgebracht!«, rief sie und wirkte in ihrer sichtlichen Vorfreude wieder so unbekümmert und fröhlich, wie Liv sie am liebsten sah. »Du wirst überrascht sein.«

Björn kam langsam näher, drückte ihr eine der runden Tortenschachteln aus Pappe in die Hand, die sie in der Bäckerei benutzten, und zog das Handtuch hinunter.

Jonna hatte recht, sie war überrascht – und zwar ziemlich unangenehm überrascht. Auf einmal war alles wieder da, die Erinnerung überrollte sie regelrecht.

Die Nacht! Der Sturm! Der zerbrochene Elch! Lennarts Tod ...

Liv hatte beide Hände vor den Mund gepresst. Langsam löste sie sich aus ihrer Erstarrung, und eine unsagbare Wut auf diesen Menschen überflutete sie. Er zerstörte ihr ganzes Leben.

Sie packte die Schachtel mit den gebackenen Elchen mit beiden Händen. »Raus!«, brüllte sie Björn an. »Verschwinden Sie aus diesem Zimmer! Aus meinem Leben!«

Mit einer heftigen Bewegung schleuderte sie die Elche nach ihm. Die Kekse fielen auf den Boden und zerbrachen. Es war ihr völlig egal, dass nicht nur dieser Mensch, sondern auch Jonna sie entgeistert anstarrten.

Björn trat einen Schritt zurück, sein Blick glitt von ihrem Gesicht langsam zu den zerbrochenen Keksen auf dem Boden, dann drehte er sich abrupt um und verließ wortlos das Zimmer.

Erst als Liv zu ihrer Tochter schaute, wurde ihr klar, was sie angerichtet hatte.

Jonna war schneeweiß, Tränen liefen über ihre Wangen. Plötzlich stampfte sie wütend mit dem Fuß auf. »Du hast alles kaputt gemacht!«, schrie sie Liv an. »Wir haben uns so gefreut, weil wir dachten, wir machen dir eine Freude. Du bist richtig ... richtig ...«, sie stampfte noch einmal mit dem Fuß auf, »... richtig doof!« Damit stürmte auch sie aus dem Zimmer. Laut knallend ließ sie die Tür hinter sich zufallen.

Jetzt hatte dieser Mann auch noch Jonna auf seine Seite gebracht! Liv ballte die Hände zu Fäusten. »Oh, wie ich diesen Menschen hasse!«, stieß sie hervor.

Ihr Blick fiel auf die zerbrochenen Elchkekse auf dem Boden. Langsam lösten sich ihre Fäuste, sie spürte, wie sich ihre Augen mit Tränen füllten, und dann weinte sie, weinte um das, was schon vor Jahren in ihr zerbrochen war, und um alles, was Lennart und seine Geliebte für immer zerstört hatten.

»Einen Kuchen, den man verschenken will, zerbricht man nicht.«

(Schwedisches Sprichwort)

Pepparkakor

(zum Beispiel in Elchform)

Zutaten:

1,5 dl Sirup
3 dl brauner Zucker
3 dl Butter
2 Eier
½ kg Weizenmehl
1 ½ TL Bikarbonat (Natron)
1–2 TL Nelken
1 TL geriebene, ungespritzte Apfelsinenschale

Glasur:
2 dl Puderzucker
½ Eiweiß
Einige Tropfen Milch oder Wasser

Zubereitung:

Zucker mit der Butter verrühren, Sirup aufkochen und darübergeben. So lange rühren, bis die Masse abgekühlt ist. Eier und Gewürze dazugeben.

Das Bikarbonat in etwas kaltem Wasser lösen, das Mehl nach

und nach zufügen. Alle Zutaten zu einem Teig verkneten und über Nacht ruhen lassen.

Den Teig ausrollen und Figuren ausstechen. Bei 200 bis 225 °C ca. 5 bis 7 Minuten backen.

Für die Glasur Puderzucker, Eiweiß und Flüssigkeit verrühren. Muster und Figuren auf die Pfefferkuchen spritzen.

— 23 —

Björn hatte das Krankenhaus sofort verlassen, war zum Parkplatz gegangen und hatte sich in sein Auto gesetzt. Er zitterte am ganzen Körper und begriff immer noch nicht, was er jetzt schon wieder falsch gemacht hatte. Je mehr er sich bemühte, umso schlimmer wurde die Situation zwischen dieser Frau und ihm.

Jonna kam kurz nach ihm. Sie öffnete die Beifahrertür, setzte sich und starrte wie er erst einmal aus dem Fenster.

»Es tut mir leid«, sagte sie irgendwann.

Björn wandte ihr den Kopf zu und bemühte sich um ein Lächeln. »Du kannst doch nichts dafür.«

»Du aber auch nicht«, erwiderte sie heftig. »Ich weiß überhaupt nicht, was mit Mama los ist. Wir wollten ihr doch nur eine Freude machen.«

Björn zuckte mit den Schultern. Seit Jonna neben ihm saß, kam er allmählich zur Ruhe. Ihm dämmerte, dass die Elche nicht zufällig in dem Karton auf dem Dachboden gelegen hatten.

»Ein Blumenstrauß wäre vielleicht besser gewesen.« Er grinste schwach. »Noch besser wäre es, wenn ich mich überhaupt nicht mehr im Krankenhaus blicken lasse. Mach dir keine Gedanken, Jonna, es war nicht deine Schuld. Deine Mutter und ich ...« Er brach ab, weil er nicht wusste, wie er sich ausdrücken sollte.

Auf keinen Fall wollte er vor Jonna schlecht über ihre Mutter reden, auch wenn Liv es eben geschafft hatte, seine

Abneigung ihr gegenüber noch zu steigern. Dabei hätte er nach seinem letzten Besuch im Krankenhaus nicht geglaubt, dass das möglich wäre. Er hatte in seinem ganzen Leben noch keinen Menschen getroffen, der ihm so zuwider war wie die Mutter der Kinder, die er zurzeit betreute. Unglaublich, dass diese Frau drei so reizende Kinder hatte! Sie mussten alle drei nach dem Vater kommen – zum Glück!

»Björn?«, drang Jonnas zaghafte Stimme in seine Gedanken. Sie wirkte eingeschüchtert. »Du siehst auf einmal schrecklich böse aus.«

»Ich bin nicht böse«, versicherte Björn. »Jedenfalls nicht auf dich. Sollen wir nach Hause fahren, oder möchtest du noch einmal zu deiner Mutter? Ich warte dann so lange im Auto.«

»Heute nicht mehr.« Jonna schüttelte den Kopf. »Lass uns fahren.«

Björn erwähnte den Vorfall im Krankenhaus nicht mehr. Er hatte keine Ahnung, ob Frederika von Jonna oder Liv davon erfahren hatte. Sie kam abends zu ihm auf die Terrasse, als die beiden Kleinen schon im Bett lagen. Jonna hatte die letzte Gassirunde mit Knut übernommen.

Björn saß vor dem aufgeklappten Notebook und bemühte sich, aus den Fragmenten in seinem Kopf eine Story zu basteln, als Frederika sich zu ihm gesellte. Sie schien nicht einmal zur Kenntnis zu nehmen, dass er tatsächlich arbeitete. Oder es zumindest versuchte.

Sie ging um den Tisch herum und setzte sich ihm gegenüber. »Was war das heute wieder zwischen dir und Liv?«, fragte sie.

»Liv spinnt«, erwiderte er. In den letzten Stunden hatte er

sich immer wieder Gedanken darüber gemacht, dass er mit seiner Aktion möglicherweise alte Wunden aufgerissen hatte. Aber Livs Reaktion war trotzdem vollkommen daneben gewesen.

»Erzähl«, forderte Frederika ihn auf.

Björn lehnte sich grinsend zurück und verschränkte die Arme hinter dem Kopf. »Wozu?«, fragte er provozierend. »Offensichtlich kennst du die Geschichte doch schon. Liv hat wohl keine Zeit verloren und sich bei dir über mich beschwert.«

»Jonna hat es mir erzählt«, sagte Frederika kühl.

Björn nahm die Arme herunter und sagte knapp und ebenso kühl wie sie: »Ich wollte Liv eine Freude machen, aber das kam offensichtlich nicht gut an. Das war's.«

Frederika sagte nichts, schaute ihn nur an.

»Was ist?« Björn fühlte sich unbehaglich und ärgerte sich darüber, dass Frederika dieses Gefühl in ihm auslöste. »Ich verspreche dir, ich werde nie wieder versuchen, ihr eine Freude zu machen. Ist die Sache damit erledigt?«

Frederika ging nicht auf ihn ein, sondern wechselte das Thema. »Wir müssen uns überlegen, wie es weitergeht, wenn Liv nach Hause kommt.«

»Was gibt es da noch zu überlegen?«, brummte Björn unwillig. »An dem Tag, an dem diese Frau über die Schwelle marschiert ...« – er setzte ein gehässiges Grinsen auf und verbesserte sich – »... oder vielmehr humpelt, packe ich meine Sachen und haue ab nach Stockholm.«

»Und die Kinder?« Genau damit traf sie seinen wunden Punkt, und ihre funkelnden Augen verrieten, dass sie das genau wusste.

»Die Kinder haben ja dann ihre Mutter wieder und brauchen mich nicht mehr«, erwiderte er betont gleichgültig.

Frederika zog eine Augenbraue in die Höhe. »Das ist nicht dein Ernst, mein Lieber. Es wird noch eine Weile dauern, bis Liv nicht mehr auf Hilfe angewiesen ist.«

Björn holte tief Luft, weil er so ruhig wie möglich antworten wollte. »Diese Frau und ich, wir können einfach nicht miteinander, Frederika. Wie stellst du dir das vor? Soll ich weiter in diesem Haus bleiben? Wir sind schon bei den kurzen Begegnungen im Krankenhaus aneinandergeraten. Glaubst du wirklich, dass wir vierundzwanzig Stunden am Tag unter einem Dach leben können, ohne dass es zu einer Katastrophe kommt?«

»Ich weiß keine andere Lösung«, sagte Frederika leichthin. »Aber du kannst dich natürlich auch in deinen Wagen setzen und einfach verschwinden. Das wäre die einfachste Lösung.«

»Die für mich einfachste Lösung«, sagte Björn aufgebracht. »Das willst du doch damit sagen.«

Frederika schüttelte den Kopf. »Nein, für dich wäre es keine einfache Lösung, sondern nur die naheliegendste. Du musst selbst wissen, was du tust.«

Björn starrte sie an. »Was soll ich denn jetzt mit dieser Antwort anfangen? Weißt du eigentlich, dass du dich völlig verändert hast, seit wir in Norrfällsviken angekommen sind?«

Frederika lächelte sanft. »Ich bin zum ersten Mal seit vielen Jahren wieder ganz ich selbst, und ich habe das Gefühl, dass auch du hier langsam zu dir selbst findest. Aber vielleicht brauchst du noch eine Weile, um das zu bemerken.«

Verwirrt starrte Björn sie an. Er wusste nicht, was er darauf sagen sollte.

»Natürlich kannst du nach Stockholm zurückkehren.« Frederika stand auf und schob den Stuhl, auf dem sie gesessen hatte, unter den Tisch. Dabei sah sie ihm unverwandt in die

Augen. »Wenn du glaubst, dass dich das Leben, das du dort geführt hast, glücklich macht, halte ich dich nicht auf. Es ist deine Entscheidung.«

»Mit den entsprechenden Konsequenzen«, sagte Björn bitter. »Du willst dann nichts mehr von mir wissen und wirst nicht mehr als meine Agentin arbeiten.«

»Ich werde sowieso nicht mehr als deine Agentin arbeiten.« Frederika schaute ihm offen ins Gesicht. »Ich werde in Norrfällsviken bleiben und die Leitung der Agentur meiner Assistentin überlassen. Sie wird zukünftig auch dich betreuen, sofern du irgendwann mal wieder ein Manuskript ablieferst.«

Björn brauchte einen Moment, um diese Information zu verdauen. »Du gibst die Agentur auf?«, fragte er ungläubig. »Weil du hier deine Bestimmung als Bäckerin wiederentdeckt hast?«

»Weil ich festgestellt habe, dass es nichts bringt, mit der Vergangenheit zu hadern und sich immer wieder zu fragen, was gewesen wäre, wenn sich alles anders entwickelt hätte. Und weil ein Leben nicht sehr viel Sinn hat, wenn man immer nur dem Erfolg hinterherjagt und es keinen Menschen mehr gibt, der sich mit einem über das, was man erreicht hat, freuen kann.«

»Herzlichen Glückwunsch«, sagte Björn ironisch, »obwohl ich wirklich nicht weiß, wozu ich dir eigentlich gratulieren soll. Du hattest alles in Stockholm ...«

»Ich hatte nichts in Stockholm«, fiel Frederika ihm ins Wort. »Alles, was ich brauche, habe ich hier.«

Ein liebevolles Lächeln zeichnete sich auf ihrem Gesicht ab, als sie an Björn vorbei zur Verandatür schaute. »Villiam, mein Lieber, da bist du ja!«

Der alte Mann strahlte sie an. »Frederika«, sagte er, was

Björn verwunderte. Er hatte nur wenig Kontakt mit Livs Vater gehabt, aber meistens erkannte der alte Mann nicht einmal seine Familie.

»Die Backstube ist sauber«, sagte Villiam. »Können wir jetzt gehen?«

Frederika nickte. Sie ging um den Tisch herum und griff nach Villiams Hand. »Wir gehen nach Hause«, sagte sie und warf Björn noch ein kurzes »Gute Nacht« zu.

Björn drehte sich um und sah den beiden nach, wie sie Hand in Hand das Haus betraten. Irgendwie rührte ihn das Bild, während Frederikas Worte in ihm nachklangen. Dann schüttelte er den Kopf und versuchte, sich wieder auf seine Arbeit zu konzentrieren.

Es gelang ihm nicht.

Er starrte auf den Monitor, schrieb einen Satz, löschte ihn wieder. Dann schrieb er den nächsten Satz, aber es führte zu nichts. Diese Story wollte einfach keine Gestalt annehmen.

»Verdammt, Frederika!«, fluchte er leise. »Warum machst du das mit mir?« Verzweifelt starrte er auf den letzten geschriebenen Satz, ohne ihn wirklich wahrzunehmen.

»Nils weint!«

Emelie stand vor ihm, in ihrem niedlichen Nachthemd, einen Teddybären fest an sich gepresst. Björn brauchte eine Weile, um den Sinn ihrer Worte zu erfassen.

»Warum?« Er stand bereits auf, während er fragte.

»Nils sagt, der Bär wäre in seinem Zimmer gewesen.«

Nils und der Bär! Björn seufzte tief, folgte dem Mädchen aber zum Zimmer des Jungen.

Nils hatte sich die Decke bis über den Kopf gezogen. Er weinte so herzerweichend, dass sein ganzer kleiner Körper zitterte.

Björn setzte sich auf den Rand des Bettes und zog die Decke vorsichtig vom Gesicht des Jungen. »Hier ist kein Bär«, sagte er sanft.

»Er war aber da«, schluchzte Nils. Seine Nase lief, sein Gesicht war tränenverschmiert.

»Quatsch!«, sagte Emelie grob. Natürlich war sie Björn gefolgt, schon aus Neugierde. Sie stand in der Tür, ihren Teddybären immer noch an sich gepresst, und grinste ihren Bruder überheblich an. Sie hob den Teddy mit beiden Händen hoch. »Oder meinst du meinen Bären?« Sie kicherte. »Du Dummkopf!«

Björn packte zu, als der Junge aus dem Bett klettern wollte, um sich auf seine Schwester zu stürzen, und hielt das zappelnde Bündel fest. »Hör auf, deinen Bruder zu ärgern!«, sagte er streng zu Emelie, die daraufhin beleidigt schmollte. »Und du bleibst ganz ruhig liegen«, forderte er Nils auf. Der Junge gehorchte tatsächlich.

Björn zog sein Taschentuch aus der Hosentasche, wischte ihm die Tränen aus dem Gesicht und putzte ihm sogar die Nase, trotz des leichten Ekels, den er dabei empfand. Wenn ihm das jemand vor ein paar Wochen gesagt hätte ...

Ich habe das Gefühl, dass auch du hier langsam zu dir selbst findest. Aber vielleicht brauchst du noch eine Weile, um das zu bemerken. Frederikas Worte ließen Björn keine Ruhe.

Verdammt, Frederika, lass mich in Frieden!, antwortete er in Gedanken und versuchte, sich wieder ganz auf die Kinder zu konzentrieren.

»Ihr beide geht jetzt schön wieder ins Bett«, sagte er so ruhig wie möglich. »Wenn du willst«, fügte er an Nils gewandt hinzu, »lasse ich die Tür auf und das Licht im Flur brennen.«

Nils nickte zaghaft. Er schluchzte leise und fragte: »Kannst du mal gucken, ob sich der Bär unter meinem Bett versteckt hat?«

Björn holte ganz tief Luft, dann ließ er sich auf dem Boden nieder und schaute unter das Bett. »Kein Bär da«, versicherte er, als er sich wieder aufrichtete.

»Und im Kleiderschrank?«, fragte der Junge mit ganz kleiner, ängstlicher Stimme.

Björn sah, wie Emelie wieder zu grinsen begann und ihr Mund sich öffnete. Mit einem Blick brachte er sie zum Schweigen, bevor sie etwas sagen konnte. Er stand auf und öffnete die Türen des Kleiderschranks so weit, dass auch Nils von seinem Bett aus reinschauen konnte. »Siehst du, es ist kein Bär da.«

Nils nickte und kuschelte sich ganz tief unter seine Bettdecke.

»Kannst du jetzt wieder schlafen?«, fragte Björn.

Der Junge schüttelte den Kopf.

Björn unterdrückte einen entnervten Seufzer. »Was kann ich denn noch für dich tun?«, fragte er. »Soll ich dir etwas zu trinken holen?«

Nils schüttelte den Kopf und richtete sich dabei leicht auf. »Kannst du mir eine Geschichte erzählen?«

Auch das noch! Er konnte schon lange keine Geschichten mehr erzählen, und inzwischen war er nicht mehr einmal sicher, ob er das überhaupt je wieder können würde.

»Was soll ich dir denn erzählen?«, fragte er, um Zeit zu gewinnen.

»Erzähl ihm doch was über Bären«, witzelte Emelie.

Björn fuhr herum, warf ihr einen scharfen Blick zu, weil sie ihren Bruder schon wieder aufziehen wollte, und gleichzeitig entstand die Idee in seinem Kopf. Klar und deutlich hatte er die Geschichte vor Augen.

Björn wandte sich wieder Nils zu. »Okay«, sagte er, »ich erzähle dir etwas von einem Bären.« Er setzte sich zu Nils auf die Bettkante und schaute den Jungen an.

»Wie heißt der Bär?«, fragte Nils mit großen Augen.

»Björn, der Bär«, sagte Emelie im Hintergrund, und es klang immer noch so, als wolle sie sich über Nils und jetzt auch über Björn lustig machen.

»Genau«, griff Björn diesen Vorschlag auf. »Der Bär heißt Björn, und er ist ein Schutzbär.«

»Schutzbär! So ein Quatsch«, sagte Emelie.

Björn schaute sie mit erhobenen Brauen an. »Erzähle ich die Geschichte oder du?«

Emelie grinste nur frech.

Björn wandte sich wieder Nils zu. »Also, es geht um Björn, den Schutzbären, der immer dann auftaucht, wenn ein kleiner Junge Hilfe braucht …«

»Wie heißt der Junge?«, wollte Nils wissen.

»Blödmann, der heißt natürlich Nils!«, sagte Emelie aus dem Hintergrund.

Björn ignorierte diesmal den Einwand des Mädchens, weil es Nils zu gefallen schien, dass der kleine Junge in Björns Geschichte seinen eigenen Namen tragen sollte.

»Ja?«, fragte er begeister. »Heißt er Nils, so wie ich?«

»Okay«, sagte Björn und begann zu erzählen. Von dem kleinen, vaterlosen Nils, der sich oft einsam und verloren fühlte und den alle auslachten, weil er immer einen Bären sah, den andere nicht wahrnahmen. Und dann plötzlich tauchte der kleine Nils in eine Abenteuergeschichte ein.

Der echte Nils hing an Björns Lippen.

Auch Emelie hörte gebannt zu. »Darf ich zu dir ins Bett?«, fragte sie Nils, als Björn eine kurze Atempause machte. »Meine Füße sind ganz kalt.«

Nils nickte und rutschte zur Seite.

Emelie legte sich neben ihn und deckte sich selbst und ihren Bruder fürsorglich mit der Decke zu. »Erzähl weiter«, forderte sie Björn auf.

Björn vergaß während des Erzählens alles um sich herum. Und die Geschichte war immer noch nicht zu Ende erzählt. Irgendwann bemerkte er, dass Jonna am Türrahmen lehnte und ebenfalls zuhörte.

Schließlich schliefen die beiden Kleinen ein. Ein seliges Lächeln hatte sich auf Nils' Gesichtchen ausgebreitet. Emelie war halb aus dem Bett gerutscht. Sie hielt mit der einen Hand immer noch den Teddybären umklammert und hatte den Daumen der anderen in den Mund gesteckt.

Björn hob sie vorsichtig hoch und trug sie in ihr Zimmer, während Jonna das Licht in Nils' Zimmer ausschaltete und leise die Tür schloss. Er brachte Emelie in ihr Bett und ging auf Zehenspitzen zurück in den Flur, wo er mit Jonna zusammentraf.

»Das war eine richtig spannende Geschichte«, sagte sie. »Schade, dass die Kleinen eingeschlafen sind, bevor sie zu Ende war.«

Björn lächelte. »Ich bin selbst überrascht«, sagte er.

»Frederika hat mir erzählt, dass du Schriftsteller bist«, sagte Jonna. »Was schreibst du denn für Bücher?«

»In den letzten Jahren habe ich überhaupt nicht mehr geschrieben«, gab er ehrlich zu. »Davor waren es düstere Thriller, massenhaft Morde und literweise Blut. Also nichts für junge Mädchen wie dich«, neckte er sie.

Jonna schaute ihn ernst an. »Warum schreibst du keine Kinderbücher?«, fragte sie. »Oder Bücher für Jugendliche? Sogar ich würde das Buch vom kleinen Nils und dem Schutzbären lesen.«

Björn starrte sie an. Das Setting, an dem er jetzt schon seit Wochen feilte, war gut, selbst einige der Charaktere, die er in den letzten Wochen entworfen hatte, mochte er. Nur die Geschichten, die er skizzierte, hatten allesamt nicht gepasst.

Björn legte Jonna beide Hände auf die Schultern. »Danke, Jonna!«, stieß er überwältigt hervor. »Du bist ein Genie! Und dieser Typ, der mit deiner Freundin rumknutscht, ist ein richtiger Idiot, weil er nicht begriffen hat, was für ein tolles Mädchen du bist.«

»Ich habe ihn schon fast vergessen«, rief Jonna ihm leise nach, als er die Treppe hinuntereilte.

Björn hatte nur noch ein Ziel: Raus auf die Veranda, wo sein Notebook auf ihn wartete. Er begann zu schreiben, kaum dass er saß. Nur das Rauschen der Wellen und das Klackern der Tastatur waren zu hören. Das Mondlicht zauberte silberne Reflexe auf die Wasseroberfläche, die sich zerteilten, wenn die Wellen sich fortbewegten.

Björn sah es nur gelegentlich, wenn er den Kopf hob, um über eine seiner Formulierungen nachzudenken. Es war, als würde das Wasser seine Gedanken forttragen, auseinanderpflücken und wieder zusammensetzen, bis er den Kopf wieder über die Tastatur beugte und weiterschrieb. Er vergaß Raum und Zeit um sich herum.

— 24 —

Da durfte sie endlich wieder nach Hause und sollte ausgerechnet mit Björn Bjerking unter einem Dach leben! Am liebsten hätte Liv ihn telefonisch aufgefordert zu verschwinden.

»Nur zu«, ermunterte Frederika sie, »wenn dir dein Egoismus wichtiger ist als das Wohlergehen deiner Kinder.«

»Wie kannst du mir so etwas unterstellen?« Liv starrte Frederika ein paar Sekunden wütend an und fügte dann hinzu: »Ich zum Beispiel würde nie einfach weggehen und ein kleines Mädchen im Stich lassen.«

Frederika schien diese Anspielung nur zu gut zu verstehen. »Ich bin nicht deine Mutter, Liv«, sagte sie leise. »Ich wusste, dass es dir bei deinem Vater gut geht. Ich habe dich also nicht im Stich gelassen.«

»Ich habe es aber so empfunden«, sagte Liv hart. »Erst du, dann Lennart ...« Sie brach ab.

»Du stellst mich mit deinem Mann auf eine Stufe?« Frederika schaute sie verletzt an. »Okay, womöglich habe ich das verdient, ich weiß es nicht. Aber vielleicht tröstet es dich ja, zu hören, dass ich mit meiner Entscheidung damals nicht glücklich geworden bin.«

Livs Wut wich einem schlechten Gewissen. Es war nicht fair, ihren Ärger an Frederika auszulassen. »Es tut mir leid«, sagte sie leise. »Es ist nur so ... Ich weiß auch nicht, wie ich es ausdrücken soll ... Wenn ich an diesen Menschen denke, mit dem ich demnächst zusammenwohnen soll, wird mir richtig schlecht. Und offensichtlich bin ich die Einzige, die erkennt, was das für ein Typ ist. Die Kleinen sind leicht zu beeinflussen, aber selbst Jonna fährt inzwischen voll auf den ab. Björn hier, Björn da«, äffte Liv ihre Tochter nach.

Frederika runzelte die Stirn. »Vielleicht bist du auch die Einzige, die nicht erkennt, dass Björn völlig in Ordnung ist.«

Liv wollte dieses Argument nicht gelten lassen. Sie wagte es aber auch nicht, ihrem Ärger über Björn Bjerking weiter Luft zu machen, denn Frederika wirkte zunehmend gereizt. »Vielleicht verschwindet er ja ganz von selbst«, sagte sie hoffnungsvoll. »Ich kann mir nämlich nicht vorstellen, dass er große Lust auf ein Zusammenleben mit mir hat.«

»Hat er auch nicht«, erwiderte Frederika prompt. »Daraus macht Björn überhaupt keinen Hehl. Es geht ihm ausschließlich um die Kinder. Er hängt an ihnen, und sie hängen an ihm. Vielleicht kann dich das ja dazu veranlassen, über deinen Schatten zu springen.«

»Du schaffst es wirklich, dass ich mich schuldig fühle, obwohl sich dieser Mann mir gegenüber völlig unmöglich benommen hat«, sagte Liv aufgebracht.

»Wenn du die Sache mit den Elchkeksen meinst, finde ich dein Verhalten ihm gegenüber allerdings auch unmöglich.«

Liv lachte freudlos auf. »Natürlich! Er ist sofort zu dir gerannt und hat es dir erzählt.«

»Björn hat überhaupt nichts gesagt«, erwiderte Frederika mit einer Ruhe, die Liv erst recht aufbrachte. »Ich weiß es von Jonna«, fuhr Frederika fort. »Das Mädchen war ziemlich verstört.«

Seit dieser Mensch in ihr Leben getreten war, schwankte Liv zwischen Wut und schlechtem Gewissen. Aber plötzlich war da noch ein drittes Gefühl, das sie wie ein wildes Tier ansprang: Panik! Morgen würde sie zu Hause bei ihren Kindern sein – zusammen mit diesem unmöglichen Typen!

»Wie soll das alles funktionieren?«, brach es aus ihr heraus. »Wie soll ich mit diesem Menschen klarkommen? Ich wüsste nicht einmal, worüber ich mit ihm reden soll.«

»Oh Mann, Liv, jetzt beruhige dich doch erst einmal!«, fuhr Frederika sie an. »Warum lässt du nicht einfach alles auf dich zukommen?«

Liv schüttelte nur den Kopf und verfiel in trübsinniges Schweigen.

»Okay, Liv«, sagte Frederika. Offensichtlich verlor sie allmählich die Geduld. »Ich hole dich dann morgen ab. Du kannst mich ja noch anrufen und mir die genaue Zeit mitteilen.«

Liv nickte und schaute Frederika beklommen nach, als diese zur Tür ging. Sie hätte ihr gerne noch etwas Versöhnliches nachgerufen, aber der Kloß in ihrem Hals war so dick, dass sie kein Wort herausbrachte.

Liv war fertig. Inzwischen kam sie mit ihren Krücken so gut zurecht, dass sie sich alleine waschen und anziehen konnte. Auch ihre Reisetasche hatte sie gepackt, und jetzt saß sie auf dem Bett und wartete darauf, abgeholt zu werden.

Sie hatte in der vergangenen Nacht kaum geschlafen und immer wieder versucht, sich vorzustellen, wie es ab heute zu Hause sein würde. Die Bilder, die sich in ihrem Kopf abspielten, waren alles andere als erfreulich, und sie verbat sich weitere Überlegungen – um dann wieder von vorn anzufangen.

Irgendwie musste es ihr gelingen, in den nächsten Tagen mit diesem Menschen klarzukommen, der sich in ihrem Haus eingenistet hatte. Liv wurde klar, dass seine Anwesenheit sie nicht nur störte, weil er ihr unsympathisch war. Selbst wenn sie ihn auf einmal nett finden würde – was natürlich völlig ausgeschlossen war –, würde ihr seine Anwesenheit missfallen.

Seit Lennarts Tod, oder vielmehr, seit sie von seinem Verrat erfahren hatte, war ihr Haus ihr Bollwerk gegen alles gewesen, was von außen kam und ihre Familie bedrohte. Nur sie, ihre Kinder und ihr Vater gehörten in dieses Haus. Nie wieder wollte sie einen anderen Menschen dort auch nur dulden. Schon gar keinen Mann. Nie wieder Schmerz und Verletzung zulassen ...

Obwohl Liv schon gewartet hatte, zuckte sie erschrocken zusammen, als es an der Tür klopfte.

Frederika kam ins Zimmer, lächelte freundlich und ließ sich nicht anmerken, dass sie gestern voller Ärger das Krankenhaus verlassen hatte. »Bist du bereit?«, fragte sie.

»Ja«, sagte Liv.

Nein!, schrie alles in ihr, aber das wagte sie nicht zu sagen. Sie wollte keine weitere Diskussion mit Frederika über diesen angeblich ach so tollen Björn. Sie wollte den ersten, besonders unangenehmen Moment des Zusammentreffens mit ihm so schnell wie möglich hinter sich bringen. Sobald sie dazu in der Lage war – und Liv war fest entschlossen, diesen Zeitpunkt in ganz naher Zukunft herbeizuführen –, würde sie sich artig bei ihm bedanken und ihn bitten, ihr Haus zu verlassen. Vielleicht nächste Woche schon?

»Woran denkst du?«, fragte Frederika.

»An nichts«, log sie, stützte sich auf ihre Krücken, während Frederika ihre Reisetasche vom Bett nahm, und humpelte zur Tür. Von Dr. Norberg und Schwester Hilla hatte sie sich bereits gestern verabschiedet, die beiden hatten an diesem Samstag keinen Dienst.

Auf dem Parkplatz führte Frederika sie zu einem Wagen, den sie nicht kannte.

»Dein Auto?«, fragte Liv.

Frederika schüttelte den Kopf. »Björn hat es mir geliehen.«

Liv sagte nichts dazu. Um zur Beifahrertür zu gelangen, musste sie vorn um das Auto herumgehen, und dabei sah sie die Beule. Genau da musste der Wagen sie erwischt haben. Sie blieb stehen, starrte darauf und spürte die Gänsehaut auf ihrem ganzen Körper.

»Was ist?« Frederika hatte Livs Reisetasche inzwischen im Kofferraum verstaut und stand neben der geöffneten Fahrertür. »Soll ich dir beim Einsteigen helfen?«

»Ich schaffe das schon«, murmelte Liv und humpelte zur Beifahrerseite. Sie konnte die Tür öffnen, schaffte es, sich auf den Sitz fallen zu lassen, und hob umständlich ihr verletztes Bein in den Wagen. Nur die Krücken waren im Weg.

Frederika kam um den Wagen herum, nahm die Krücken und legte sie auf den Rücksitz. Dann beugte sie sich zu ihr herunter und sagte: »Verdammt, Liv, jetzt nimm endlich einmal Hilfe an, wenn sie dir angeboten wird! So schwer kann das doch nicht sein.«

Bevor Liv etwas sagen konnte, hatte Frederika die Beifahrertür zugeschlagen.

Der Empfang zu Hause war überwältigend. Die Kinder hatten den Eingangsbereich mit bunten Bändern und Blumen geschmückt. *Herzlich willkommen!* stand auf einem großen Pappschild an der Tür, umrankt von gemalten Blumen und Zeichnungen, die eindeutig als die Werke der beiden Kleinen zu identifizieren waren.

Liv stand vor dem Haus und kämpfte mit Tränen der Rührung. Plötzlich wurde die Tür aufgerissen, und alle drei Kinder stürmten nach draußen, voran die beiden Kleinen, die sich auf sie stürzten, gefolgt von Jonna. Dazwischen Knut, der winselnd und bellend um Liv herumlief und immer wieder versuchte, an ihr hochzuspringen.

»Endlich, Mama!«, rief Emelie.

»Endlich, Mama!«, wiederholte Nils die Begrüßung seiner Schwester, aber so laut, dass ihn garantiert auch die gesamte Nachbarschaft hören konnte.

Jonna kam zögernd näher. »Schön, dass du wieder zu Hause bist«, sagte sie und umarmte Liv, ließ sie aber ganz schnell wieder los.

Seit dieser Sache mit den Keksen war das Verhältnis zwischen ihnen angespannt. Sie bemühten sich beide, sich nichts anmerken zu lassen, aber es war etwas zwischen sie getreten, was sich nicht so einfach beiseiteschieben ließ. Auch daran war dieser Mensch schuld.

Liv schüttelte diesen Gedanken ganz schnell wieder ab, bevor erneut Bitterkeit in ihr aufstieg. Zumindest das erste Wiedersehen mit ihren Kindern sollte ungetrübt bleiben.

Björn ließ sich in diesen ersten Minuten ihres Nachhausekommens nicht blicken. Erst als Liv ins Haus humpelte, umringt von Kindern und Hund, tauchte er auf. Er kam aus der Küche und blieb in der Tür stehen. Seine Miene war unergründlich, aber die Spannung, die sofort in der Luft lag, war mit Händen zu greifen.

»Hej«, grüßte Björn.

»Hej« war auch alles, was Liv darauf antwortete.

Dann machte sich betretene Stille breit. Selbst Knut schien zu spüren, dass etwas nicht stimmte. Er setzte sich auf sein Hinterteil und betrachtete aufmerksam die Gesichter der Menschen um ihn herum.

Frederika brach als Erste das Schweigen. »Das duftet ja köstlich«, sagte sie. »Habt ihr auch alle so einen Hunger wie ich?«

Nils umklammerte Livs unverletztes Bein und brachte sie damit fast zu Fall. Er schaute zu ihr auf. »Der Björn hat Köttbullar für dich gekocht«, krähte er und vertraute ihr dann in geheimnisvollem Ton an: »Das ist nämlich das Einzige, was der Björn richtig gut kochen kann, und die Kerstin hat ihm gehelft.«

»Geholfen«, verbesserte Emelie automatisch. »Aber das stimmt, was der Nils sagt. Das schmeckt nicht alles, was der Björn kocht.«

»Verhungern mussten wir trotzdem nicht«, sagte Jonna schnell. »Ein bisschen kochen kann ich ja auch schon.«

Es beunruhigte Liv, dass ihre Große offensichtlich das Gefühl hatte, diesen Menschen in Schutz nehmen zu müssen. Oder war es noch viel schlimmer, als sie befürchtet hatte?

Sie bemerkte, dass Jonna und er sich zulächelten. Konnte es sein, dass ihre Tochter sich in ihn verliebt hatte? Sie war ein junges, beeinflussbares Mädchen, und Björn Bjerking, was immer für ein Typ er auch war, sah ganz gut aus. Das musste selbst Liv zugeben. Außerdem – das hatte sie der Illustrierten entnommen – schien er sich sehr gut darauf zu verstehen, junge Frauen für sich einzunehmen ...

... und auszunutzen!

Sie würde die beiden keine Sekunde aus den Augen lassen, das nahm Liv sich fest vor. Sie atmete ganz tief durch und hatte das Gefühl, dass das Lächeln auf ihrem Gesicht, um das sie sich vor allem wegen der Kinder bemühte, inzwischen ziemlich verkrampft und aufgesetzt wirken musste.

»Mats und Kerstin kommen auch zum Essen«, sagte Frederika. »Das Café und die Bäckerei bleiben zur Feier des Tages über die Mittagszeit geschlossen.« Fragend wandte sie sich an Liv. »Das ist dir doch recht?«

Natürlich war es ihr recht. Je mehr Leute heute dabei waren, umso leichter wurde es ihr gemacht. Sie nickte zustimmend.

Kurz darauf kamen Mats und Kerstin. Beide umarmten sie und brachten ihr einen wunderschönen Blumenstrauß mit.

Jonna hatte den großen Tisch auf der Veranda gedeckt. Sie saß direkt neben Björn Bjerking, sodass Liv, die genau gegenüber platziert wurde, die beiden gut beobachten konnte. War da etwas zwischen ihnen? Hatte Jonna sich wirklich in den Schriftsteller verliebt? Und was war mit ihm? Würde er nicht einmal davor zurückschrecken, sich einem Teenager zu nähern?

Nein, wenn Liv ehrlich war, fiel ihr nichts Verdächtiges auf. Die beiden unterhielten sich, lachten ungezwungen miteinander, aber nichts deutete auf ein engeres Verhältnis hin.

Links neben Björn saß Nils, Emelie rechts neben Jonna.

Liv saß ihnen gegenüber, zwischen Frederika und Kerstin. Mats und Villiam hatten an den Kopfenden Platz genommen. Ihr Vater hatte Liv nicht erkannt, wirkte aber ziemlich zufrieden und schien zumindest zu wissen, wer Frederika war.

Der Tisch war ebenso mit Blumen und bunten Bändern geschmückt wie der Eingangsbereich. Die Sonne schien von einem tiefblauen Himmel, das Meeresrauschen, das so allgegenwärtig war, dass Liv es normalerweise nicht mehr hörte, bildete die perfekte akustische Kulisse, untermalt vom Lachen ihrer Freunde und der Kinder. Alles könnte so schön sein, wenn nicht …

Ja, was eigentlich?

Es reicht, Liv, ermahnte sie sich selbst. Alles ist in Ordnung, und du musst jetzt keine Probleme schaffen, wo keine sind. Sie lehnte sich zurück und versuchte sich zu entspannen.

»Ich habe mir überlegt, dass ich in den nächsten Tagen zu dir rüberkomme, wenn es im Café ruhig ist«, sagte Kerstin. »Falls du Hilfe brauchst, bin ich für dich da.«

»Danke«, sagte Liv überwältigt. Sie hatte so große Angst vor dem Nachhausekommen gehabt, aber jetzt war alles in bester Ordnung.

Am späten Nachmittag verabschiedeten sich Mats und Kerstin.

Nach der ganzen Zeit im Krankenhaus hatte der Trubel der letzten Stunden Liv erschöpft. Wahrscheinlich war ihr das auch anzusehen, denn Frederika sagte besorgt: »Willst du dich nicht etwas hinlegen? Björn hat dein Gepäck schon nach oben gebracht.«

Es war das erste Mal an diesem Tag, dass Björn das Wort direkt an Liv richtete – einmal abgesehen von seinem knappen *Hej*: »Ich kann Sie nach oben tragen.«

Liv spürte wieder die Abneigung gegen ihn in sich aufsteigen. Die Vorstellung, dass er sie berührte, flößte ihr Ekel ein. Sie musste sich bemühen, wenigstens höflich zu bleiben. »Danke«, sagte sie steif, »aber in mein Schlafzimmer gehe ich alleine.« Sie hatte im Krankenhaus besonders das Treppensteigen geübt und war sicher, dass sie es schaffen würde.

Es war schwieriger als angenommen. Liv hatte nicht bedacht, dass die breiten Steinstufen im Krankenhaus mit den Krücken leichter zu bewältigen waren als die schmalen Holzstiegen in ihrem Haus, die auch noch bei jedem Schritt leicht nachgaben. Sie hatte das Gefühl, dass es eine Ewigkeit dauerte, bis sie oben ankam, aber sie war zu stolz, um Hilfe anzunehmen.

Völlig erschöpft kam sie schließlich in ihrem Zimmer an. Die Reisetasche stand auf dem Bett. Liv nahm sie herunter und beschloss, später auszupacken. Jetzt brauchte sie einfach nur Ruhe. Sie streckte sich auf dem Bett aus, ihr Körper entspannte sich, und mit ihm ihre Seele.

Sie befand sich bereits in einem Zustand zwischen Wachen und Träumen, als eine flüsternde Stimme sie zurückholte. »Schläfst du schon, Mama?«

Liv öffnete die Augen. Nils stand neben ihrem Bett und strahlte sie so freudig an, dass sie ihm nicht böse sein konnte.

»Noch nicht«, sagte sie im gleichen Flüsterton wie er.

»Der Björn hat nämlich gesagt, dass ich dich schlafen lassen soll, aber wenn du noch wach bist, isses ja nicht so schlimm.«

Björn! Immer wieder dieser Björn!

»Hier bist du.« Die Tür zu ihrem Zimmer wurde aufgeschoben, und er streckte den Kopf herein. »Ich habe dir doch gesagt, dass du deine Mutter schlafen lassen sollst, Nils.«

»Die Mama hat nicht geschlaft«, behauptete Nils knapp an der Wahrheit vorbei.

Liv richtete sich auf. »Meine Kinder können zu mir kommen, wann immer sie wollen«, sagte sie scharf.

»Okay!« Björn zog sich augenblicklich zurück. Ohne mit ihr zu diskutieren oder auch nur den Versuch zu unternehmen, Nils aus ihrem Zimmer zu bugsieren.

Nils hatte das Köpfchen zur Seite geneigt. »Bist du böse auf den Björn?«

»Nein«, behauptete Liv.

»Aber du hast ihn ganz böse angeguckt. So.« Nils versuchte, ihren Gesichtsausdruck zu imitieren, indem er die Augen zusammenkniff, die Lippen vorschob und die Stirn runzelte.

Liv musste lachen und erkannte gleichzeitig, dass sie vorsichtig sein musste. Sie durfte sich ihre Abneigung diesem Menschen gegenüber nicht anmerken lassen, weil das ihre Kinder, vor allem die beiden Kleinen, verwirren würde.

»Du darfst nämlich nicht mit dem Björn böse sein«, sagte Nils. »Der Björn, das ist mein bester Freund, und außerdem ist er mein Schutzbär.«

»Dein Schutzbär?« Liv hatte keine Ahnung, was ihr Sohn meinte.

»Björn bedeutet doch Bär«, versuchte Nils zu erklären. »Und in der Geschichte, die der Björn erzählt, ist er der Bär, der kleine Jungen beschützt. Und weil ich der Nils bin, bin ich der kleine Junge.«

Du lieber Himmel, was spielte sich in diesem Haus ab? Es kam Liv so vor, als wäre sie Jahre weg gewesen und hätte ein wichtiges Kapitel im Leben ihrer Kinder verpasst.

»Was ist das denn für eine Geschichte?«, hakte Liv nach. Sie war plötzlich wieder hellwach.

»Das ist doch die Geschichte in dem Buch vom Björn.« Nils schüttelte mit verständnisloser Miene den Kopf. »Du weißt aber auch gar nix, Mama.«

»Ja, das Gefühl habe ich auch«, sagte Liv. »Aber du kannst mir ja jetzt alles erzählen.«

»Keine Zeit«, erwiderte Nils und wanderte zur Tür. »Der Björn will mit uns an den Strand gehen, damit du schlafen kannst, und dann will er mit uns eine richtige Burg im Sand bauen.«

Liv widerstand der Versuchung, ihren Kleinen aufzuhalten, nur weil sie diesem Menschen eins auswischen wollte. Damit würde sie vor allem Nils und Emelie den Spaß verderben.

Hoffentlich ist es bald vorbei, dachte sie, als sie ihren Kopf wieder auf das Kissen bettete. Hoffentlich werden wir Björn Bjerking ganz schnell los.

Als Liv aufwachte, fiel ihr Blick auf den Wecker auf ihrem Nachttisch. Schon kurz vor neun!

Durch das Fenster fiel immer noch helles Licht. Nächste Woche war Midsommar, und zu dieser Jahreszeit, der Zeit der *weißen Nächte*, wurde es nachts kaum dunkel.

Liv setzte sich auf, hob zuerst das verletzte Bein über den Bettrand und danach das andere. Dann lauschte sie.

Im Haus war nichts zu hören. Wo waren die Kinder? Immer noch am Strand mit diesem Menschen? Irgendwo unten im Haus? Oder lagen sie bereits in ihren Betten, wo sie um diese Zeit hingehörten? Jedenfalls die beiden Kleinen.

Liv griff nach ihren Krücken, die am Fußende ihres Bettes lehnten, und stand auf. Sie humpelte zur Tür, öffnete sie, und dann vernahm sie eine Männerstimme, ohne jedoch die einzelnen Worte zu verstehen. Sie ging den Flur entlang und bemühte sich dabei, möglichst leise zu sein, was mit Krücken und Gipsbein gar nicht so einfach war. Aber niemand schien das leise Klacken ihrer Schritte wahrzunehmen.

Als Liv zu Nils' Zimmer kam, stand die Tür weit offen, und sie sah ihre beiden Kleinen in Nils' Bett liegen. Jonna saß auf dem Fußboden und hatte die Beine angewinkelt. Ihr Kinn ruhte auf ihren Knien, während ihre Augen ebenso an Björn Bjerkings Lippen hingen wie die ihrer kleinen Geschwister.

»... Auf dem Weg nach Hause kam Nils auf eine Idee«, hörte Liv Björns Stimme. Er selbst saß auf einem Stuhl neben dem Bett, sein Gesicht konnte sie nur im Profil sehen.

Gegen ihren Willen rührte Liv dieses Bild, es vermittelte ihr aber auch das Gefühl, nicht dazuzugehören.

»... aber zuerst wollte Nils mit seinem Schutzbären darüber reden«, fuhr Björn fort. »Dabei gab es nur ein Problem: Wo sollte Nils nach einem Bären suchen, den außer ihm niemand sah und der auch bei ihm nur dann auftauchte, wenn Nils selbst nicht damit rechnete?«

Björn verstummte.

»Weiter!«, drängte Emelie.

»Nicht aufhören!«, bettelte Nils

Und selbst Jonna beschwerte sich: »Gerade jetzt, wo es so spannend wird.«

»Morgen geht es weiter.« Björn erhob sich.

Liv zog sich hastig zurück, damit niemand sie bemerkte, und humpelte so leise wie möglich zurück in ihr Zimmer. Sie setzte sich auf ihr Bett und lauschte auf die Geräusche im Haus. Schritte waren zu hören, Türen, die leise zugezogen wurden, wahrscheinlich, um sie nicht zu wecken, flüsternde Stimmen. Jonna und dieser Mann?

Liv wusste nicht, wie lange sie einfach nur dasaß und lauschte. Irgendwann bekam sie Hunger. Da alles still war, vermutete sie, dass alle längst in ihren Betten lagen. Das war ihr nur recht so, denn gerade diesem Schriftsteller wollte sie nicht begegnen, wenn sie nach unten ging – oder vielmehr humpelte –, um in der Küche etwas zu essen.

Es war schon schwierig genug gewesen, die Holztreppe hinaufzusteigen, nach unten war es eine echte Herausforderung. Stufe für Stufe kämpfte Liv sich hinunter und glaubte schon, dass sie es gleich geschafft hätte, als Knut auftauchte.

Der Hund bellte, stürmte auf sie zu, sprang an ihr hoch, wuselte zwischen ihren Beinen hindurch, und Liv, die gerade dabei war, die vorletzte Stufe zu nehmen, verlor den Halt.

Knut sprang erschrocken zur Seite, während Liv die Krücken fallen ließ, verzweifelt versuchte, sich am Treppengeländer festzuhalten, und dennoch ins Bodenlose stürzte.

Plötzlich waren da zwei Arme, die sie auffingen und festhielten.

Liv war so geschockt, dass sie zuerst nicht begriff, was eigentlich passiert war. Dann erst wurde ihr klar, dass sie in den Armen dieses Mannes lag, sein Gesicht so nah an ihrem, dass sie direkt in seine tiefblauen Augen schaute. Er schien genauso erschrocken wie sie selbst.

Liv versuchte, sich aus seinen Armen zu befreien. »Lassen Sie mich los!«, fuhr sie ihn an.

Er kam ihrem Wunsch sofort nach. Sie schwankte ein wenig, blieb aber stehen und sah zu, wie er sich bückte, um ihre Krücken aufzuheben.

Er reichte ihr die Krücken, schaute sie arrogant an und sagte leise: »Keine Sorge, das passiert nie wieder. Das nächste Mal lasse ich Sie fallen.«

— 25 —

Björn hatte Liv einfach stehen lassen und war zurück auf die Veranda gegangen. Eigentlich hatte er sich nur etwas zu trinken holen wollen. Er war gerade noch rechtzeitig gekommen, um die stürzende Liv aufzufangen.

»Undankbares Frauenzimmer!« Er sagte die Worte nicht nur leise vor sich hin, sondern hämmerte sie auch wütend mit der Tastatur mitten in die Geschichte vom kleinen Nils und seinem Schutzbären hinein.

Gleich darauf löschte er die beiden Worte wieder und versuchte, sich erneut auf die Geschichte zu konzentrieren. Ohne Erfolg.

Es war so schön gewesen! Die letzten beiden Wochen mit den Kindern hatte er richtig genossen. Eigentlich hätte es für immer so bleiben können, er hatte sich selten so wohl gefühlt. Aber jetzt war Liv wieder da. Ein Störfaktor, die sprichwörtliche Schlange im Paradies.

Björn seufzte laut. Es hatte alles keinen Zweck, heute Abend würde er sich nicht mehr konzentrieren können. Er beschloss, einen ausgedehnten Spaziergang zu machen, um den Kopf wieder freizubekommen.

Er klappte das Notebook zu und betrat vorsichtig das Haus. Mit gespitzten Ohren blieb er stehen. Er hatte keine Lust auf eine weitere Begegnung mit Liv, zumal er genau wusste, dass er einen weiteren Angriff von ihr nicht kommentarlos hinnehmen würde.

Okay, ihre letzte Attacke hatte er auch nicht schweigend

hingenommen, aber die Wut in ihm wurde immer stärker, und es war besser, wenn sie vorerst nicht mehr aufeinandertrafen. Jedenfalls nicht heute Abend.

Liv kam ihm nicht mehr in die Quere, dafür freute sich Knut, als er sah, dass Björn auf die Haustür zusteuerte.

»Na gut«, sagte Björn. »Komm mit!«

Auf dem Weg zum Strand kam ihm Kerstin entgegen. Sie schien völlig in Gedanken versunken zu sein und bemerkte ihn nicht sofort.

»Hej!«, rief Björn.

Kerstin schrak zusammen, erkannte ihn und lächelte. »Hej«, grüßte sie zurück.

»Kannst du nicht schlafen?«, wollte Björn wissen. »Oder was treibt dich durch die Nacht?«

Kerstin wies zum hellen Himmel. »Das ist immer eine schlimme Zeit für mich.«

Sie lächelte immer noch, aber Björn erkannte die Traurigkeit in ihren Augen, und er ahnte, dass sie mit ihrer Bemerkung nicht die Helligkeit der Nächte meinte, sondern mit dieser Jahreszeit etwas verband, was ihr zu schaffen machte.

Er fragte nicht nach. Er mochte Kerstin, aber sie kannten sich nicht besonders gut, und er wusste nicht, wie sie auf allzu persönliche Fragen reagieren würde. »Willst du dich uns anschließen?«, bot er stattdessen an.

»Gerne.« Kerstin nickte und ging neben ihm her, während Knut, den Björn von der Leine gelassen hatte, vorauslief und jede Ecke ausgiebig beschnüffelte, bevor er das Bein hob.

Knut bestimmte den Weg, und wie immer, wenn er die Wahl hatte, zog es ihn an den Strand. Björn und Kerstin folgten ihm. Beide gingen schweigend nebeneinanderher, und dann begannen beide gleichzeitig zu sprechen.

»Was für eine schöne warme Nacht«, sagte Björn.

»Hoffentlich regnet es nächste Woche zu Midsommar nicht«, sagte Kerstin.

Sie schauten sich an und brachen beide in Gelächter aus.

»Wollen wir wirklich über das Wetter reden?«, fragte Björn.

Kerstin schüttelte den Kopf, noch immer lachend. »Ich finde es komisch, dass wir beide nicht wissen, was wir sagen sollen. Wenn wir zusammen einen Kaffee trinken, haben wir damit doch auch kein Problem.«

»Eigentlich ist das überhaupt nicht komisch«, widersprach Björn. »Normalerweise treffen wir uns auf vertrautem Terrain. Aber das hier ...« – er machte eine weit ausholende Handbewegung und schmunzelte, als er weitersprach – »... eine helle Sommernacht, das Meer, der Strand, eine schöne Frau, ein ... äh ... nicht ganz uninteressanter Mann ...« Er lachte, aber Kerstins Miene blieb unbewegt.

»Ja«, sagte sie leise. »Manche Geschichten fangen so an und zerstören dann ein ganzes Leben. Oder gleich mehrere ...« Sie brach ab und starrte aufs Meer hinaus.

»Tut mir leid, wenn ich mit meiner Bemerkung eine unangenehme Erinnerung geweckt habe«, sagte Björn betroffen.

»Schon gut.« Kerstin winkte ab, schaute ihn an und lächelte traurig. »Du hast die Erinnerung nicht erweckt, sie ist allgegenwärtig.«

Sie gingen ein Stück weiter den Sandstrand entlang, wichen dem Spiel der Wellen aus, bis Björn stehen blieb. Er griff nach Kerstins Hand und lächelte sie an.

»Schau dir das Meer an«, sagte er. »Seit ich hier bin, habe ich gelernt, dass die Natur sehr heilsam sein kann.« Seine Hand drückte ihre ganz fest. »Ich weiß, was Kummer ist«, sagte er leise. »Ich weiß, was es heißt, einen Menschen zu lieben und ihn trotzdem zu verlieren.«

Björn ließ ihre Hand los, zeichnete mit der Schuhspitze ein großes Herz in den Sand, und dann sahen sie beide zu, wie die Wellen es allmählich verwischten.

Danach zeichnete Björn eine Träne in den Sand, und auch sie wurde von den Wellen weggespült, bis der Sand glatt vor ihnen lag, als hätte es die Träne nie gegeben.

»Siehst du«, sagte Björn zu Kerstin. »Alles ist vergänglich, selbst der Schmerz.« Er sagte es nicht nur, er empfand es tief in sich.

»Wenn das alles so einfach wäre«, sagte Kerstin bedrückt.

»Es ist ganz einfach«, erwiderte Björn. »Wenn du den Schmerz erst einmal zulässt, kannst du ihn irgendwann auch loslassen.«

»Manchmal gehört eben mehr dazu«, sagte Kerstin und ging langsam weiter.

Björn blieb an ihrer Seite, schaute sie während des Gehens an und dachte, dass sie selbst jetzt, tieftraurig wie sie war, wunderschön aussah.

»Manchmal setzt Loslassen Verzeihen voraus«, fügte Kerstin hinzu.

»Willst du darüber reden?«, traute sich Björn nun doch zu fragen.

Kerstin schien kurz darüber nachzudenken. Sie blieb wieder stehen, dann schüttelte sie den Kopf. »Nein. Nicht, weil ich dir nicht vertraue«, sagte sie, »sondern weil ich dich nicht mit etwas belasten will, das dich möglicherweise in einen Gewissenskonflikt bringen würde.«

»Okay, ich verstehe«, sagte er, obwohl er überhaupt nichts verstand. Aber es war nun einmal Kerstins Entscheidung.

Als sie weitergingen, griff Björn nach ihrer Hand und hielt

sie ganz fest. Sie lächelte ihn dankbar an und ließ ihre Hand in seiner.

Björn war froh und dankbar, dass er sie an diesem Abend getroffen hatte. Den Ärger mit Liv hatte er darüber völlig vergessen.

— 26 —

Der Appetit war Liv gründlich vergangen. Nachdem Björn ihr die Krücken gereicht hatte, sah sie, wie er durch das Wohnzimmer auf die Veranda ging. Er bewegte sich mit einer Selbstverständlichkeit in ihrem Haus, als gehöre es inzwischen ihm, während sie sich immer mehr als Fremde, ja, sogar als Eindringling, fühlte.

Liv stand wie versteinert am Fuß der Treppe und kämpfte mit sich selbst. Er musste weg! Dieser Mensch musste endlich aus ihrem Leben verschwinden.

Sie setzte sich schon in Bewegung, wollte ihm nach, um ihn aufzufordern, ihr Haus auf der Stelle zu verlassen, als sie vor ihrem geistigen Auge das Bild sah, wie er in Nils' Zimmer gesessen hatte, umringt von den Kindern, die gespannt seiner Geschichte lauschten.

Die Kinder würden es ihr nicht verzeihen, wenn sie ihn jetzt wegschickte.

Liv drehte sich um und ging in die Küche. Sie trank einen Schluck Wasser, setzte sich an den Küchentisch und starrte vor sich hin. Das Ticken der Uhr zerteilte ihre Gedanken und ihre Gefühle in winzig kleine Stücke, bis nichts mehr übrig blieb, sie sich nur noch leer und ausgebrannt fühlte.

Mühsam erhob sie sich und schleppte sich zurück. Die Treppe hinauf, bis in ihr Zimmer.

Liv wusste, dass sie jetzt nicht schlafen konnte. Sie ging ans Fenster, öffnete es weit und ließ frische Luft ins Zimmer. Tief atmete sie durch, versuchte die letzte Stunde aus ihrem

Gedächtnis zu löschen. Irgendwie musste es ihr gelingen, mit diesem Menschen auszukommen. Nur ein paar Tage, vielleicht ein oder zwei Wochen. Die letzte Röntgenaufnahme hatte gezeigt, dass ihr Bruch gut verheilt war. Es konnte nicht mehr lange dauern, bis die Gipsschale entfernt werden konnte. Und dann wäre sie wieder die Herrin ihres eigenen Haushalts.

Liv schrak auf, als sie hörte, wie die Haustür unten ins Schloss gezogen wurde. Von ihrem Schlafzimmerfenster aus konnte sie bis zum Sandstrand schauen, der in der Dämmerung noch gut zu erkennen war.

Auch wenn sie aus der Entfernung die Gesichter nicht sehen konnte, so wusste sie doch, dass es der Schriftsteller war, der eine Viertelstunde später in Begleitung einer Frau am Strand auftauchte. Sie erkannte es vor allem an Knut, der vor dem Mann und der Frau hersprang.

Liv kniff die Augen zusammen. Die langen, dunklen Haare, die im Wind flatterten, die schlanke Gestalt, der Gang … Sie war sich sicher, dass es Kerstin war, die sich da mit Björn Bjerking am Strand traf.

Ein zufälliges Treffen? Oder ein Rendezvous?

Liv hatte keine Ahnung, aber es verletzte sie, dass Kerstin sich heimlich mit diesem Mann traf. Sie hatte das Gefühl, dass sich zwischen ihr und Kerstin so etwas wie eine Freundschaft entwickelte. Sie konnte ihrer neuen Aushilfe natürlich nicht vorschreiben, mit wem sie sich traf, es störte sie nur, dass es in dieser Heimlichkeit geschah.

Wirklich?, fragte diese kleine, hässliche Stimme in ihr, die immer dann auftauchte, wenn Liv sie am wenigsten brauchen konnte. *Ist es dir egal, was Kerstin von Björn hält?*

»Lass mich doch in Ruhe!«, fauchte Liv und versuchte, einfach nicht mehr hinzuhören.

Aber die Stimme blieb hartnäckig: *Dich stört es doch nur, dass alle anderen diesen Björn mögen, weil du ihn nicht ausstehen kannst.*

Ja, vielleicht war das so, musste Liv sich eingestehen. Aber für sie stand nach wie vor fest, dass sie als Einzige das wahre Gesicht dieses Mannes erkannt hatte, während die anderen sich von ihm blenden ließen. Und weil er wusste, dass sie ihn durchschaute, mochte er sie auch nicht.

Am nächsten Morgen wurde Liv durch Emelies Geschrei geweckt.

»Björn!«, rief das Mädchen laut und in heller Aufregung. »Jonna lässt mich nicht ins Bad.«

Schritte waren auf der Treppe zu hören, gefolgt von gemurmelten Worten, die Liv nicht verstehen konnte.

»Aber ich muss doch mal ganz dringend«, hörte sie Emelie dann wieder rufen. Außerdem war das Geplapper von Nils zu hören sowie ein Klopfen, vermutlich an der Tür zum Badezimmer, Jonnas empörter Aufschrei und dann eine Tür, die irgendwo ins Schloss fiel.

Der ganz normale Wahnsinn, den Liv vor ihrem Unfall jeden Morgen erlebt hatte. Es hatte sich nichts verändert, bis auf die Tatsache, dass im Leben ihrer Kinder jetzt jemand anders ihre Rolle übernommen hatte.

Sie fühlte sich austauschbar, und das tat weh.

Liv quälte sich aus ihrem Bett. Sie hatte gestern lange nicht einschlafen können und sich danach unruhig hin und her gewälzt. Immer wieder war sie aufgewacht und hatte vergeblich versucht, sich eine Strategie für die nächsten Tage zurechtzulegen.

Als Liv sich schließlich dazu aufraffen konnte, das Zimmer

zu verlassen, war es still im Flur, aber sie vernahm Stimmen und Gelächter unten aus der Küche.

Sie ging ins Bad, brauchte wegen der Krücken länger als gewöhnlich, bis sie fertig war, und als sie schließlich nach unten kam, war auch die Küche leer. Jonna war in der Schule, die beiden Kleinen wurden wohl gerade von diesem Mann in den Kindergarten gebracht. Jedenfalls war er nicht da, und auch Knut war nirgendwo zu sehen.

Der Tisch war noch nicht abgeräumt. Benutztes Geschirr stand herum. Ein angeschnittenes Brot lag im Brotkorb, daneben stand eine Platte mit Käse und Aufschnitt. Zumindest die hätte er in den Kühlschrank stellen können, schoss es Liv durch den Kopf.

Und dann musste sie plötzlich über sich selbst lachen. Dieser Mann würde es ihr nie recht machen können, egal, wie sehr er sich anstrengte, und wenn sie sich in den nächsten Tagen nicht immer wieder mit ihm bekriegen wollte, musste sie solche Sticheleien für sich behalten. Wäre er jetzt da gewesen, hätte es bestimmt wieder Streit zwischen ihnen gegeben.

Liv hatte seit gestern Mittag nichts mehr gegessen und war entsprechend hungrig. In der Kaffeekanne war sogar noch warmer Kaffee. Sie humpelte durch die Küche, holte sich ein frisches Gedeck und ließ es sich schmecken.

Sie war noch nicht fertig, als Björn zurückkam. Liv hörte, wie er die Tür aufschloss, und ihr Herz schlug vor Aufregung schneller. Sie vernahm seine Schritte im Flur, und dann war plötzlich Knut da, sprang an ihr hoch und bettelte, so wie er es immer tat.

Liv fütterte ihn mit einem Stück Wurst, beugte sich zu ihm hinunter, um ihn zu streicheln, und war froh, dass sie Björn so nicht ansehen musste, als er in die Küche kam. Sie hörte nur, wie er stehen blieb, als er sie sah.

»Hej«, grüßte er nach ein paar Sekunden des Schweigens knapp.

»Hej«, sagte auch Liv und richtete sich wieder auf.

Björn stand im Türrahmen und musterte sie mit zusammengezogenen Augenbrauen. Liv ahnte, dass ihr Blick nicht freundlicher war.

»Kann ich etwas für Sie tun?«, erkundigte er sich steif.

»Nein, danke«, erwiderte sie ebenso steif.

»Okay, wenn Sie etwas brauchen, können Sie sich ja melden. Ich bin auf der Veranda.«

»Danke«, sagte Liv in unfreundlichem Tonfall.

Er drehte sich um und ging. Das war alles. Keine Vorwürfe, kein Geplänkel, das die unangenehme Situation überspielen sollte. Liv atmete tief durch. Genau so wollte sie es haben, solange sie seine Anwesenheit noch ertragen musste.

Sie sah den Schriftsteller erst wieder, als er die beiden Kleinen aus dem Kindergarten abgeholt hatte. Er hatte den ganzen Tag auf der Veranda vor seinem Notebook verbracht, sodass Liv das Haus für sich hatte. Sie hatte in der Zwischenzeit ein Abendessen zubereitet und zum Nachtisch ihre berühmte Mandarinen-Sahne-Torte gebacken und war stolz, dass sie mit den Krücken so gut zurechtkam.

»Mama! Mama!« Die beiden Kleinen stürmten auf sie zu, umarmten sie, und Liv musste aufpassen, dass die Kinder sie nicht zu Fall brachten.

Björn, der dabeistand und das ganz offensichtlich bemerkte, sagte kein Wort. Okay, er hatte ja bereits gestern angekündigt, dass er keinen Versuch mehr unternehmen würde, sie zu retten.

»Vorsicht, ihr Süßen!«, sagte Liv. »Ich bin noch nicht ganz standfest.«

Nils betrachtete interessiert ihr Gipsbein. »Hast du jetzt immer so ein komisches Bein?«, wollte er wissen.

»Nein. Das ist nur eine Gipsschale«, erklärte Liv. »Sobald der Knochen in meinem Bein zusammengewachsen ist, kommt der Gips ab.«

»Die Torte im menschlichen Antlitz ist einer der bedeutendsten Einfälle des internationalen Humors.«

(Loriot)

Mandarinen-Sahne-Torte

Zutaten:

80 g Mehl
80 g Zucker
80 g Butter
2 Eier
½ Päckchen Backpulver
2 Becher Sahne
2 Päckchen Vanillezucker
1 Becher Schmand
4 kleine Dosen Mandarinen
1 Päckchen weißer Tortenguss

Zubereitung:

Backofen auf 200 °C vorheizen.

Das Mehl zusammen mit den Eiern, der Butter, dem Zucker und dem Backpulver in einer Schüssel vermengen und zu einem lockeren Teig verarbeiten.

Den Teig in die eingefettete Springform füllen und ca. 15 Minuten backen. Den Tortenboden danach in der Form auskühlen lassen.

Die Sahne mit dem Vanillezucker steif schlagen. Danach vorsichtig den Schmand unter die Masse heben und verrühren.

Den Belag auf dem abgekühlten Tortenboden verteilen und glattstreichen. Die Mandarinen gut abtropfen lassen und auf der Sahne-Schmand-Masse verteilen.

Tortenguss nach Anleitung zubereiten und abschließend über die Mandarinen gießen. Abkühlen lassen.

— 27 —

Björn genoss Kerstins Gesellschaft mehr als die aller anderen Frauen. Und das nicht, weil sie schön war – schöne Frauen, die ihn langweilten, hatte es in den letzten Jahren genug in seinem Leben gegeben –, sondern weil sie klug, nett und sensibel war. Sie schien zu spüren, was er nicht aussprechen konnte, und er glaubte auch ohne Worte zu wissen, wie es ihr gerade ging.

Sie hatten es sich zur Gewohnheit gemacht, abends, wenn die Kinder im Bett lagen und Kerstin Feierabend hatte, am Strand spazieren zu gehen. Sie konnten schweigend nebeneinander hergehen, sich an der Hand halten, weil diese Berührung für sie beide etwas Tröstliches hatte, und keiner von ihnen hatte das Gefühl, dieses Schweigen brechen zu müssen.

Heute lief Knut wie so oft vor ihnen her, schien selbst vollkommen zufrieden mit allem, wandte sich nur hin und wieder einmal um, um sich zu vergewissern, dass die beiden Menschen ihm folgten.

Beide blieben stehen, als das Handy in Björns Gesäßtasche klingelte. Er ließ Kerstins Hand los, zog das Handy hervor, stöhnte laut auf, als er Mias Namen auf dem Display sah, nahm das Gespräch aber trotzdem an. Er war gerade in der Stimmung, etwas zu klären, was längst geklärt werden musste.

»Björni, Schatzi«, schrillte Mias Stimme in sein Ohr.

Björn verzog schmerzhaft das Gesicht. Ihre Kosenamen gingen ihm ebenso auf die Nerven wie ihre Stimme.

»Hej, Mia«, antwortete er.

»Du fehlst mir so«, sagte sie, und er konnte sich genau den Gesichtsausdruck vorstellen, den sie dabei machte. Bestimmt zog sie einen Schmollmund wie ein kleines Kind, weil sie, aus welchen Gründen auch immer, der Ansicht war, das wirke anziehend auf das andere Geschlecht.

Mia ließ einige Sekunden verstreichen, erwartete wahrscheinlich die Antwort, dass auch sie ihm fehle, aber Björn schwieg.

»Es ist so viel los in Stockholm«, plapperte sie schließlich drauflos. »Jede Menge Events, zu denen ich alleine gehen muss. Björni, Schatzi, ...«

Er verzog erneut schmerzhaft das Gesicht.

»... wann kommst du endlich nach Hause?«

»Das weiß ich nicht, aber es spielt auch keine Rolle«, sagte er ernst, aber nicht unfreundlich. »Weißt du, Mia, ich bin mir hier über vieles klar geworden. Wir beide, das passt einfach nicht. Wir haben völlig unterschiedliche Interessen, und so richtig habe ich uns beide auch nie als Paar gesehen. Jedenfalls nicht so wie du.«

»Was willst du damit sagen?« Ihre Stimme hatte jeden kleinmädchenhaften Ton verloren, sie klang geradezu bedrohlich ruhig.

»Ich weiß nicht, was an meinen Worten so schwer zu verstehen war«, gab er zurück. »Lass uns einfach unserer eigenen Wege gehen. Und ruf mich bitte nicht mehr an.«

Sekundenlang war es still am anderen Ende. »Du Schwein!«, stieß sie schließlich hervor. »Das wirst du mir büßen.«

»Willst du mich mit deinen Designerschuhen erschlagen?«, fragte Björn belustigt, obwohl er wusste, dass Mia ihre Drohung durchaus ernst meinte.

Wieder war es still in der Leitung, und erst nach ein paar

Sekunden begriff Björn, dass Mia das Gespräch einfach beendet hatte.

Er zuckte mit den Schultern, steckte das Handy zurück in die Hosentasche und bemerkte Kerstins Blick. Sie wirkte neugierig und amüsiert zugleich.

»Das war ...« Er zögerte, wusste nicht, als was er Mia bezeichnen sollte.

»Deine Freundin?«

»Himmel, nein!«, stieß er entsetzt hervor. »Oder vielleicht doch«, schränkte er gleich darauf ein. »Jedenfalls schien sie das zu glauben, im Gegensatz zu mir.«

»Jetzt hat sie es wohl kapiert.« Kerstin lachte. »Und du siehst aus, als würdest du dich vor den Konsequenzen fürchten.«

»Mia sagt, das werde ich ihr büßen, und ich traue ihr vieles zu. Sie ist unberechenbar, aber eigentlich ist es mir egal, und ich glaube, das weiß sie auch. Mein Ruf ist sowieso ruiniert, Mias Drohung schreckt mich also nicht sonderlich.«

»Du solltest dich in Zukunft von Frauen wie Mia fernhalten«, neckte Kerstin ihn.

Björn nickte und sah sie plötzlich in gespielter Verzweiflung an. »Du hast dich doch hoffentlich nicht auch in mich verliebt? Denn sonst muss ich mich von dir fernhalten. Verstehe das bitte nicht falsch, ich stelle dich nicht mit Mia auf eine Stufe. Ganz bestimmt nicht! Mia ist mir egal, aber du bist mir in der kurzen Zeit, die wir uns kennen, wichtig geworden.«

Kerstin lachte, schüttelte den Kopf und griff nach seiner Hand. »Keine Sorge, ich habe mich nicht in dich verliebt. Für mich bist du ein guter Freund, und ich bin froh, dass ich dich kennenlernen durfte.«

»Mir geht es umgekehrt genauso. Komisch, wir kennen uns

kaum, und trotzdem bist du mir so vertraut. Ich genieße unsere abendlichen Spaziergänge und die Gespräche mit dir. Ich mag dich sehr gerne, Kerstin.«

Ihr Gesicht nahm den traurigen Ausdruck an, den er schon so oft bei ihr gesehen hatte. »Wenn du wüsstest, was ich getan habe, könntest du mich nicht mehr leiden«, sagte sie bedrückt.

Björn konnte sich das zwar nicht vorstellen, aber er spürte, dass sie gerne darüber reden wollte und sich wahrscheinlich nur deshalb nicht traute, weil sie Angst hatte, seine Freundschaft zu verlieren. Deshalb beschloss er, sich ihr anzuvertrauen.

Er erzählte von Eivor, von seiner großen Liebe und was er alles gemacht hatte, um diese Liebe, seine Ehe und nicht zuletzt sein eigenes Leben zu zerstören.

Kerstin hörte ihm aufmerksam zu. »Was ist aus Eivor geworden?«, fragte sie, als er fertig war.

»Keine Ahnung«, sagte Björn. »Anfangs, nachdem sie sich von mir getrennt hatte, wohnte sie noch in Stockholm.« Er schluckte schwer. »Ich fürchte, ich habe keine Gelegenheit ausgelassen, ihr nachzustellen, um sie zu demütigen. Ich habe sie regelrecht gestalkt, habe ihr das Leben zur Hölle gemacht, und dann war sie plötzlich nicht mehr da.«

»Du hast keine Ahnung, wo sie jetzt lebt?«

»Doch, in Östersund. Aber ich habe sie seitdem nicht mehr gesehen.«

»Und du hast ihr nie sagen können, dass du sie noch immer liebst?« Kerstin wirkte erschüttert.

Björn war stehen geblieben. Er bedeckte sein Gesicht mit beiden Händen, ließ sie wieder fallen und schüttelte verzweifelt den Kopf. »Nachdem sie aus Stockholm verschwunden war, habe ich mit dem Leben begonnen, über das die Presse sich so gerne auslässt.«

»Ich habe es nicht in allen Einzelheiten verfolgt.« Kerstin nickte. »Aber ich wusste natürlich von Anfang an, wer du bist.«

»Mein schlechter Ruf eilt mir voraus.« Björn brachte ein schwaches Lächeln zustande. »Und in Wirklichkeit ist alles noch viel schlimmer, als es in der Presse dargestellt wird.«

»Dann hast du dich hier sehr verändert«, stellte Kerstin nachdenklich fest. »Der Björn, von dem du mir eben erzählt hast, und der Björn, den ich kenne, das sind zwei völlig verschiedene Menschen.«

»Du kennst eben nur den Björn aus Norrfällsviken«, erwiderte er. »Aber der Björn aus Stockholm, der steckt auch noch irgendwo tief in mir, und glaube mir, der ist kein besonders angenehmer Kerl.«

»Das ist die Kerstin aus Ullånger auch nicht«, sagte sie leise. »Die unterscheidet sich auch sehr von der Kerstin, die du hier in Norrfällsviken kennengelernt hast.« Sie schluckte schwer, aber dann erwiderte sie sein Vertrauen und erzählte ihm ihre Geschichte.

— 28 —

Auch wenn Liv sich dagegen wehrte, das Bild des händchenhaltenden Paares am Strand ließ sie nicht mehr los.

Sie konnte noch immer nicht begreifen, dass die Menschen in ihrer Umgebung, die ihr selbst wichtig waren, ihre Abneigung gegen diesen selbstgefälligen Schriftsteller nicht teilten. Gerade Kerstin hätte sie nicht zugetraut, sich auf einen solchen Weiberheld einzulassen. Aber eigentlich kannte sie die junge Frau ja kaum.

Allmählich kam Liv sich ziemlich einsam vor. Einsam und ausgegrenzt. Es war dieser Gips, dieser Klotz an ihrem Bein, der sie behinderte. Der verhinderte, dass sie aktiv am Leben teilnahm.

Sie erledigte den Haushalt, soweit es ihr möglich war, ansonsten langweilte sie sich, und ihr blieb viel zu viel Zeit, über alles Mögliche nachzudenken. Sie konnte ihren Gedanken und Gefühlen nicht mehr ausweichen.

Niemand hatte Zeit für sie. Frederika und Mats verstanden sich glänzend, waren ein eingespieltes Team und sehr beschäftigt. Kerstin hatte sich gut in Café und Laden eingearbeitet, und die Kunden liebten sie. Die beiden Kleinen waren tagsüber im Kindergarten, ihre Große in der Schule. Wenn sie nach Hause kamen, musste sie sich die Aufmerksamkeit ihrer Kinder mit Björn teilen.

Selbst Villiam wirkte sehr beschäftigt. Tagsüber »arbeitete« er im Büro, wo Frederika ihn hinbrachte, bevor sie in die Backstube ging, damit er sich mit seinen alten Rechnungen beschäftigen konnte, was er auch ausgiebig tat. Hin und wieder, an etwas klareren Tagen, konnte Villiam sogar in der Backstube mithelfen. Das waren Tage, die ihn besonders glücklich machten.

Abends nahm Frederika ihn mit zu sich nach Hause. Er ging immer widerspruchslos mit, schien sich so wohlzufühlen wie schon lange nicht mehr. Am meisten wunderte Liv sich darüber, dass ihr Vater kaum jemanden erkannte, bis auf Frederika. Ihr Name fiel ihm immer sofort ein, wenn er sie erblickte.

Sogar der Schriftsteller wirkte zufrieden und war immer sehr beschäftigt. Tagsüber erledigte er die Hausarbeiten, zu denen Liv mit ihren Krücken nicht in der Lage war, danach saß er stundenlang auf der Veranda und hämmerte auf die Tastatur seines Notebooks ein, wie Liv durch die Terrassentür beobachten konnte.

Sie fühlte sich nutzlos und überflüssig, wusste nicht einmal, wo sie sich im Haus aufhalten sollte. Sie hatte keine Lust, den ganzen Tag oben in ihrem Schlafzimmer oder in der Küche zu sitzen. Im Wohnzimmer fühlte sie sich nicht wohl, weil ihr Blick unwillkürlich immer wieder auf die Terrasse wanderte. Sie wollte diesem Mann aber nicht den Eindruck vermitteln, sie beobachte ihn. Auf der Veranda selbst konnte sie erst recht nicht sitzen, solange er sich dort aufhielt.

So humpelte Liv wieder einmal ruhelos zwischen Küche und Schlafzimmer hin und her. Die Treppe hinauf, anschließend wieder nach unten. Sie spürte, dass die zunehmende Belastung für ihr Bein zu viel wurde. Es wäre gut, wenn sie zur Ruhe käme, aber sie wusste nicht, wie sie das anstellen sollte.

Kurz nach Mittag beschloss sie, nach nebenan ins Café zu gehen, wo um diese Zeit noch kaum Betrieb war. Bis auf ein junges Paar, das ganz am Ende der Außenterrasse saß, waren noch keine Gäste da. Die beiden hielten sich an den Händen und schauten sich verliebt in die Augen.

Urlauber, vermutete Liv. Sie kannte die Bewohner von Norrfällsviken, aber diese beiden hatte sie noch nie gesehen.

»Süß, nicht wahr?« Kerstin war zu ihr an den Tisch getreten und ihrem Blick gefolgt.

»Nun ja, vielleicht«, sagte Liv. »Zum Glück wissen die beiden nicht, was auf sie zukommt. Viel zu oft endet die große Liebe nur in Schmerz und Enttäuschung.« Wehmütig beobachtete sie das junge Paar.

»Da hast du wahrscheinlich recht«, sagte Kerstin nach einer ziemlich langen Zeit. Dann wechselte sie abrupt das Thema. »Soll ich dir etwas bringen?«

Liv bat um einen Kaffee und eine Zimtschnecke. Kerstin brachte beides an ihren Tisch.

Liv bedankte sich. »Magst du dich nicht zu mir setzen?«, fragte sie. »Ist doch sowieso gerade nichts los.«

»Dann hole ich mir auch einen Kaffee«, stimmte Kerstin zu, und kurz darauf saßen sich die beiden Frauen gegenüber.

Liv biss in ihre Zimtschnecke und trank einen Schluck Kaffee. »Du machst deine Arbeit hier sehr gut«, lobte sie Kerstin. »Ich bin wirklich froh, dass wir dich eingestellt haben.«

Kerstin errötete. »Danke«, sagte sie. »Ich bin gerne hier und fühle mich sehr wohl in Norrfällsviken.«

»Wo wohnst du eigentlich?«, fragte Liv neugierig.

»In den ersten Tagen habe ich bei Frederika gewohnt, aber inzwischen habe ich ein kleines Ferienhaus gemietet. Der Besitzer, ein ehemaliger Schulfreund von Frederika, hat es mir zu einer sehr günstigen Miete überlassen.«

»Und wo hast du vorher gewohnt?«, wollte Liv wissen. »Was hast du früher gemacht?«

Kerstin zögerte sekundenlang, bevor sie antwortete: »Ich

habe vorher in einem Eiscafé gearbeitet, aber das war nicht so schön wie dein Café, und die Kollegen waren auch nicht so nett wie Mats und Frederika.«

Erst später fiel Liv auf, dass Kerstin ihre Frage nach ihrem früheren Wohnort nicht beantwortet hatte, weil ihre eigene Neugierde sie dazu trieb, dem Gespräch eine andere Richtung zu geben.

»Ich habe dich neulich zufällig am Strand gesehen«, sagte sie. »Zusammen mit diesem ... Ich meine ...«, verhaspelte sie sich, »... mit diesem Schriftsteller.«

Kerstin starrte sie an, legte plötzlich den Kopf in den Nacken und lachte laut auf. »Sag bloß, du kommst immer noch nicht mit Björn zurecht?«

Liv zuckte mit den Schultern. »Es geht«, sagte sie dann. »Aber ich bin froh, wenn er endlich aus Norrfällsviken und damit aus meinem Leben verschwindet.«

»Björn ist sehr nett«, sagte Kerstin mit aller Bestimmtheit.

Liv öffnete den Mund, aber Kerstin ließ sie nicht zu Wort kommen.

»Ich weiß, du verdankst ihm das da.« Kerstin wies auf Livs Gipsbein. »Es war ein Unfall, Liv, irgendwann musst du ihm das doch verzeihen können.«

»Muss ich?«, erwiderte Liv scharf.

»Ja, musst du«, gab Kerstin ebenso scharf zurück. »Weil er sich selbst erst verzeihen kann, wenn du es getan hast.«

»Ich habe nicht die Absicht, ihm jemals zu verzeihen«, fauchte Liv sie an. »Ich bin nicht gut darin, anderen zu verzeihen. Und ich weiß wirklich nicht, was dich das angeht.«

Kerstin stand auf. Ihr Gesicht war schneeweiß. »Es tut mir leid, wenn ich dir zu nahegetreten bin«, sagte sie. »Es ist wohl besser, wenn wir das Gespräch beenden.« Sie nahm ihre

Tasse, aus der sie noch keinen Schluck getrunken hatte, und ging davon.

Wie versteinert blickte Liv ihr nach und versuchte, das Geschehene zu verarbeiten. War sie zu grob gewesen? Oder hatte Kerstin überreagiert? War es in ihrem Gespräch wirklich noch um Björn Bjerking gegangen?

Liv war der Appetit vergangen. Sie griff nach ihren Krücken, stand ebenfalls auf und folgte Kerstin, die im Laden hinter der Theke stand und sehr bedrückt wirkte.

»Es tut mir leid, Kerstin«, entschuldigte sich Liv jetzt ihrerseits. »Lass uns einfach nicht mehr über Björn Bjerking sprechen. Ich weiß ja, dass du und er ...« Sie brach ab und fragte sich, ob sie nicht schon wieder zu weit ging. »Ich verstehe, dass du meine Abneigung gegen ihn nicht akzeptieren willst«, fuhr sie fort. »Ich habe ja gesehen, dass zwischen euch ...«

Kerstins Augen wurden groß. »Zwischen Björn und mir ist überhaupt nichts«, unterbrach sie Liv hastig. Sie schüttelte vehement den Kopf. »Wir sind nur gute Freunde.«

»Aber du und er ... Ich habe doch gesehen, wie ihr ...« Liv brach hilflos ab.

»Kann es sein, Liv, dass du immer nur das siehst, was du sehen willst?«

»Ich weiß nicht«, murmelte Liv.

Kerstins Worte trafen sie, und es tat ihr leid, dass es zu dieser Unstimmigkeit zwischen ihnen gekommen war. Sie wusste nicht einmal, was überhaupt der Anlass gewesen war. Doch, natürlich, wieder dieser Mensch ...

Sie hat recht: Du siehst nur das, was du sehen willst, flüsterte die wohlbekannte Stimme tief in ihr. Diese Stimme, der sie auch jetzt nicht zuhören wollte.

»Lass es uns einfach vergessen, Kerstin«, bat Liv. »Ich bin

wirklich sehr froh, dass du bei uns bist, und ich mag dich sehr.«

»Okay, schon vergessen«, sagte Kerstin und lächelte, aber Liv spürte, dass sie sich zu diesem Lächeln zwingen musste und die übliche Ungezwungenheit zwischen ihnen noch nicht wiederhergestellt war.

Warum nur wurde alles immer noch komplizierter?

Das Zusammenleben mit Björn Bjerking und den Kindern pendelte sich allmählich ein. Sie ging ihm aus dem Weg, und ihre Gespräche beschränkten sich auf das Notwendigste. Auch mit Kerstin hatte Liv seit dem Vorfall im Café keine längeren Gespräche mehr geführt. Sie grüßten sich, wenn sie sich begegneten, und wechselten hin und wieder ein paar belanglose Worte miteinander, aber das war es auch schon.

Liv fehlte ein Mensch, mit dem sie sich austauschen konnte. Frederika hatte keine Zeit. Mit der Arbeit in der Backstube und der Pflege von Livs Vater war sie vollkommen ausgelastet.

Selbst Mats, ihr früherer Vertrauter, hatte kaum noch Zeit für sie. Zweimal hatte Liv ihn gefragt, ob er nach Feierabend Lust hatte, zu ihr zu kommen, damit sie sich mal wieder in Ruhe unterhalten konnten. Beide Male hatte Mats abgelehnt, weil er angeblich irgendeinen wichtigen, unaufschiebbaren Termin hatte.

Es musste ihr doch gelingen, zu den Menschen, die ihr wichtig waren, wieder einen engeren Kontakt herzustellen, wieder zu einem ungezwungenen Umgangston zu finden. So kam ihr die Idee, mit allen zusammen Midsommar zu feiern.

— 29 —

Ziemlich blöde Idee«, murrte Björn genervt. Er kam gut voran mit seinem Buch und ließ sich von der allgemeinen Vorfreude auf Midsommar nicht anstecken.

»Ich finde die Idee super«, widersprach Kerstin und stieß ihn mit dem Ellbogen leicht in die Seite. »Midsommar ist fast so schön wie Weihnachten.«

»Weihnachten finde ich genauso ätzend«, brummte Björn. »Von mir aus kann diese Frau ja auch feiern, aber dann soll sie das gefälligst selbst organisieren. Ich habe keine Lust, für sie den Handlanger zu spielen.«

»Komm, Björn, sei kein Spielverderber!«, sagte Frederika, die gerade mit einem Tablett voller frischer Brötchen in den Laden kam und seine letzten Worte mitbekommen hatte. »Es ist doch ein gutes Zeichen, dass Liv dich dabeihaben will. Also lass uns alle zusammen feiern. Ich freue mich schon sehr darauf.«

»Ich auch«, stimmte Kerstin zu. »Und du bist doch nur so mufflig, weil du deinen Roman weiterschreiben willst.«

Frederika wollte die Brötchen gerade in einen der bereitstehenden Körbe schütten, hielt bei Kerstins Worten aber inne und sah interessiert auf. »Du schreibst?«

Kerstin schlug sich mit der Hand vor den Mund und sah Björn erschrocken an. »Hätte ich das nicht sagen sollen? Tut mir leid!«

»Kein Problem.« Björn grinste. »Irgendwann hätte ich meiner Agentin ohnehin schonend beibringen müssen, dass sie aufhören kann, kleine Brötchen zu backen.« Bezeichnend schaute er auf das Backblech in Frederikas Hand. »Es wird Zeit, dass sie zur Vernunft kommt und sich wieder ihrer eigentlichen Aufgabe widmet.«

Björn hatte nicht vergessen, dass Frederika ihre Agentur aufgeben und nicht mehr nach Stockholm zurückkehren wollte, aber vorstellen konnte er sich das noch nicht.

Sie schaute ihn an, zog eine Augenbraue hoch, kommentierte seine Bemerkung aber nicht. »Ich würde gerne lesen, was du geschrieben hast«, sagte sie.

Björn spürte plötzlich, wie sein Herz schneller schlug. Er war so aufgeregt wie damals, als ganz junger Schriftsteller, als er um seine ersten Erfolge gekämpft hatte. »Ich bin mir nicht sicher, ob es dir gefällt«, sagte er unsicher.

»Das werden wir ja dann sehen«, erwiderte Frederika in ihrem Agentinnentonfall. »Passt es dir heute Abend?«

»Es ist ganz anders als alles, was ich bisher geschrieben habe.« Björn hatte das Gefühl, sie vorwarnen zu müssen. »Und es ist nicht das, was der Verlag haben wollte.«

»Ich würde es trotzdem gerne lesen.« Ihr Blick war unergründlich.

»Ich bin noch nicht ganz fertig.«

»Ich komme, sobald ich für heute genug kleine Brötchen gebacken habe«, sagte sie. »Und wie du weißt, reicht mir eine Leseprobe.« Sie drehte sich um und ging zurück in die Backstube.

»Tut mir leid«, entschuldigte sich Kerstin noch einmal. »Ich dachte, als deine Agentin wüsste sie über dein neues Buch Bescheid.«

»Sie erwartet einen Thriller, kein Kinderbuch«, sagte Björn mit einem schiefen Lächeln. »Aber es ist nicht so schlimm, dass du geplaudert hast, Kerstin, ganz im Gegenteil. Ich will ihr schon seit Tagen von meinem neuen Manuskript erzählen, aber ich wusste nicht, wie ich ihr beibringen soll, dass es etwas völlig Neues ist. Außerdem war ich mir auch nicht sicher, ob es sie überhaupt noch interessiert.«

»Ich wünsche dir viel Glück!«, sagte Kerstin lächelnd. »Und ich verspreche dir, dass ich dein Buch ganz bestimmt kaufen werde.«

»Wenn es überhaupt erscheint«, sagte Björn mit düsterer Miene, »bekommst du selbstverständlich eines meiner Belegexemplare, vom Autor persönlich signiert.«

Auf einmal hatte Björn es eilig, wieder an seinen Arbeitsplatz zurückzukehren, und ließ Kerstin im Laden allein. In den nächsten Stunden versuchte er, seine Geschichte weiterzuschreiben, noch ein paar Seiten hinzuzufügen, aber die Konzentration dazu fehlte ihm völlig.

Er war den ganzen Tag über nervös. Dieses neue Buch war sein Baby, ein sehr persönliches Werk. Ihm lag weitaus mehr daran als an den beiden Bestsellern, die er geschrieben hatte. Auch das waren gute Bücher gewesen, die ihn aber viel weniger berührt hatten. Die Thriller hatte er mit einer gewissen Distanz geschrieben, sich nicht selbst beteiligt gefühlt. Das war bei der Geschichte des kleinen Nils ganz anders, da steckte ganz viel von ihm selbst drin.

Was mache ich, wenn Frederika das Manuskript ablehnt?, fragte er sich. Bewahre ich es auf, oder biete ich es in Eigenregie einem Verlag an? Und wenn sie es ablehnt, schaffe ich es dann überhaupt noch, mich aufzuraffen und wieder etwas ganz anderes zu schreiben?

Er musste sich ablenken, irgendwie. Ruhelos wanderte er durch das Haus, über die Veranda und schließlich durch den Garten. Sein Blick fiel auf den Apfelbaum, der in der Mitte gespalten war. Eine Hälfte wuchs hoch in den Himmel, während die andere Hälfte abgeknickt und abgestorben war.

Der Baum fiel Björn nicht zum ersten Mal auf, war ihm aber bisher egal gewesen. Eigentlich war er ihm immer noch egal, abgesehen davon, dass er sich an ihm abreagieren und die Zeit totschlagen konnte.

In dem Schuppen am Ende des Gartens fand er eine Axt und eine Säge. Mit beidem bewaffnet wandte er sich dem Baum zu und wollte gerade ans Werk gehen, als er eine empörte Stimme hörte. »Was machen Sie denn da?«

Björn wandte sich um. Liv stand oben an einem der Fenster, es musste Emelies Zimmer sein, und lehnte sich ziemlich weit heraus. Ihr Gesicht war vor Wut verzerrt.

Björn war sich keiner Schuld bewusst, aber inzwischen hatte er gelernt, dass das bei dieser Frau nichts zu bedeuten hatte. Er blieb ganz ruhig, zumindest nach außen hin. »Ich will diesen abgestorbenen Teil entfernen«, sagte er und wies auf den Apfelbaum.

»Nein!«, sagte sie hart. »Der Baum bleibt so, wie er ist.«

»Aber ich ...«

»Ich habe mich klar und deutlich ausgedrückt«, wies sie ihn zurecht. »Mischen Sie sich nicht in Angelegenheiten ein, die Sie nichts angehen!«

»Dann eben nicht!« Sollte sie mit diesem verdammten halb toten Baum im Garten doch glücklich werden. Vielleicht starb ja irgendwann auch noch die andere Hälfte ab, und dann hatte sie zwei vor sich hinfaulende Apfelbaumteile im Garten. Bitte, wenn es ihr gefiel ...

Björn brachte Axt und Säge zurück in den Schuppen. Weil er Liv nach dieser Aktion vorerst nicht begegnen wollte, ging er nicht zurück ins Haus, sondern nach nebenan ins Café und – da Kerstin alle Hände voll zu tun und keine Zeit für ihn hatte – direkt weiter in die Backstube.

Mats grinste ihn an.

»Diese Frau!«, stöhnte Björn. »Sie macht mich wahnsinnig. Ich kann ihr nichts recht machen.«

Mats wies auf das offene Fenster der Backstube, das zum Garten hinausging. »Ich habe jedes Wort gehört«, sagte er.

Björn tippte sich gegen die Stirn. »Die hat sie doch nicht alle!«

Mats' Miene wurde ernst. »Lennart starb genau in der Minute, als der Baum durch einen Blitz gespalten wurde.«

Björn trat betroffen ans Fenster und schaute auf den halb toten Baum. Er verstand, und auch wieder nicht.

Er drehte sich wieder um und sah Mats an. »Diese Baumhälfte ist seit Jahren tot, genau wie Livs Ehemann. Wie soll sie jemals in ein normales Leben zurückfinden, wenn sie immer wieder an diese Nacht erinnert wird?«

Mats betrachtete ihn aufmerksam. »Du weißt Bescheid über Lennart?«

»Ja.« Björn nickte. Er musste an die Geschichte denken, die Kerstin ihm am Strand erzählt hatte und die ihm seither nicht mehr aus dem Kopf ging. Die junge Frau wurde von ihrer Schuld aufgefressen und würde erst damit fertig werden, wenn ihr verziehen wurde. Aber dafür war die Zeit wohl noch nicht reif.

»Es war eine schlimme Zeit für Liv«, sagte Mats.

»Es ist immer noch eine schlimme Zeit für Liv«, sagte Björn bitter. »Und das wird sich auch nicht ändern, solange sie nicht mit der Vergangenheit abschließen kann.«

Björn hatte nicht bemerkt, dass Frederika in die Backstube gekommen war. Offenbar hatte sie seine letzten Worte gehört. Sie trat neben ihn, legte ihre Hand auf seinen Oberarm. »Niemand von uns sollte sie deshalb verurteilen«, sagte sie sanft. »Wir wissen doch alle, wie schwer Erinnerungen die Gegenwart belasten können.«

Natürlich begriff Björn sofort, dass Frederika auf seine eigene Geschichte mit Eivor anspielte. Auf das Verhalten, das er nach der Trennung an den Tag gelegt hatte. Auf die grenzenlose Wut, die den Schmerz überdecken sollte. Zu seiner Überraschung konnte er zum ersten Mal darüber nachdenken, ohne Wut und Hass zu empfinden. Auch der Schmerz war verschwunden, da war nur noch ein leichter Hauch von Wehmut.

Björn nahm sich Frederikas Worte zu Herzen und gab sich alle Mühe, sich bei der nächsten Begegnung mit Liv nichts anmerken zu lassen. Das war schon wegen der Kinder sehr wichtig, und er glaubte, in Livs Augen Erleichterung zu sehen.

Nach dem Abendessen kam Frederika zu ihm auf die Terrasse. Villiam folgte ihr. Auf ihr Geheiß hin setzte er sich ans Geländer. Seine Augen folgten dem Spiel der Wellen, seine Miene wirkte zufrieden und ausgeglichen.

»Darf ich es lesen?«, fragte Frederika.

Björn nickte beklommen, klappte das Notebook auf und überließ Frederika seinen Stuhl. Er nahm ihr gegenüber Platz und beobachtete nervös ihr Gesicht, während sie las. Doch Frederika hatte ihr Agentinnengesicht aufgesetzt, und er konnte ihrer Miene nicht entnehmen, ob ihr gefiel, was sie las, oder ob es sie entsetzte, dass ein Thrillerautor sich plötzlich an eine Kindergeschichte wagte.

War es ein gutes Zeichen, dass sie weiterlas?

Björn sah, dass sie immer wieder nach unten scrollte, wenn

sie eine Seite zu Ende gelesen hatte. Sie las schnell, und trotzdem kam ihm die Zeit endlos lang vor.

»Und?«, fragte er drängend.

Sie sah nicht auf, hob nur kurz die Hand und las weiter, Seite um Seite.

Endlich wandte sie ihm den Blick zu, aber ihrer Miene war immer noch nichts zu entnehmen.

»Und?«, fragte Björn ein zweites Mal.

»Das ist großartig!« Frederika verzog das Gesicht zu einem breiten Lächeln.

Der Druck in ihm entwich so schlagartig, dass Björn im ersten Moment das Gefühl hatte, in sich zusammenzusacken. Grenzenlose Erleichterung erfasste ihn. Diese Geschichte war ihm so wichtig, dass er ein vernichtendes Urteil nur schwer verkraftet hätte.

»Aber der Verlag erwartet etwas ganz anderes«, sagte er.

»Der Verlag hat auch eine Kinderbuchabteilung. Und da passt das« – Frederika zeigte auf den Bildschirm – »richtig gut ins Programm. Schreib die Story fertig, und ich werde dann alles mit dem Verlag regeln.«

»Ich dachte, du willst nicht mehr als Agentin arbeiten«, sagte Björn grinsend.

»Es wird meine letzte Arbeit als Agentin sein.« Frederika wollte aufstehen, aber Björn hielt sie zurück.

»Warum?«, fragte er. »Was hält dich hier, Frederika? Und was verbindet dich mit diesem alten Mann?« Sein Blick flog zu Villiam und richtete sich dann wieder auf Frederika.

Kurz sah es so aus, als würde Frederika doch aufstehen und die Frage unbeantwortet lassen, aber dann lehnte sie sich zurück und schaute ihm fest in die Augen: »Das, was ich dir erzähle, bleibt unter uns.«

Björn nickte und beugte sich gespannt vor. Es war das erste Mal, dass Frederika bereit war, etwas aus ihrem Leben zu erzählen. Aber wenn er ehrlich zu sich selbst war, musste er zugeben, dass ihn bis vor Kurzem alles, was nicht unmittelbar mit seinem eigenen Leben zu tun hatte, nicht sonderlich interessiert hatte. Auch nicht das Leben seiner Agentin.

»Ich bin hier in Norrfällsviken aufgewachsen«, begann Frederika. »Ich kenne Villiam also bereits mein ganzes Leben lang. Du kannst dir das heute vielleicht nicht vorstellen, aber er war ein überaus attraktiver, großer und starker Mann.« Ein zärtliches Lächeln umspielte ihre Lippen. »Damals, als er noch gesund war.« Ihr Blick wurde ernst. »Als ich meine Bäckerlehre bei ihm begann, war Livs Mutter schon ein paar Jahre tot. Ich verliebte mich ziemlich schnell in Villiam, ich liebte Liv wie meine Tochter, obwohl ich selbst noch sehr jung war, und ich war der glücklichste Mensch auf der Welt, als ich bemerkte, dass Villiam meine Gefühle erwiderte.« Sie brach ab und starrte an Björn vorbei aufs Wasser.

»Was ist passiert?« Björn wollte jetzt alles wissen. »Warum hast du Norrfällsviken verlassen?«

»Weil ich jung, dumm und ungeduldig war.« Schmerz zeichnete sich auf Frederikas Gesicht ab. »Villiam konnte sich nicht dazu durchringen, sich öffentlich zu mir zu bekennen. Wegen des Altersunterschieds zwischen uns beiden und weil ich bei ihm in der Lehre war. Vielleicht, wenn ich nur ein paar Jahre gewartet hätte ...« Wieder brach sie ab, schwieg ein paar Sekunden.

Björn sah sie erwartungsvoll an, hakte aber nicht nach.

»Der Rest ist schnell erzählt: Ich stellte ihm ein Ultimatum, das er verstreichen ließ, und daraufhin machte ich ernst. Ich brach meine Ausbildung kurz vor dem Abschluss ab, ging nach Stockholm und bekam eine Stelle in der Agentur, die ich später selbst übernahm. Ich heiratete einen erfolgreichen Manager, obwohl ich ihn nicht liebte, und das Ergebnis war, dass unsere Ehe nach zwei Jahren geschieden wurde. Alles ging schnell, kurz und schmerzlos. Wir hatten keine Kinder, aber beide eine Karriere vor uns und haben uns nach der Scheidung nie wieder gesehen. Ich weiß nicht einmal mehr, wie dieser Mann ausgesehen hat. Weißt du, was er mir bei unserer Scheidung vorgeworfen hat?«

Björn schüttelte den Kopf.

Frederika lächelte. »Er hat gesagt, dass ich mich im Grunde nicht verändert habe. Ich wäre immer noch die kleine Bäckerin aus Norrfällsviken und es würde mir nie gelingen, mich davon zu befreien.«

»Und du hast es ihm gezeigt, indem du so erfolgreich geworden bist«, sagte Björn.

»Nein.« Frederika schüttelte den Kopf. »Ich habe es mir selbst gezeigt, weil ich beweisen wollte, dass ich mich längst von Norrfällsviken und meiner Vergangenheit befreit habe. Ich war nie wieder hier, nicht einmal zur Beerdigung meiner Eltern. Ich hatte immer Angst vor dem, was die Erinnerungen mit mir machen, wenn ich wieder herkomme.«

»Aber warum wolltest du ausgerechnet jetzt zurückkehren?« Björn erinnerte sich, dass er diese Frage bereits vor ihrer Abreise in Stockholm gestellt hatte.

Frederika hob beide Schultern und ließ sie wieder fallen. »Der Mieter meines Hauses hatte gekündigt. Ich wollte das Haus verkaufen, weil ich dachte, dass ich damit endgültig einen Schlussstrich unter Norrfällsviken ziehen kann. Wie du siehst, ist es mir nicht gelungen. Villiam ist die große Liebe meines Lebens, ich habe ihn nie wirklich vergessen.«

»Es macht dir nichts aus, dass er krank ist? Dass er nie wieder gesund wird?«

»Doch, natürlich!« Frederika nickte traurig. »Es macht mir sogar eine ganze Menge aus, aber trotzdem kann ich ihn nicht mehr verlassen. In guten wie in schlechten Zeiten«, zitierte sie, »bis dass der Tod uns scheidet. Ich brauche kein amtliches Siegel, damit diese Worte für mich Bedeutung haben. Ich liebe Villiam, und ich werde ihn nicht mehr alleine lassen.«

Plötzlich stand der alte Mann bei ihnen am Tisch. Björn hatte nicht bemerkt, dass er aufgestanden und näher gekommen war. Er legte eine Hand auf Frederikas Schulter und lächelte zu ihr hinab. »Ich liebe dich auch«, sagte er.

Frederika streichelte seine Hand, schaute Björn wieder an. »Ich weiß, dass es nicht leicht wird, aber das ist einer dieser ganz besonders kostbaren Momente, für die es sich lohnt.« Sie stand auf und hängte sich bei Villiam ein. »Noch etwas, Björn«, sagte sie. »Urteile nicht zu hart über Liv. Ich weiß, ihr beide versteht euch nicht besonders gut, aber sie hatte es nicht leicht. Ihre Mutter ist früh gestorben, dann habe ich sie verlassen, als sie gerade glaubte, dass sie in mir einen Mutterersatz gefunden hatte. Und ihr Ehemann ...« Frederika brach ab, als hätte sie bereits zu viel gesagt.

»Ich weiß«, Björn winkte ab. »Ich habe schon alles über Lennart gehört. Keine Sorge, Frederika, ich werde nett zu Liv sein, auch wenn sie mich immer wieder zur Weißglut treibt.«

»Du sie wahrscheinlich auch.« Frederika lächelte. »Ich kenne euch beide lange genug, um das zu beurteilen. Schade eigentlich, dass ihr euch nicht besser versteht.« Damit verabschiedete sie sich von ihm und verließ zusammen mit Villiam die Veranda.

Björn schaute den beiden versonnen nach, ließ das, was Frederika ihm erzählt hatte, noch einmal Revue passieren. Es rührte ihn und warf ein ganz neues Licht auf seine Agentin, die er als kühl und distanziert kennengelernt hatte.

Bevor er sich in Grübeleien verlieren konnte, wechselte er den Platz und setzte sich hinter sein Notebook. Die Geschichte vom kleinen Nils und dem Schutzbären war noch nicht zu Ende erzählt.

— 30 —

Liv stand am Fenster und starrte hinaus auf den Apfelbaum. Vielmehr auf den Teil davon, der kein Leben mehr enthielt und von dem sie sich trotzdem nicht trennen konnte. Sie wusste selbst nicht genau, warum eigentlich.

Als sie Björn mit Axt und Säge bewaffnet zum Baum hatte gehen sehen, ahnte sie, was er vorhatte. Es versetzte ihr einen eisigen Schrecken, so als würde sie einen Teil ihrer selbst verlieren.

Natürlich wusste sie, dass der umgeknickte Baumteil tot war, nichts würde ihn je wieder zum Leben erwecken. So wie Lennart gestorben war und ihr damit die Möglichkeit genommen hatte, ihn zu fragen, warum er sie betrogen hatte. Warum er in jener Nacht mit dieser Frau unterwegs gewesen war, die – wie sie später der Mailbox und dem SMS-Speicher seines Handys entnommen hatte – schon lange seine Geliebte gewesen war.

Warum?

Liv wandte sich vom Fenster ab. Sie konnte den Anblick des abgestorbenen Baumteils nicht mehr ertragen, aber die Vorstellung, ihn entfernen zu lassen, war ebenso unerträglich.

Der Tag verging quälend langsam, und der Gedanke an das nächste Zusammentreffen mit Björn verursachte ihr Unbehagen. Wie sollte sie sich verhalten? Sollte sie sich entschuldigen? Aber setzte eine Entschuldigung nicht zwangsläufig auch eine Erklärung voraus? Und wie sollte sie etwas erklären, was rein emotionale Gründe hatte und deshalb nur schwer in Worte zu fassen war?

Umso größer war ihre Erleichterung, als sie abends mit Björn in der Küche zusammentraf und er so tat, als wäre nichts gewesen. Er scherzte mit den Kindern, half ihr zusammen mit Jonna dabei, das Essen aufzutragen, und räumte hinterher mit ihrer Ältesten die Küche wieder auf, während Liv mit den Kleinen nach oben ging und sie bettfertig machte.

Später kam Björn nach oben, nahm seinen Platz in Nils' Zimmer ein und erzählte weitere Abenteuer des fiktiven Nils und seines Schutzbären.

Liv blieb noch eine Weile auf der Bettkante sitzen. Als Björn ihr während seiner Erzählung kurz zulächelte, fühlte sie sich zum ersten Mal in dieser abendlichen Runde nicht mehr als Außenseiterin. Trotzdem zog sie sich bald zurück.

Als sie in ihrem Bett lag, wälzte sie sich unruhig hin und her. Die Sache mit dem Apfelbaum ließ sie immer noch nicht zur Ruhe kommen. Und wenn sie ihn einfach gelassen hätte?

Der Gedanke verursachte ihr einen solchen Stich, dass sie leise aufstöhnte. Dieser Baum war untrennbar mit der schrecklichen Nacht verbunden. Sie konnte sich einfach nicht davon lösen, nicht solange noch so viele Fragen unbeantwortet waren. Fragen, die ihr niemand beantworten konnte. Niemand, außer …

… Ylva!

Vielleicht solltest du dir einfach mal anhören, was sie zu sagen hat, hatte Mats vor gar nicht allzu langer Zeit vorgeschlagen. Ob diese Frau ihr all ihre Fragen beantworten konnte?

Liv hatte keine Ahnung, aber sie wusste ganz sicher, dass sie die Gegenwart von Lennarts Geliebter niemals ertragen könnte. Sie wollte sie nicht sehen, wollte kein Bild von der Frau vor Augen haben, die Lennart ihr vorgezogen hatte, wollte sich nicht vorstellen, wie er die andere küsste, wie er sie in den Armen hielt, wie er mit ihr im Bett lag ...

Plötzlich fiel Liv auf, dass Ylva sich schon eine ganze Weile nicht mehr gemeldet hatte. Hatte sie endlich verstanden, dass Liv nichts mit ihr zu tun haben wollte? Oder hatte sie inzwischen einen anderen Mann gefunden, möglicherweise wieder einen Familienvater?

Liv spürte, wie ihr bei diesem Gedanken die Luft wegblieb. Ihr Brustkorb war wie zugeschnürt, und das Atmen fiel ihr schwer.

Nur langsam beruhigte sie sich wieder. Sie hatte keine Ahnung, was mit dieser Frau war, und das war auch gut so. Liv hoffte, dass Ylva sich nie wieder bei ihr meldete, nie wieder die Wunde aufriss und sie selbst irgendwann zur Ruhe kam.

In den nächsten Tagen hatte Liv mit den Vorbereitungen für das Midsommarfest allerhand zu tun und kaum Zeit für weitere Grübeleien. Endlich konnte sie sich wieder nützlich machen, und es gab sogar Momente, in denen sie sich richtig entspannt, fast schon glücklich fühlte. Alle freuten sich auf das Fest, und alle packten mit an.

Liv hatte beschlossen, das Fest nicht in ihrem Garten zu feiern, vor allem wegen des Apfelbaums, sondern vor ihrem Haus. Alle Nachbarn waren eingeladen, und natürlich ihre Freunde.

Björn kümmerte sich zusammen mit Marten und Gunnar, zwei Männern aus der Nachbarschaft, um das Aufstellen des geschmückten Baumstammes, der Majstång. Nils konnte den Männern stundenlang dabei zusehen. Obwohl Björn keinen Hehl daraus gemacht hatte, dass er auf das Fest wenig Lust verspürte, schien er jetzt doch Gefallen an den Vorbereitungen zu finden.

Die Majstång war mit bunten Bändern und Blumen geschmückt, und oben an der Spitze hing ein großer Kranz, an dem ebenfalls bunte Bänder flatterten. Der Schnaps floss bereits heute tüchtig, alle waren bester Stimmung.

Die Frauen stellten auf dem freien Platz vor dem Haus Tische und Stühle auf. Auch hier wurde nicht mit Bändern und Blumen gespart.

Liv war zufrieden. Genau so hatte es ausgesehen, als sie das letzte Mal Midsommar bei sich zu Hause gefeiert hatten. Damals war Lennart noch am Leben gewesen, und das ganze Leben lag vor ihr.

Auch Jonna war ziemlich aufgeregt, und Liv bekam mit, dass ihre Tochter plante, in der Midsommarnacht zusammen mit ihrer Freundin Hanna über die Wiesen zu ziehen. Das hatte Liv auch einmal gemacht, in dem Sommer, bevor sie Lennart kennenlernte. Zusammen mit ihren Freundinnen war sie losgezogen, um sieben verschiedene Sorten wilder Blumen von sieben verschiedenen Wiesen zu pflücken. Der Legende nach träumten junge Frauen, wenn sie diese Blumen nachts unter ihr Kopfkissen legten, von dem Mann, den sie einmal heiraten würden.

Sie erzählte Jonna davon, und ihre Große schaute sie fragend an. »Hast du in der Nacht von Papa geträumt?«

Liv schüttelte den Kopf, was Jonna ziemlich zu enttäuschen schien. »Vielleicht liegt es ja daran, dass wir beim Pflücken absolut still hätten sein sollen«, sagte Liv und grinste. »Aber wir haben die ganze Zeit gekichert und geplappert.«

Jonna lachte. »Ich werde Hanna sagen, dass wir ganz still sein müssen.«

»Und hinterher darfst du niemandem erzählen, von wem

du geträumt hast«, ergänzte Liv. Dann fiel ihr etwas ein. »Was ist eigentlich mit Svea?«, wollte sie wissen. »Ich habe sie schon lange nicht mehr gesehen, und du sprichst auch nicht mehr über sie.«

Jonna winkte mit verbissener Miene ab. »Svea ist eine blöde Kuh!« war alles, was sie sagte. Offensichtlich wollte sie nicht darüber reden.

Liv zuckte mit den Schultern und beschloss, nicht weiter nachzufragen.

»Vielleicht gab es ja auch einen anderen Grund, weshalb du nicht von Papa geträumt hast«, gab Jonna zu bedenken. »Du warst ja nicht lange mit ihm verheiratet, weil er gestorben ist. Kann doch sein, dass du einmal einen ganz anderen Mann kennenlernst, mit dem du alt wirst.«

Die Theorie ihrer Tochter machte Liv sprachlos. Nie hatte sie nach Lennarts Tod auch nur mit dem Gedanken gespielt, dass es in ihrem Leben noch einmal einen Mann geben könnte. Sie war sich sicher, dass ihre Fähigkeit, eine Beziehung zu führen, zusammen mit Lennart gestorben war.

»Kannst du dich denn noch daran erinnern, von wem du in dieser Nacht geträumt hast?«, bohrte Jonna weiter.

»In der Nacht habe ich geträumt, dass mich ein Bär durch Norrfällsviken jagt«, sagte Liv trocken. »Und weit und breit war kein Prinz zu sehen, der mich retten wollte. Also funktioniert das nicht so ganz mit dem magischen Zauber der Midsommarnacht, oder es lag doch am Reden und Lachen.«

»Wir werden ganz still sein«, sagte Jonna und legte den Zeigefinger auf ihre Lippen.

Obwohl der Midsommarafton, der Freitag vor dem Midsommardag, kein offizieller Feiertag war, blieben an diesem

Tag die meisten Geschäfte geschlossen. Auch Livs Bäckerei und das Café blieben zu, was einige der Nachbarn nicht daran hinderte, bei Liv zu Hause zu klingeln und zu fragen, ob sie nicht doch noch ein Brot oder ein paar frische Zimtschnecken haben könnten. Liv kannte das aus den Vorjahren, und so hatten Frederika und Mats entsprechend vorgesorgt.

Abends war alles vorbereitet. Zum Essen gab es die ersten Jungkartoffeln, serviert mit Hering, Sauerrahm und Schnittlauch. Auf allen Tischen standen Körbe mit Knäckebrot und Käseplatten. Für die Erwachsenen durfte auch der Nubbe, der klare Schnaps, der zum Essen getrunken wurde, nicht fehlen, ebenso wenig wie Öl, das schwedische Bier. Im Kühlschrank standen frische Erdbeeren und Sahne bereit, die später zum Nachtisch gereicht werden sollten.

Jonna war schon seit einer Stunde außer Haus. Sie traf sich mit Hanna und wollte später mit ihrer Freundin zum Essen kommen. Die beiden Kleinen waren aufgeregt und voller Vorfreude, weil sie heute Abend so lange aufbleiben durften, wie sie wollten. Danach würden sie bei Frederika übernachten, damit Liv ungestört mit Freunden und Nachbarn feiern konnte.

Liv trug ebenso wie ihre beiden Töchter ein weißes Kleid. Ihre langen Haare hatte sie aufgesteckt und mit Blüten geschmückt. Sie fand selbst, dass sie gut aussah an diesem Tag, was möglicherweise an ihrer eigenen Vorfreude lag. Der bittere Zug um ihren Mund war verschwunden.

»Vorsicht«, warnte Björn, als Liv wieder zum Schnapsglas griff. »Das Zeug ist nicht ganz ungefährlich.«

Liv sah ihn mit funkelnden Augen an und kippte den

Nubbe in einem Zug hinunter. Erst brannte er im Hals, dann wärmte er den ganzen Körper von innen.

»Na gut«, sagte Björn und machte es ihr nach. Dann ließ er sich von Gunnar mit zur Majstång ziehen, um zu *Små grodorna*, dem Lied der kleinen Frösche, im Kreis zu tanzen.

Niemals hätte Liv ihm so etwas zugetraut. Sie saß auf der Bank, schaute zu und lachte, bis ihr die Tränen kamen.

Björn war ebenso wie die anderen Tänzer in die Hocke gegangen und imitierte die hüpfenden Sprünge eines Frosches. Bei den Liedstellen, in denen die fehlenden Ohren oder der fehlende Schwanz des Frosches besungen wurden, wackelten alle mit den Händen an den entsprechenden Körperstellen.

Schwer atmend ließ Björn sich nach dem Tanz wieder neben Liv nieder. »Ich bin zu alt für so was«, sagte er.

»Armer alter Mann!« Liv füllte erst sein Schnapsglas, dann ihr eigenes und prostete ihm zu.

»Ich finde«, sagte Björn mit reichlich schwerer Zunge, »wir sollten uns langsam duzen. Ich glaube, wir beide sind die einzigen Schweden weltweit, die sich siezen.«

»Einverstanden«, sagte Liv spontan und vertraute ihm dann mit auch nicht mehr ganz sicherer Zunge an: »Weißt du, Björn, eigentlich kann ich dich ja nicht leiden, aber heute finde ich dich ganz erträglich.«

»Ich mag dich auch nicht.« Björn prostete ihr wieder zu. »Aber heute bist du ganz nett. Lass uns darauf noch einen trinken!«

Liv dachte an ihre beiden Kleinen, die irgendwo im Getümmel steckten. Nils und Emelie waren mit Björn und den anderen Erwachsenen um die Majstång gehüpft. Björn hatte sogar mit Emelie getanzt, weil sie das so gerne wollte, und ebenso wie Liv hatte er immer ein Auge auf die beiden gehabt. Und jetzt, in einem einzigen unachtsamen Augenblick, waren Nils und Emelie verschwunden.

»Frederika ist mit den beiden gegangen«, sagte Björn beruhigend, als Liv nervös nach ihnen rief. »Nils war bereits auf ihren Armen eingeschlafen, und Emelie konnte auch nicht mehr. Es ist alles gut.«

Liv war beruhigt, beschloss aber, keinen Alkohol mehr zu trinken. Wenn sie schon so weit war, dass sie ihre Kinder aus den Augen ließ, wenn auch nur für einen ganz kurzen Moment, reichte es einfach.

»Tanzt du mit mir?«, bat Björn.

»Ich kann nicht.« Liv schüttelte den Kopf. »Ich habe ein Gipsbein, schon vergessen?«

»Na und?« Björn stand auf und zog sie hoch. Er nahm sie in die Arme, bewegte sich mit ihr auf der Stelle leicht hin und her. »Siehst du«, sagte er leise. »Das geht doch.«

Er war ihr ganz nah, seine Arme vermittelten ihr Halt und Geborgenheit. Seine tiefblauen Augen strahlten sie an, auf seinem markanten Gesicht hatte sich ein zufriedenes Lächeln breitgemacht.

Liv lehnte ihren Kopf gegen seine Schulter und schloss die Augen. Sie fühlte sich wohl, alles war gut, und sie wünschte, diese Nacht würde nie vorübergehen.

»Kuchens Wert recht zu bemessen, musst du selber davon essen.«

(Jüdisches Sprichwort)

Schwedische Zimtschnecken

Zutaten für den Teig:
300 ml Milch
45 g Hefe
700 g Mehl
150 g Butter
1 Ei
½ TL Salz
125 g Zucker
1 TL gemahlener Kardamom

Zutaten für die Füllung:
75 g Butter
100 g Zucker
2 EL Zimt

Zum Bestreichen:
1 Ei
Hagelzucker

Zubereitung:

Milch erwärmen, eine Tasse davon abnehmen und die Hefe darin auflösen. Einen EL Mehl einrühren und 15 Minuten gehen lassen.

In der restlichen Milch die Butter zerlassen und lauwarm werden lassen. Das restliche Mehl, Ei, Zucker, Salz und Kardamom dazugeben und alles verkneten. Zusammen mit dem Vorteig zu einem Teig kneten. Den Teig mit einem Küchenhandtuch abdecken und mindestens eine Stunde an einem warmen Ort gehen lassen.

Für die Füllung die Butter zerlassen, mit Zimt und Zucker mischen. Den Backofen auf 250 Grad vorheizen.

Den Teig noch einmal durchkneten, in zwei Portionen teilen und jeweils zu 5 mm dicken Rechtecken ausrollen. Mit der Füllung bestreichen, aufrollen, in kleine Schnecken schneiden und diese auf ein mit Backpapier ausgelegtes Backblech legen. Noch einmal abdecken und eine halbe Stunde gehen lassen.

Die Zimtschnecken mit verquirltem Ei bestreichen und mit Hagelzucker bestreuen. 5 bis 10 Minuten backen.

— 31 —

Björn schwebte auf einer Wolke der Glückseligkeit. Dazu passten die rosaroten Nebelschwaden, die alles in ein unwirkliches Licht tauchten, die sphärischen Gesänge und die wohlige Wärme, die ihn umgab. Ganz und gar nicht passte der laute Schrei dazu, der alles zerstörte.

»He!« Grob rüttelte jemand an seiner Schulter.

Björn öffnete mühsam die Augen und starrte direkt in Livs aufgebrachtes Gesicht.

»Was haben Sie hier zu suchen?«, schrie sie ihn an.

Björn begriff nicht sofort, starrte sie immer noch verständnislos an und versuchte, einen klaren Kopf zu bekommen. Das war ziemlich schwer, denn sein Schädel brummte.

Livs Gesicht war wutverzerrt, ihre hochgesteckten Haare hatten sich teilweise gelöst und hingen ihr wirr in die Stirn. Die Wimperntusche war verschmiert.

»Irgendwie haben Sie gestern besser ausgesehen« war das Erste, was Björn einfiel, und es war das Falscheste, was er überhaupt sagen konnte, wie er im nächsten Moment feststellen musste.

Das ganze Bett zitterte, als Liv sich aufrichtete.

Das Bett?

Endlich registrierte Björn, wo er sich befand: Er lag in Livs Bett, direkt neben ihr. Kein Wunder, dass sie so wütend war.

»Ich habe keine Ahnung, wie ich hierhergekommen bin«, stieß er hastig hervor.

»Ich habe Sie ganz bestimmt nicht in mein Bett gezerrt«, gab sie aufgebracht zurück.

Björn wusste genau, dass es schon wieder die falschen Worte waren, aber er konnte sich einfach nicht beherrschen. Sein Gesicht verzog sich zu einem breiten Grinsen. »Ist das so ausgeschlossen?«

»Verschwinden Sie!«, zischte Liv. »Sofort!«

Björn hob vorsichtig das Laken. Gott sei Dank, er trug wenigstens noch seine Unterhose. Leider ausgerechnet die, die er vor Wochen zusammen mit Emelies Kleidchen gewaschen hatte. Irgendwie wurde die ganze Situation jetzt ziemlich peinlich. Er stand auf, versuchte sich in das Laken zu wickeln, mit dem auch Liv zugedeckt war, aber das ließ sie nicht zu.

Mit einem heftigen Ruck riss sie an dem Laken, während Björn gleichzeitig aus dem Bett sprang, und dann stand er in seiner rosa Unterhose vor ihr.

Liv starrte ihn an, und ihre eben noch wütende Miene veränderte sich. Er sah, wie sich ihre Lippen kräuselten, und dann brach es aus ihr heraus. Zuerst versuchte sie noch, ihr Lachen als Hustenanfall zu tarnen, aber dann konnte sie nicht mehr an sich halten. Sie lachte, bis ihr die Tränen kamen, und auch Björn, der erst noch verlegen war, stimmte in ihr Lachen ein.

Als sie sich beide ein bisschen beruhigt hatten, entschuldigte sich Björn. »Ich weiß wirklich nicht, wie ich in Ihrem Bett gelandet bin. Wir haben gestern beide zu viel getrunken. Wahrscheinlich habe ich Ihnen nach oben geholfen und bin dann auch hier eingeschlafen.«

»Nachdem Sie Ihre Hose und Ihr T-Shirt ausgezogen hatten«, konterte Liv.

Björn zuckte mit den Schultern. »Ich ziehe mich immer

aus, bevor ich ins Bett gehe«, sagte er hilflos, worauf sie erneut in Lachen ausbrach.

»Haben wir gestern nicht beschlossen, uns zu duzen?« Liv wischte sich die Lachtränen aus den Augen.

»Zumindest daran können Sie ... Ich meine, daran kannst du dich erinnern«, sagte Björn. Ihre Stimmungsschwankungen verwirrten ihn. Eben noch stocksauer, jetzt lauthals lachend ...

Liv schien zu ahnen, was er dachte. »Kann es sein, dass du mich für ziemlich bescheuert hältst?«

»Manchmal schon«, gab er zu und korrigierte sich gleich darauf selbst. »Eigentlich sogar ziemlich oft. Du bist eine ziemlich komplizierte Frau, Liv.« Er zögerte kurz, bevor er leise hinzufügte: »Aber ich weiß auch, dass dein Leben nicht besonders ...«

»Stopp!«, fiel sie ihm ins Wort, und er verstummte augenblicklich. »Ich will nicht darüber reden«, bat sie mit eindringlicher Stimme. »Ich will einfach alles vergessen, was einmal war.«

Björn nickte, obwohl er davon überzeugt war, dass sie nie vergessen würde, solange sie an allem festhielt, was sie an den Schmerz in ihrem Leben erinnerte.

Gegen Mittag kam Frederika mit Villiam und den beiden Kleinen, die ganz begeistert von Frederikas Haus waren.

»Das liegt ganz im Wald«, kreischte Nils.

»Und der da«, Emelie wies auf ihren Bruder und verdrehte die Augen, »hat schon wieder seinen Bären gesehen.«

»Hab ich auch«, sagte Nils stolz. »Und du hast den nicht geseht, weil das mein Schutzbär ist.«

»Du hast den nicht gesehen«, verbesserte Emelie sofort.

»Nein!« Nils stampfte mit dem Fuß auf. »*Du* hast den nicht geseht. *Ich* hab den geseht.«

Bevor es wieder zum Streit zwischen den beiden kommen konnte, wechselte Björn ganz schnell das Thema. »Ich habe übrigens noch nie dein Haus gesehen«, sagte er zu Frederika. »Ich weiß nicht einmal genau, wo du wohnst.«

»Wie wäre es, wenn wir nächsten Sonntag ein Picknick bei mir hinterm Haus machen und dazu auch noch Mats und Kerstin einladen?«, schlug Frederika vor.

Die Kinder stimmten ein Jubelgeschrei an, wodurch sich jede mögliche Ablehnung durch die Erwachsenen erledigte.

Nur Liv hatte etwas einzuwenden. »Am Dienstag werde ich meinen Gips los«, sagte sie, als die Kinder wieder ruhig waren. Sie schaute Björn an. »Ich bin dann also nicht mehr auf Hilfe angewiesen, und du kannst endlich wieder nach Hause fahren.«

Er hatte gewusst, dass dieser Tag kommen würde, und nun traf es ihn doch überraschend. Björn war erstaunt darüber, wie schwer ihm der Gedanke an den bevorstehenden Abschied fiel. An die Rückkehr in seine einsame Stockholmer Wohnung. Er würde gerne noch bleiben, aber er wusste auch, dass Liv ihn so schnell wie möglich loswerden wollte.

»Björn muss mit zum Picknick«, sagte Emelie bettelnd.

»Was für ein Picknick?« Jonna war ins Wohnzimmer gekommen und schaute fragend in die Runde.

»Frederika macht nächsten Sonntag ein Picknick hinter ihrem Haus für uns«, sagte Emelie, »aber der Björn soll vorher nach Hause fahren, weil Mama dann kein kaputtes Bein mehr hat.« Unvermittelt brach sie in Tränen aus. Sie umklammerte Björns Bein. »Ich will nicht, dass du wegfährst!«

Nils machte es seiner Schwester nach. Er umklammerte

Björns anderes Bein, fing ebenfalls an zu weinen und rief: »Will auch nicht, dass du wegfährst!«

»Auf keinen Fall!« Jonna schüttelte entschieden den Kopf. »Du bleibst. Was sollen wir denn ohne dich machen?«

— 32 —

Auf einmal waren alle Blicke auf sie gerichtet, und Liv wurde klar, dass von ihr eine Entscheidung erwartet wurde. Aber was sollte sie sagen? Sie wusste doch, dass Björn nur auf den Tag wartete, an dem er endlich hier verschwinden konnte. Zurück in sein altes Leben.

»Björn war so lange hier«, begann sie lahm. »Er ist bestimmt froh, wenn er wieder nach Hause kann.«

»Björn soll nicht fahren.« Emelie presste sich ganz fest an ihn, als wolle sie ihn daran hindern, auf der Stelle abzureisen.

Nils schaute seine Mutter mit funkelnden Augen an. »Der Björn fahrt nicht, der bleibt hier«, sagte er bestimmt.

»Fährt«, schluchzte Emelie.

»Tja, eigentlich ...«, begann Björn gedehnt und lenkte damit die Aufmerksamkeit auf sich, »... muss ich noch nicht zurück nach Stockholm. Wenn es dir nichts ausmacht, bleibe ich gerne noch bis zum Wochenende.« Dabei schaute er Liv an.

»Die Kinder würden sich sehr freuen«, erwiderte sie spontan, während sie sich fragte, was sie selbst davon hielt.

Björns Blick verriet ihr, dass er sich die gleiche Frage stellte. Dann wandte er sich den beiden Kleinen zu. »Ihr hört jetzt auf zu weinen, okay?«

Emelie und Nils nickten eifrig.

»Ich freue mich auch, wenn du noch bleibst«, sagte Jonna. »Aber warum nur bis zum Wochenende? Was wird danach?«

»Irgendwann muss ich ja zurück.« Wieder schaute Björn Liv fragend an.

Sie wusste nicht, wie sie seinen Blick deuten sollte, was er von ihr erwartete. Vielleicht war er genauso unsicher wie sie, oder er wollte in Wirklichkeit gar nicht länger bleiben und wünschte sich einfach nur weg von hier.

Genau das hatte sie sich in den letzten Wochen auch gewünscht: dass sie endlich wieder mit ihren Kindern alleine war und ihr altes Leben wiederaufnehmen konnte.

Und jetzt?

Es war ein komisches Gefühl, dass seine Abreise so kurz bevorstand. Und Liv war sich inzwischen auch nicht mehr sicher, ob sie ihr altes Leben tatsächlich zurückhaben wollte.

Am Dienstag nach Midsommar brachte Björn sie ins Krankenhaus. Die beiden Kleinen waren dabei, weil sie unbedingt noch einmal mit dem Aufzug fahren wollten.

Björn erzählte Liv unterwegs von dem Tag, an dem Nils und Emelie ihm entwischt waren und er von Etage zu Etage gelaufen war, um sie aus dem Aufzug zu fischen.

Liv musste laut lachen und erinnerte sich nur zu gut daran, wie unfreundlich sie sich ihm gegenüber benommen hatte. Sie betrachtete den Mann neben sich am Lenkrad verstohlen von der Seite.

Er war ein wichtiger Teil im Leben ihrer Kinder geworden, und – das gab sie aber nur vor sich selbst zu – sie empfand seine Anwesenheit auch nicht mehr als unangenehm. Es war schön, wenn er bei den gemeinsamen Mahlzeiten dabei war und wenn er den Kindern vor dem Einschlafen Abenteuer von Nils und dem Schutzbären erzählte. Und sie fand es sogar angenehm, wenn es ganz still im Haus wurde, er auf der

Veranda saß und schrieb und sie ihm Gesellschaft leistete, still an einem Glas Rotwein nippte und las. Ihr gemeinsames Leben hatte sich eingependelt, und jetzt konnte sie sich nicht mehr vorstellen, wie es sein würde, wenn er plötzlich nicht mehr da war.

»Schön, dass du noch bis zum Wochenende bleibst«, sagte Liv aus diesen Gedanken heraus.

Björn wandte kurz den Kopf und lächelte sie an, bevor er sich wieder auf die Straße konzentrierte.

Im Krankenhaus wurde die Gipsschale entfernt, unter der interessierten Beobachtung von Emelie und Nils. Danach wurde das Bein noch einmal geröntgt.

»Alles in Ordnung«, sagte Dr. Norberg und bat Liv aufzustehen.

Liv war noch unsicher auf den Beinen. Sie hatte Angst, dass die plötzliche Belastung zu viel für den frisch verheilten Knochen sein könnte. Erst als Dr. Norberg sie ein zweites Mal aufforderte, stand sie vorsichtig auf. Sie ging einen zögernden Schritt, dann noch einen und begriff, dass sie wieder fast normal laufen konnte. Die Muskulatur ihres verletzten Beines hatte sich zurückgebildet, aber auch das würde sich innerhalb von kurzer Zeit wieder normalisieren.

Liv war glücklich.

Die Kinder auch. Zusammen mit Liv und Björn durften sie mehrmals mit dem Aufzug hinauf- und hinunterfahren, danach spendierte Björn ihnen allen ein Eis.

Als sie nach Hause kamen, saß Jonna zusammen mit einem Jungen auf der Treppe zum Haus. Beide wirkten sehr verlegen, und der Junge verabschiedete sich hastig.

»Folke?« Fragend sah Björn ihre Tochter an.

Liv sah, dass Jonna nickte und leicht errötete. Offensichtlich gab es da etwas, über das Björn Bescheid wusste, sie aber nicht. Es gefiel ihr nicht, aber sie bemerkte, dass sie dieses Mal nicht Björn die Schuld gab. Es tat ihr einfach nur weh, dass ihre Tochter sich ihr nicht anvertraut hatte.

Liv hatte keine Ahnung, ob Björn ahnte, was in ihr vorging. Er kam später zu ihr, als die Kleinen im Garten spielten und Jonna schon wieder unterwegs war.

»Das mit Jonna und Folke ...«, begann er unsicher.

»Ja?« Aufmerksam schaute Liv ihn an.

Björn seufzte tief. »Es tut mir leid, Liv, aber ich kann dir nichts erzählen. Ich möchte Jonnas Vertrauen nicht missbrauchen.«

»Ich wünschte, sie hätte mir vertraut«, sagte Liv bitter.

Björn lächelte. »Sie hätte mir auch nichts erzählt, wenn ich nicht zufällig bemerkt hätte, was mit ihr los ist.«

Liv betrachtete ihn aufmerksam. »Ich hätte dir nie zugetraut, dass du so gut mit Kindern umgehen kannst. Meine drei lieben dich offensichtlich.«

Björns Gesicht verschloss sich. Hatte sie etwas Falsches gesagt?

»Ich bin selbst überrascht«, sagte Björn nach einer kurzen Pause. »Denn weißt du, Liv, meine Ehe ist vor allem gescheitert, weil ich keine Kinder wollte und meiner Frau damals ihren sehnlichsten Wunsch versagt habe.«

Liv war erschrocken, und Björn schien ihr das anzusehen.

»Du hättest mir deine Kinder wahrscheinlich nie anvertraut, wenn du das vorher gewusst hättest, nicht wahr?«

»Bestimmt nicht.« Liv schüttelte den Kopf.

»Ich bin dir dankbar, dass du es getan hast.« Björn kam näher und sah ihr direkt in die Augen. »Ich habe hier so viel über mich selbst erfahren, Liv. Ich bin hier zu einem anderen Menschen geworden. Ich liebe deine Kinder. Ich hätte nie gedacht, dass ich dazu fähig wäre. Ich wünschte, ich hätte früher gewusst, dass es so sein kann. Dass ich so sein kann.«

Liv war erschüttert. Sie wusste nicht, was sie dazu sagen sollte, aber Björn schien auch keine Antwort zu erwarten.

Jonna kam am nächsten Tag zu ihr. »Ist es schlimm, wenn ich am Sonntag nicht mit zu dem Picknick komme?«

»Es wäre sehr schade«, sagte Liv. »Frederika hat uns alle eingeladen.«

»Ich würde ja auch gerne mitkommen«, begann Jonna, »aber die anderen wollen alle zum Strand. Und ...« Hilflos brach sie ab.

»Und Folke ist auch da«, kam Liv ihrer Tochter zu Hilfe.

»Ja.« Jonna nickte, verdrehte schwärmerisch die Augen. »Er ist so süß. Und er hat sich gerade von Svea getrennt.«

»Er war mit Svea zusammen?« Liv runzelte die Stirn.

»Sie hat sich an ihn rangeschmissen, weil sie wusste, dass ich ihn gut finde«, sagte Jonna aufgebracht. »Ist das nicht mies?«

Liv sagte nichts dazu. Eigentlich mochte sie Svea, die vor ihrem Unfall noch Jonnas beste Freundin gewesen war. Schade, dass die Freundschaft der Mädchen an der ersten Liebe der beiden zerbrach. Liv kannte Svea und zweifelte daran, dass es ihr wirklich nur darum gegangen war, Jonna den Schwarm auszuspannen. Und was war mit diesem Folke? Nutzte er die Schwärmerei der beiden Mädchen nur aus?

Liv wusste, dass sie ihre Kinder nicht vor allen Verletzungen, vor allem Schmerz bewahren konnte, aber das änderte nichts daran, dass sie sich Sorgen um ihre Tochter machte. »Ich weiß nicht«, sagte sie gedehnt. »Frederika wäre bestimmt sehr enttäuscht, wenn du am Sonntag nicht mitkommst.«

»Du willst nur nicht, dass ich Folke treffe«, erwiderte Jonna aufgebracht. »Hätte ich dir doch nichts erzählt!«

Liv schloss ihre Tochter in die Arme. »Es war gut, dass du es mir erzählt hast«, sagte sie leise. »Und du hast recht, ich habe Angst um dich. Versprich mir, dass du gut auf dich aufpasst!«

Jonna befreite sich aus ihren Armen und strahlte sie an. »Heißt das, ich darf mit den anderen an den Strand?«

Liv nickte, woraufhin Jonna ihr um den Hals fiel.

»Danke! Danke! Danke!«, rief sie immer wieder aus. »Und du musst dir keine Sorgen machen, ich passe bestimmt gut auf mich auf.«

Liv wusste, dass das unmöglich war. Sie selbst hatte auch einmal geglaubt, unverwundbar zu sein, weil sie liebte und sich wiedergeliebt glaubte. Nichts konnte so grausam sein wie der Sturz aus dem so hochgelobten siebten Himmel. Aber sie konnte ihre Tochter nicht warnen. Nicht nur, weil Jonna nichts von dem Verrat ihres Vaters wusste – niemals wollte Liv die Erinnerung ihrer Kinder zerstören –, sondern auch, weil Jonna ohnehin nicht auf sie gehört hätte.

Ihre Tochter musste ihren eigenen Weg gehen, ihre eigenen Erfahrungen machen, so schwer es Liv auch fiel, sie loszulassen.

— 33 —

Björn gefiel Frederikas Haus. Es lag nicht direkt am Wasser wie das von Liv, dafür aber mitten im Wald. Das Haus der nächsten Nachbarn war nicht zu sehen, ebenso wenig das Meer, aber das Rauschen der Wellen war selbst hier zu vernehmen.

Bis auf die abgeschiedene Lage unterschied sich Frederikas Haus kaum von den anderen Häusern in Norrfällsviken. Es war aus rot gestrichenem Holz, eine Treppe führte zum Eingang und zur Veranda, die von einem Balkon im Obergeschoss überdacht wurde. Auf der Rückseite gab es einen verglasten Wintergarten. Frederika hatte die Türen weit geöffnet, um Luft und Licht ins Haus zu lassen.

Hinter dem Wintergarten begann eine Wiese voller Wildblumen, die sich bis zum Waldrand erstreckte. Dort hatte Frederika auf dem Boden Decken ausgebreitet. Nur für Villiam hatte sie einen bequemen Gartenstuhl hingestellt, weil er nicht mehr so gut vom Boden aufstehen konnte.

Für die beiden Kleinen war das Picknick ein richtiges Abenteuer, und auch die Erwachsenen waren bester Stimmung. Sie ließen sich die Snacks schmecken, die Frederika vorbereitet hatte. Dazu gab es frische Sesam-Karotten-Brötchen aus der Backstube. Mats hatte ein neues Rezept ausprobiert und brachte die Brötchen mit, als er zusammen mit Kerstin erschien. Die beiden betonten auffällig oft, sie wären sich auf dem Weg zu Frederika zufällig begegnet.

Björn grinste Mats an, und als die anderen abgelenkt waren, sagte er leise: »Aha, zufällig also.«

Mats erwiderte sein Grinsen. »Kerstin ist eine tolle Frau!«

»Ja, das ist sie«, stimmte Björn ihm zu und erkannte plötzlich, dass Mats sich ernsthaft verliebt hatte. Er dachte an das, was Kerstin ihm vor einiger Zeit am Strand erzählt hatte. Ob Mats darüber Bescheid wusste? Ob ihm klar war, dass dadurch möglicherweise neue Probleme heraufbeschworen wurden?

Björn verdrängte diese Fragen. Er wollte heute keine bedrückenden Gedanken zulassen, sondern einfach den Tag genießen. Zusammen mit den Menschen, die ihm wichtig, die seine Freunde geworden waren. In ein paar Tagen ging es zurück nach Stockholm ...

Daran wollte er erst recht nicht denken.

Nach dem Essen brachten sie alle zusammen die benutzten Teller und Platten ins Haus, nur Villiam und die Kinder blieben draußen, sodass es in Frederikas Küche ein ziemliches Gedränge gab.

Mats und Kerstin gingen betont freundschaftlich miteinander um und schienen zu glauben, dass die anderen nicht bemerkten, wie sich ihre Hände immer wieder scheinbar zufällig berührten.

Liv und Björn räumten den Geschirrspüler ein, und Frederika stellte die Essensreste in den Kühlschrank, als Emelie in die Küche kam und aufgeregt ausrief: »Der Nils, der hat schon wieder seinen Bären gesehen.«

Die Erwachsenen lachten, bis auf Liv, die ihre Tochter ermahnte: »Bitte, Emelie, ärgere ihn nicht! Nils ist davon überzeugt, dass er den Bären wirklich sieht.«

»Ja, aber heute kann ich ihn auch sehen«, sagte Emelie kleinlaut. »Der Bär ist jetzt draußen bei Nils und Opa auf der Wiese und macht auch Picknick.«

Alle waren sekundenlang wie erstarrt. Björn war der Erste, der sich in Bewegung setzte, noch erfüllt von der Hoffnung, dass Emelie plötzlich genauso viel Fantasie entwickelt hatte wie ihr Bruder und da draußen nichts war.

In seiner Aufregung achtete Björn nicht darauf, ob die anderen ihm folgten, als er in den Wintergarten lief. An der Tür blieb er so abrupt stehen, dass Liv, die direkt hinter ihm war, gegen ihn prallte.

Der Bär stand auf allen vieren auf einer der Decken, auf denen sie alle eben noch gesessen hatten, und fraß das Obst, das sie draußen gelassen hatten. Besonders die Trauben schienen ihm zu schmecken.

Nils stand neben dem Stuhl, auf dem sein Großvater saß, nur wenige Meter von dem Bären entfernt, und drehte sich um, als er die Erwachsenen hörte.

»Björn«, rief er begeistert aus und zeigte auf den Bären. »Da ist mein Schutzbär. Darf ich den streicheln?«

»Nein!«, brüllte Björn so laut, dass nicht nur Nils erschrocken zusammenzuckte, sondern auch der Bär seinen Kopf hob.

Björn hörte Liv hinter sich aufschluchzen. Er wandte nur kurz den Blick, sah Frederikas schneeweißes Gesicht, Kerstin, die erschrocken beide Fäuste vor den Mund gepresst hatte, und Mats, der nach vorn drängte, um zu helfen, aber offensichtlich auch nicht so recht wusste, was er tun sollte.

Villiam saß völlig ungerührt auf dem Gartenstuhl und schien überhaupt nicht zu begreifen, was vor sich ging.

»Nils, du bewegst dich nicht!«, rief Björn. Ein bisschen leiser als eben, um den Bären nicht zu reizen und weil Nils' Unterlippe schon verdächtig zitterte.

»Ich lenke den Bären ab«, sagte Björn zu Mats. »Du holst inzwischen Villiam und den Kleinen ins Haus.«

Mats nickte, feste Entschlossenheit, aber auch große Angst im Blick.

Björn hatte keine Ahnung, wie er vorgehen sollte. Er trat über die Schwelle und umrundete den Bären, der jetzt auf ihn aufmerksam geworden war und sich langsam um die eigene Achse drehte, um ihn nicht aus den Augen zu verlieren.

Der Bär hatte Nils und Villiam kaum den Rücken zugewandt, da eilte Mats bereits zu den beiden, bemüht, kein Geräusch von sich zu geben. Er nahm Nils auf den Arm, griff nach Villiams Arm und wollte ihn hochziehen, doch der alte Mann wehrte sich, bis Frederika dazukam und ihn bei der Hand nahm. Ihr folgte Villiam widerstandslos.

Björns Blick wanderte zwischen den Menschen und dem Bären hin und her. Endlich waren alle in Sicherheit, standen an der Tür zum Wintergarten und schauten ängstlich zu ihm heraus. Mats bedeutete ihm mit der Hand, jetzt auch wieder zurück ins Haus zu kommen.

Björn wollte das ja auch gerne, aber der Bär änderte plötzlich sein Verhalten. Er ging einen Schritt zur Seite, versperrte ihm den Rückweg zum Haus und richtete sich zu seiner vollen Größe auf.

Björn schluckte. Das Vieh war mindestens zwei Meter fünfzig groß, und die Krallen an seinen Pfoten wirkten Furcht erregend.

»Komm, Junge«, zischte Björn. »Tu dir und mir einen Gefallen und hau ab!«

Der Bär kam lieber einen Schritt näher, und zwar immer noch auf seinen Hinterbeinen, die Vorderbeine drohend erhoben.

Fieberhaft überlegte Björn, was er über Bären gelesen hatte. Überall dort in den schwedischen Wäldern, wo es zu Begegnungen mit Bären kommen konnte, waren Hinweistafeln mit Regeln angebracht. Hier aber nicht.

»Pass auf!«, rief Mats von der Tür des Wintergartens aus.

Björn lugte vorsichtig um den Bären herum und sah, dass Mats sein Handy in der Hand hielt. »Ich habe im Internet eine Seite über Bären gefunden. Wenn sie sich aufrichten, wollen sie nur die Situation besser überblicken. Der tut nix.«

»Hoffentlich weiß der das auch«, rief Björn leise zurück, aber selbst das schien dem Bären nicht zu gefallen. Er blieb immer noch auf den Hinterbeinen, kam einen weiteren Schritt näher, während Björn gleichzeitig weiter zurückwich.

Der Bär schien genug gesehen zu haben und ließ sich wieder auf alle vier Pfoten runter.

»Nicht weglaufen!«, brüllte Mats. »Der ist auf jeden Fall schneller als du, und wenn du rennst, weckt das in ihm den Jagdtrieb. Jedenfalls steht das hier so.«

»Du hast gut reden«, murrte Björn. Er traute sich nicht mehr zu rufen und wusste genau, dass er rennen würde, sobald der Bär sich in Bewegung setzte. Eigentlich sah das Tier nicht angriffslustig aus. Vielleicht half ja gutes Zureden.

»Braver Bursche«, lobte Björn leise. »Geh schön zurück in den Wald.«

Der Bär rannte los.

Björn auch.

Ein vielstimmiger Aufschrei war zu hören, Björn achtete nicht darauf. Er sah nicht nach rechts, nicht nach links – leider auch nicht nach unten.

Und dann war da die Baumwurzel, die sich nur wenige Zentimeter über den Boden erhob. Björns Fuß verfing sich darin, er stürzte und vernahm hinter sich das Schnaufen des Bären. Sehr dicht hinter sich.

»Stell dich tot!«, schrie Mats. »Gesicht unter die Arme und tot stellen!«

Er war sowieso gleich tot. Wenn der Bär das nicht erledigte, machte garantiert sein Herz nicht mehr mit.

Die Bestie war da, direkt über ihm. Er hörte sie schnüffeln, nahm den stinkenden Atem wahr – und dann war plötzlich alles vorbei.

Bin ich tot?, fragte sich Björn.

»Er ist weg«, schrie Mats von der Tür des Wintergartens aus. »Björn, er ist weg!«

Björn hob vorsichtig den Kopf. Tatsächlich, der Bär war verschwunden. Er brauchte noch einige Sekunden, bis er den Schrecken so weit überwunden hatte, dass er aufstehen konnte.

Liv kam auf ihn zu und umarmte ihn. Ihrem tränenverschmierten Gesicht war immer noch das Entsetzen anzusehen.

Auch die anderen kamen jetzt nach draußen. Mats schaute immer wieder in dieselbe Richtung, wahrscheinlich dahin, wo der Bär zwischen den Bäumen des Waldes verschwunden war.

»Mann, du hast uns einen ganz schönen Schrecken eingejagt!« Mats klopfte Björn auf die Schulter.

»Ich?«, fuhr Björn auf. Dann lachte er plötzlich los. Er wusste selbst nicht, warum, aber er konnte nicht damit aufhören, bis er Tränen in den Augen hatte. »Klar«, japste er, »ich bin ja immer an allem schuld, was in diesem verdammten Norrfällsviken passiert!«

»Schon gut.« Liv stand neben ihm und legte ihm einen Arm um die Schulter. »Du hast Nils und meinen Vater vor dem Bären gerettet. Danke, Björn!«

Allmählich beruhigte Björn sich wieder. Er lebte. Er konnte es kaum fassen, aber er hatte das tatsächlich überstanden, und langsam begriff er, dass diese Begegnung mit dem Bären ihm gezeigt hatte, wie gerne er lebte. Wie schön er das Leben fand, hier in Norrfällsviken, zusammen mit den Menschen, die ihm so viel bedeuteten. Und in diesem Moment fasste er einen Entschluss, der sein Leben für immer verändern sollte.

Nils kam aus dem Haus, trottete mit trotziger Miene und gerunzelter Stirn auf die Erwachsenen zu. »Keiner hat mir geglaubt«, sagte er und begann zu weinen. »Und jetzt hab ich kein Schutzbär mehr, weil ihr den alle geseht habt.«

Björn nahm den Jungen in den Arm. »Ich werde immer dein Schutzbär sein«, versprach er. »Egal, ob die anderen mich sehen oder nicht.«

Der Junge legte die Arme um seinen Hals, schmiegte sein Gesichtchen an seine Schulter. »Ganz in echt und in ehrlich?«

»Ganz in echt und in ehrlich«, versicherte Björn.

— 34 —

Liv wusste selbst nicht, was mit ihr los war. Anfangs hatte sie sich so in ihren Hass auf Björn hineingesteigert, dass sie an allem, was er tat, etwas auszusetzen hatte. Aber als er eben auf dem Boden gelegen hatte und der Bär direkt über ihm stand, da – ja, da hatte sie erkannt, wie wichtig er ihr geworden war und dass sie ihn nicht verlieren wollte.

Inzwischen schämte sie sich, dass sie ihn einfach umarmt hatte, vor allen anderen. Hatte sie ihm ihre Gefühle zu deutlich gezeigt? Und was war das überhaupt, was sie für ihn empfand?

Als sie von Frederika nach Hause gekommen waren, hatten Björn und sie sich gemeinsam um die Kleinen gekümmert. Sie waren freundlich miteinander umgegangen, aber etwas zwischen ihnen hatte sich verändert. Es lag wieder eine Spannung in der Luft, aber sie rührte nicht mehr von der unterdrückten Wut und Abneigung her, mit der sie sich noch vor Kurzem begegnet waren. Das hier war neu, es war aufregend – und Liv hatte keine Ahnung, wie sie damit umgehen sollte.

Nils und Emelie lagen inzwischen in ihren Betten, oder vielmehr beide zusammen in Nils' Bett, während Björn ihnen eine Geschichte erzählte. Jonna war noch nicht zu Hause, und Liv hatte sich in ihr Schlafzimmer zurückgezogen, um ein wenig zur Ruhe zu kommen.

Eine halbe Stunde später hörte sie, wie Björn den Kindern leise »Gute Nacht« wünschte und die Türen zu den Kinderzimmern schloss. Dann vernahm sie seine Schritte, hörte, wie er vor ihrer Zimmertür stehen blieb.

Liv hielt den Atem an.

Björn ging weiter, seine Schritte entfernten sich, und er ging die Treppe hinunter. Liv wusste nicht, ob sie erleichtert oder enttäuscht sein sollte.

Sie setzte sich auf ihr Bett. Nach ein paar Minuten stand sie auf und ging ruhelos im Zimmer auf und ab. Dann setzte sie sich wieder, bis sie es nicht mehr aushielt und erneut ihre Wanderung aufnahm.

Plötzlich blieb sie stehen, straffte ihren ganzen Körper, ballte die Hände kurz zu Fäusten und lockerte sie wieder. »Nur Mut«, sagte sie leise zu sich selbst.

Sie würde jetzt hinuntergehen, sie wollte ihn sehen, heute Abend noch. Sie wollte ergründen, was mit ihr los war und ob er ähnlich empfand. Sie wollte seine Stimme hören, seine Nähe spüren.

Sie ging zur Tür, hielt noch einmal kurz inne, holte tief Luft und öffnete sie.

Björn war auf der Veranda, aber nicht in sein Manuskript vertieft, wie sie es erwartet hatte. Er stand am Geländer, stützte sich mit beiden Händen darauf und starrte ins Wasser.

Obwohl Liv leise war, schien er zu spüren, dass er nicht mehr alleine war. Er drehte sich zu ihr um.

Liv kam langsam näher und betrachtete forschend sein Gesicht. Er schaute sie unverwandt an, aber wie so oft war seine Miene undurchdringlich.

Liv blieb in der Mitte der Veranda stehen. »Wie geht es dir?«, fragte sie leise.

Björn grinste. »Es könnte weitaus schlimmer sein«, sagte

er. »Ich bin froh, dass der Bär ein ziemlich friedlicher Geselle war. Frederika hat eben übrigens angerufen. Sie hat den Bären gemeldet, und er treibt sich tatsächlich schon seit Längerem hier in der Gegend herum. Es soll sich um ein Jungtier aus dem Naturschutzgebiet handeln, und er soll jetzt behutsam dahin zurückgeführt werden.«

»Ich bin so froh, dass dir nichts passiert ist«, sagte Liv.

»Und ich erst.« Björn schmunzelte, wurde gleich darauf jedoch wieder ernst. »Ich würde gerne noch bleiben«, sagte er unvermittelt.

Liv lächelte. »Ich hätte gerne, dass du noch bleibst«, sagte sie.

Er kam auf sie zu, blieb dicht vor ihr stehen und umfasste ihr Gesicht mit beiden Händen. In seinen tiefblauen Augen lag ein Glanz, der sie erbeben ließ. Sein Gesicht kam näher, seine Lippen berührten sanft ihren Mund.

Er zögerte noch, als wäre er nicht sicher, ob es richtig war, was er gerade machte.

Liv umschlang ihn mit beiden Armen, spürte seine Zunge zwischen ihren Lippen, seine Hände, die sanft über ihren Rücken glitten. Ihr Herz schlug in einem harten Rhythmus, ihr ganzer Körper drängte sich ihm entgegen.

»Der Mensch lebt nicht vom Brot allein.«

(5. Moses 8,3)

Sesam-Karotten-Brötchen

Zutaten:

750 g Weizenmehl
1 Würfel Hefe
1 Prise Zucker
4 EL Öl
150 g Quark (Magerstufe)
1 TL Natron
1 Prise Salz
400 g Möhren
Salz
100 g Sesamsamen
Öl oder Backpapier für das Blech

Zubereitung:

Das Mehl in eine Schüssel sieben, eine Mulde in die Mitte drücken. Hefe hineinbröseln, eine Prise Zucker dazugeben und mit ca. 100 ml lauwarmem Wasser und etwas Mehl verrühren. Die Schüssel mit einem Tuch abdecken und den Vorteig an einem warmen Ort mindestens 20 Minuten gehen lassen.

Öl, Quark, Natron, eine Prise Salz und 125–250 ml lauwarmes Wasser in die Schüssel geben. Alles zu einem festen

Teig verkneten. Er sollte geschmeidig sein, aber nicht an den Händen kleben. Den Teig etwa eine Stunde zugedeckt ruhen lassen.

Die Möhren schälen, in Salzwasser weich kochen, abgießen und pürieren. Sesamsamen in einer Pfanne goldbraun rösten.

Möhren und zwei Drittel der Sesamsamen unter den Teig kneten. Falls der Teig zu trocken wird, noch etwas lauwarmes Wasser unterkneten.

Backofen auf 180 °C (Umluft 160 °C) vorheizen. Ein Backblech mit Papier auslegen oder mit Öl einfetten.

Aus dem Teig 24 Brötchen formen und auf das Blech setzen. Brötchen an der Oberfläche mit Wasser bepinseln, mit dem restlichen Sesam bestreuen und im Ofen auf der mittleren Schiene 15 bis 20 Minuten backen.

— 35 —

Emelie, der Björn liegt in Mamas Bett, und beide haben sich alle Kleider ausgezieht.«

Björn fuhr auf, als er die Kinderstimme dicht an seinem Ohr vernahm. Nils stand vor dem Bett und grinste ihn an, während Liv neben ihm auch aufwachte und zu begreifen schien, was hier gerade passierte. Sie zog sich das Bettlaken bis zum Hals.

Emelie kam ins Zimmer gestürmt, schaute Björn, der sich inzwischen ebenfalls zugedeckt hatte, und ihre Mutter fragend an und vergaß vor lauter Überraschung, ihren kleinen Bruder zu korrigieren. »Ist der Björn jetzt dein Verliebter?«, wollte sie von Liv wissen.

Björn wandte sich Liv zu. »Können wir das nächste Mal die Tür abschließen?«, fragte er leise.

Ihre Augen blitzten auf. »Gibt es denn ein nächstes Mal?«

»Worauf du dich verlassen kannst!« Er widerstand der Versuchung, sie im Beisein der Kinder zu küssen, und Nils fand glücklicherweise gerade eine eigene Erklärung für die Situation.

»Nee, der Björn ist nicht Mamas Verliebter«, sagte er zu Emelie. »Der hat bestimmt vom Bär geträumt. Wenn ich beim Träumen Angst hab, darf ich ja auch zu Mama ins Bett.«

»Genau so war es«, pflichtete Björn dem Jungen bei. »Und wenn ich mal wieder von Bären träume und hier schlafen muss, dann seid ihr morgens bitte ganz leise, okay?«

Die beiden nickten eifrig. Für sie war das Thema damit erledigt, und sie flitzten wieder aus dem Zimmer.

Björn drehte sich zu Liv, winkelte den Ellbogen an und stützte den Kopf auf seine Hand. Er schaute Liv an, ließ die letzte Nacht nachwirken und zog sanft mit dem Zeigefinger die Konturen ihrer Lippen nach. »Ich liebe deine Kinder, wirklich«, sagte er leise. »Aber jetzt wünschte ich mir, ich wäre mit dir ganz allein.«

»Ich fürchte, da stehen deine Chancen in den nächsten fünfzehn Jahren schlecht.« Liv lächelte. Sie schlug das Bettlaken zurück und stand auf.

Björn betrachtete sie sinnend. In den letzten Jahren hatte er überwiegend mit Frauen geschlafen, die sogenannte Modelmaße besaßen. Liv hatte eine reife, weibliche Figur und machte ihn viel mehr an. Vielleicht lag es auch an der Unbefangenheit, mit der sie sich nackt vor ihm bewegte. Wenn die Kinder nicht wären ...

»Ich mache dann mal Frühstück.« Liv griff nach ihren Kleidern und verließ das Zimmer.

Kurz darauf hörte Björn die Badezimmertür. Er verschränkte die Hände hinter dem Kopf, legte sich entspannt zurück und lächelte. Jetzt, nachdem die Angst ausgestanden war, war er dem Bären fast schon dankbar. Die brenzlige Situation hatte ihn und Liv zusammengebracht, und das fühlte sich verdammt gut an. Er war so zufrieden wie seit den glücklichsten Tagen mit Eivor nicht mehr.

»Eivor«, sagte er leise und lauschte dem Klang des Namens. Er versuchte, sich seine Exfrau vorzustellen, aber es gelang ihm nicht so recht. Die Züge verschwammen vor seinem inneren Auge. Aber auch die Wut in ihm war verblasst, ebenso der Schmerz, der die Wut abgelöst hatte. Es war endgültig vorbei, er hatte mit dieser Zeit abgeschlossen.

Als Björn hörte, dass Liv aus dem Bad kam und nach unten ging, stand er ebenfalls auf. Nach einer erfrischenden Dusche ging er in die Küche. Liv und die beiden Kleinen waren nicht da. Wahrscheinlich waren sie gerade auf dem Weg in den Kindergarten.

Jonna saß am Tisch und grinste ihn an. »Ich weiß alles von den Kleinen«, sagte sie. »Und erzähl mir jetzt bloß nichts von Albträumen, die dich ins Bett meiner Mutter getrieben haben.«

»Und wie lief es mit dir und Folke?«, parierte Björn.

Jonna winkte ab. »Folke ist ein Idiot. Dafür habe ich mich aber wieder mit Svea vertragen.«

»Gut so.« Björn nickte zustimmend. »Ich freue mich, dass es dir wieder besser geht. So ein Typ ist keine Sekunde Liebeskummer wert.«

»Und was ist mit dir und Mama?« Jonna blickte ihn neugierig an. »Seid ihr jetzt zusammen?«

»Quatsch!«, antwortete Björn schnell, fügte dann aber etwas kleinlaut hinzu: »Hättest du damit ein Problem?«

Jonna dachte einen Augenblick nach. »Ich weiß es nicht«, gab sie ehrlich zu. »Ich vermisse meinen Papa immer noch, und es wäre komisch, wenn du seinen Platz einnimmst.«

»Ich habe keine Ahnung, was noch kommen wird«, sagte Björn, »aber ich werde niemals den Platz deines Vaters einnehmen. Das könnte ich gar nicht. Ich finde es im Moment einfach nur schön, bei euch zu sein.«

Jonna legte den Kopf schief und lächelte ihn an. »Ich finde es auch schön, dass du noch bleibst«, sagte sie.

Björn blieb in Norrfällsviken, und seine Abreise war kein Thema mehr. Aus Tagen wurden Wochen, und aus Wochen wurden Monate. Sein Buch nahm immer mehr Gestalt an.

Frederika hatte bereits eine Leseprobe an den Verlag geschickt. Noch wusste Björn nicht, wie dieser darauf reagieren würde, aber Frederika zeigte sich ziemlich optimistisch.

Die Beziehung zwischen ihm und Liv wurde intensiver. Sie hatten in den letzten Wochen lange Gespräche geführt und sich viel besser kennengelernt. Nur ein Thema durfte Björn nicht ansprechen: Lennart.

Als Mitte August die ersten Äpfel reif waren, ging Björn mit Leiter und Körben ausgerüstet in den Garten, um sie zu pflücken. Liv hatte versprochen, einen Apfelkuchen für ihn und die Kinder zu backen.

Immer wieder musste Björn über den abgeknickten Teil des Baumes klettern oder sich so weit darüber lehnen, dass die Leiter gefährlich ins Wanken geriet. Trotzdem konnte er nicht alle reifen Äpfel erreichen. Er fluchte vor sich hin und war schweißgebadet, als er die Äpfel schließlich zu Liv in die Küche brachte.

»Liv, so kann das nicht weitergehen mit dem Apfelbaum!«, sagte er wütend.

Sie stand mit dem Rücken zu ihm am Geschirrspüler und räumte das benutzte Geschirr in die Maschine. Sie richtete sich auf, und er sah, wie sie die Schultern hochzog. Sie wandte sich nicht um.

»Was meinst du damit?« Ihre Stimme klang spröde.

»Lass mich den abgestorbenen Teil entfernen!«

»Nein!« Sie sagte nur dieses eine Wort. Hart und klar, ohne weitere Erklärung.

»Warum nicht?«, fragte Björn nach kurzem Schweigen.

»Weil ich es nicht will.«

Björn spürte Ärger und Ungeduld in sich aufsteigen. »Wieso kannst du nicht einfach mit der Vergangenheit abschließen?«, fragte er.

Endlich drehte Liv sich um. Ihre Augen waren voller Tränen. »Warum machst du so ein Drama daraus? Kann nicht einfach alles so bleiben, wie es jetzt ist?«

Björn schüttelte den Kopf. »Ich will mit dir die Zukunft planen«, sagte er entschieden. »Aber wie sollen wir das schaffen, wenn du so an der Vergangenheit hängst?«

»Du verstehst das einfach nicht!«, stieß Liv hervor. »Der Apfelbaum, die Elchbackformen, all das hängt mit dieser einen Nacht ... Ach«, unterbrach sie sich wütend, »ich kann es dir einfach nicht erklären.«

»Dann lass es eben!« Björn versteckte seinen Ärger jetzt nicht mehr. Er musste hier raus, brauchte frische Luft. Ohne ein weiteres Wort verließ er das Haus.

Knut schlüpfte gerade noch hinter ihm aus der Tür, bevor er sie zuschlug.

»Dann komm halt mit«, brummte Björn.

Er steckte die Hände in die Taschen seiner Jeans und schlug den Weg in Richtung Strand ein. Den Blick hielt er auf den Boden gerichtet.

Er liebte Liv und wollte seine Zukunft mit ihr verbringen, das hatte er ihr deutlich gesagt. Die Frage war nur, was sie empfand. Warum fiel es ihr so schwer, mit allem abzuschließen und gemeinsam mit ihm nach vorn zu schauen?

»Hej!«

Björn sah auf. »Hej«, sagte er, als er Kerstin erblickte.

»Hier haben wir uns schon lange nicht mehr getroffen«, sagte sie.

Björn nickte, ging eine Weile schweigend neben ihr her und spürte, dass sie ihn immer wieder von der Seite anschaute.

»Liv?«, fragte sie nach einer Weile.

Björn blieb stehen, wandte sich ihr zu. »Ich werde einfach

nicht schlau aus ihr«, sagte er. »In dem einen Moment habe ich das Gefühl, dass wir beide glücklich sind, und dann entzieht sie sich mir wieder völlig. Diese Sache mit Lennart ...« Er schüttelte den Kopf, starrte mutlos an Kerstin vorbei aufs Meer. »Ich bin mir nicht sicher, ob sie damit jemals abschließen kann.«

»Du musst Geduld mit ihr haben«, sagte Kerstin. »Ich habe auch ganz lange gebraucht, um mit meiner eigenen Geschichte fertigzuwerden, aber jetzt bin ich wieder glücklich.«

Björn schaute sie aufmerksam an. »Mit Mats?«

Kerstin nickte und presste kurz die Lippen aufeinander. »Ich habe ihm inzwischen alles erzählt. Leicht war es nicht für ihn.«

»Aber er kommt damit klar?«

»Besser als ich«, sagte Kerstin. »Es weiß übrigens noch niemand etwas von uns, obwohl ich glaube, dass Frederika es ahnt.« Sie lächelte, aber gleich darauf wurde ihr Blick wieder ernst. »Ich werde es Liv sagen, Björn. Ich werde ihr alles erzählen.«

Björn schaute sie an, nickte und sagte nach einer ganzen Weile: »Ja, sie hat ein Recht, es zu erfahren.« Er hatte keine Ahnung, wie Liv auf Kerstins Geschichte reagieren würde, aber vielleicht war das genau der Anstoß, den sie brauchte.

Kerstin legte eine Hand auf seinen Arm. »Es wird alles gut«, sagte sie leise. »Es muss einfach gut werden. Für dich und Liv und für Mats und mich.«

»Ja, ganz bestimmt«, sagte Björn, obwohl es ihm schwerfiel, daran zu glauben. Er zog sie an sich, schloss sie ganz fest in seine Arme.

— 36 —

Zum ersten Mal seit ihrem Unfall betrat Liv wieder die Backstube. Sie konnte noch nicht lange genug stehen, um einen ganzen Tag zu arbeiten, aber langsam wollte sie wieder damit anfangen. Sie trat ans Fenster und schaute hinaus auf den Apfelbaum. Warum ließ Björn sie damit nicht in Ruhe? Die eine Hälfte des Baumes war schon so lange tot, und bisher hatte das auch niemanden gestört.

Sie drehte sich um und sah die Elchbackformen auf einem der Regale liegen. Sie ging einen Schritt darauf zu, blieb dann stehen. In ihren Gedanken spielte sich wieder die Szene im Krankenhaus ab, als Björn ihr die gebackenen Elche gebracht hatte. Sie spürte den altbekannten Ärger in sich aufsteigen …

Halt! Das war ungerecht. Es war nicht seine Schuld gewesen, er konnte es ja nicht wissen. Ebenso wenig wie Jonna, der Liv immer erzählt hatte, dass die Backformen verschwunden wären.

Es erschreckte sie selbst, dass es ihr immer noch so viel ausmachte, die Formen auch nur zu sehen. Sie konnte den Anblick nicht ertragen.

Liv ging zu dem Regal, nahm die Backformen heraus und stopfte sie in eine der Papiertüten, in denen das Brot verkauft wurde. Mit der Tüte in der Hand verließ sie die Backstube und stieg die Treppen hinauf bis zum Speicher.

Obwohl die Nächte immer noch nicht ganz dunkel wurden, fiel hier oben nur spärliches Licht durch die Dachluken.

Suchend sah Liv sich nach einem Versteck um, wo die Backformen nicht mehr so schnell gefunden werden konnten. Sie öffnete den Kleiderschrank, in den sie nach Lennarts Tod die Sachen hineingestopft hatte, die sie nicht abgeben wollte.

Es war nicht viel, was von ihm geblieben war. Ein alter Mantel, zwei Anzüge und die Tüte, die sie aus dem Krankenhaus bekommen hatte. Darin befand sich das, was er auf seiner letzten Fahrt bei sich getragen hatte. Liv hatte nie in diese Tüte hineingesehen. Sie nahm allen Mut zusammen und öffnete sie zum ersten Mal.

Viel war nicht darin. Seine Uhr, die Manschettenknöpfe, die sie ihm zu seinem letzten Geburtstag geschenkt hatte. Die Brieftasche.

Liv griff nach der Brieftasche und öffnete sie. Sie fand ein paar Münzen, Geldscheine, Fotos von ihr und den beiden Töchtern. Liv zog die Bilder heraus und entdeckte dann noch ein Foto, das hinter den anderen versteckt war. Ein Gesicht lachte sie an. Das Gesicht einer jungen Frau, das ihr sehr bekannt vorkam.

Liv drehte das Foto um. *Ich liebe dich, Ylva* stand auf der Rückseite.

Ihr Herz raste, in ihrem Kopf schien sich alles zu drehen. War das auf dem Foto wirklich die Frau, die sie zu erkennen glaubte, oder war es nur eine zufällige Ähnlichkeit?

Sie ließ alles stehen und liegen, kümmerte sich nicht um die halboffene Schranktür und rannte mit dem Foto in der Hand nach unten in ihr Schlafzimmer. Dort eilte sie ans Fenster und schaute sich das Foto genau an. Es gab keinen Zweifel: Die Frau auf dem Bild war Kerstin.

Kerstin war Ylva!

Liv sah aus dem Fenster, und dann entdeckte sie diese Frau, die sie so sehr hasste. Sie war am Strand, aber sie war nicht allein. Sie lag in Björns Armen, und er hielt sie fest umschlungen.

Liv schloss die Tür zu ihrem Zimmer ab. Sie wollte keinen Menschen sehen, mit niemandem reden.

Irgendwann kam Björn nach Hause. Sie hörte ihn auf der Treppe, vor ihrer Tür, sah, wie er die Klinke leise herunterdrückte. Als ihm klar wurde, dass sich die Tür nicht öffnen ließ, ging er weiter ins Zimmer ihres Vaters.

Liv konnte die ganze Nacht nicht schlafen. Immer wieder schaute sie das Foto an. Sie sah Kerstin – nein, Ylva – zusammen mit Lennart, dann verschwamm Lennarts Gesicht, und er wurde zu Björn, aber das Bild blieb das Gleiche. Ylva und Lennart. Ylva und Björn.

Liv blieb auch am nächsten Morgen in ihrem Zimmer. Die Kinder sollten nichts mitbekommen. Erst als Jonna in die Schule gegangen war und Liv hörte, wie Björn das Haus mit den Kleinen verließ, wagte sie sich aus ihrem Zimmer und ging ins Bad.

Sie erschrak bei ihrem eigenen Anblick im Spiegel. Ihre Haut war blass, dunkle Schatten lagen unter ihren Augen. Morgen, das versprach sie sich selbst, würde es ihr wieder besser gehen. Sobald sie erledigt hatte, was sie erledigen musste.

Sie ging nicht ins Café, wollte dieser Frau ganz alleine und in ihren eigenen vier Wänden gegenübertreten. Deshalb rief sie im Laden an und bat Kerstin, zu ihr zu kommen.

»Bin sofort da«, rief diese fröhlich in den Hörer.

Es dauerte nicht einmal zwei Minuten, da stand sie vor Liv und starrte sie erschrocken an. »Um Himmels willen, Liv, was ist passiert? Du siehst richtig krank aus.«

»Du machst mich krank!«, stieß Liv hervor.

Voller Genugtuung beobachtete Liv, wie die andere einen Schritt zurücktrat. »Wie bitte?«, fragte sie verunsichert.

»Du hast mich schon verstanden ... Ylva!«

Ylva presste beide Hände gegen die Brust. »Ich wollte es dir sagen, Liv, ganz bestimmt. Ich wollte nur abwarten, bis wir beide uns besser kennen und du begreifst, dass ich nicht das Monster bin, für das du mich hältst.«

»Und deshalb schleichst du dich hier unter falschem Namen ein? Täuschst uns alle?«

»Liv, bitte, kannst du mir denn nicht verzeihen?«

Liv schüttelte den Kopf, immer wieder. »Ich verzeihe dir niemals. Du hast mir den Mann genommen, meinen Kindern den Vater.«

Ylva sah sie verzweifelt an. »Ich habe es doch nicht gewusst, Liv«, stieß sie hervor. Tränen liefen über ihre Wangen, aber Liv war nicht imstande, Mitleid mit ihr zu empfinden. »Lennart hat mir nicht gesagt, dass er verheiratet ist und Kinder hat. Ich habe es erst erfahren, als ich nach dem Unfall im Krankenhaus lag. Er hat mich genauso betrogen wie dich. Es tut mir so leid, Liv!«

Liv wich ihrem Blick aus. Alles in ihr war zu Eis erstarrt. »Ich kann deinen Anblick nicht mehr ertragen«, zischte sie. »Verschwinde aus meinem Haus und aus meinem Leben! Ich will dich nie wieder sehen.«

Ylva kam vorsichtig einen Schritt auf sie zu.

Liv wich zurück und schüttelte den Kopf. »Verschwinde endlich!«, fauchte sie.

Ylva schaute sie an, dann drehte sie sich langsam um und ging mit gesenktem Kopf hinaus.

Kurz darauf kam Björn zurück. »Ich habe Kerstin gerade aus dem Haus kommen sehen. Kann es sein, dass sie ziemlich verstört war?«

»Ich habe euch gestern Abend zusammen am Strand gesehen«, sagte Liv mit eisiger Stimme. »Dich und Ylva.«

Björn wirkte kein bisschen überrascht. Er hob eine Augenbraue. »Sie hat es dir also gesagt.«

»Nein, ich habe es selbst herausgefunden.« Liv hielt ihm das Foto unter die Nase. Sie wunderte sich selbst über die Ruhe, die sich in ihr ausbreitete. Eine eiskalte, zerstörerische Ruhe. »Du hast es gewusst?«

»Liv, es ist nicht so ...«

»Ich weiß«, fiel Liv ihm hart ins Wort. »Es ist alles ganz anders, als es ausgesehen hat. Ich habe Ylva rausgeschmissen, und dich will ich auch nicht mehr sehen. Pack deine Sachen und verschwinde!«

Björn wollte noch etwas sagen, aber Liv hörte nicht mehr zu. Sie ließ ihn einfach stehen und ging hinaus auf die Veranda. Sie umfasste das Geländer mit beiden Händen und starrte hinunter ins Wasser. Wie hatte sie nur einen Augenblick lang hoffen können, wieder glücklich zu werden? Wie hatte sie daran glauben können, dass sie nicht belogen und betrogen wurde?

Sie hörte, dass Björn ihr folgte. »Liv«, sagte er in ihrem Rücken.

»Verschwinde!«, sagte sie tonlos. »Ich kann dich nicht mehr ertragen.«

Seine Schritte entfernten sich. Kurz darauf fiel die Haustür ins Schloss.

Liv verharrte auf der Stelle. Sie konnte nicht weinen, fühlte nichts mehr. In ihr war alles taub und leer.

— 37 —

Björn fühlte sich wie betäubt, selbst dann noch, als er mit seinen gepackten Sachen im Wagen saß. Er konnte nicht fassen, dass Liv ihn wirklich aus ihrem Haus geworfen hatte. Nachdem er ihr nachgegangen war und einen letzten Versuch unternommen hatte, mit ihr zu reden, hatte er akzeptieren müssen, dass es vorbei war. Für immer!

Diesmal würde er nicht den gleichen Fehler machen wie damals mit Eivor, sondern sich damit abfinden, dass es für ihn und Liv keine gemeinsame Zukunft gab. Es hätte sowieso nicht funktioniert, weil der tote Lennart immer zwischen ihnen stand, weil Liv nicht loslassen konnte.

Björn nahm Abschied von Norrfällsviken, dem Ort, den er lieben gelernt hatte. Im Vorbeifahren warf er einen letzten Blick auf den Strand, wo er so gerne spazieren gegangen war. Er konnte die Felsen sehen, die bis weit ins Wasser ragten, die Bäume, die einsam am Strand standen – und dann hatte er den Ort hinter sich gelassen und wusste, dass er nie mehr zurückkehren würde.

Er fuhr die gleiche Strecke, die er auf dem Hinweg mit Frederika genommen hatte. Über drei Monate war das jetzt her. Damals hatte er noch nicht ahnen können, was ihn erwartete. Sein Bauch war voller Wut gewesen, weil ihm das ganze Leben ungerecht erschien.

Jetzt war er dankbar für das, was er erlebt hatte. Für die viel zu kurze Zeit mit Liv und für die Liebe der Kinder, mit der sie, ohne es zu wissen, die Wunden seiner Vergangenheit geheilt hatten.

Björn konnte nicht mehr weiterfahren. Er hielt am Straßenrand an, legte den Kopf aufs Lenkrad und weinte. Er weinte um das, was er verloren hatte, was unwiederbringlich war.

Björn war zu aufgewühlt gewesen, um sich auf den Verkehr zu konzentrieren. Daher hatte er sich ein Hotel ganz in der Nähe gesucht und den Tag überwiegend auf dem Zimmer verbracht. Grübelnd hatte er auf dem Bett gesessen, um kurz darauf wieder aufzuspringen und ruhelos herumzulaufen. Einmal war er hinausgegangen, aber der Ort erinnerte ihn so sehr an Norrfällsviken, dass er es nicht ausgehalten hatte.

In der Nacht hatte er sich unruhig hin und her gewälzt. Das Wissen, dass zwischen ihm und Liv nur wenige Kilometer lagen und die Entfernung trotzdem unüberwindbar war, machte ihn fertig. Er spielte sogar mit dem Gedanken, doch noch einmal zurückzufahren und zu versuchen, mit ihr zu reden.

Nein! Er verwarf diese Idee wieder. Er hatte es versucht, und er würde kein weiteres Mal riskieren, dass sie ihn wegschickte. Liv wusste, wie sie ihn erreichen konnte – und er wusste, dass sie es nie versuchen würde.

Alles, was ihm blieb, war sein Leben in Stockholm.

Björn schüttelte den Kopf. Nein, nicht sein altes Leben. In seinem Notebook war eine Geschichte abgespeichert, die ihm unendlich wichtig war, und er war sicher, dass weitere folgen würden. Das konnte ihm niemand nehmen. Das nicht, und auch nicht die Erinnerung an einen wundervollen Sommer mit drei reizenden Kindern – und deren Mutter.

Die Vorstellung, dass er die vier nie wiedersehen würde,

war unendlich schmerzlich. Er hatte Nils doch versprochen, dass er ihn immer beschützen, immer für ihn da sein würde.

Björn packte seine Reisetasche und verließ das Hotelzimmer. Er musste damit aufhören, ständig an Norrfällsviken zu denken. Vielleicht gab es wenigstens die Möglichkeit, die Kinder wiederzusehen, irgendwann, wenn er zur Ruhe gekommen war. Er konnte ihnen über Frederika Nachrichten zukommen lassen ...

Verdammt, nicht einmal von Frederika hatte er sich verabschiedet! Er würde sie von Stockholm aus anrufen und versuchen, ihr alles zu erklären. Mehr konnte er nicht mehr machen.

Björn setzte seine Reise fort. Mit jedem Kilometer, den er sich weiter entfernte, wurde ihm das Herz schwerer. Dann erreichte er die Abfahrt nach Östersund. Sein Fuß tippte automatisch auf die Bremse wie schon auf der Hinfahrt, aber diesmal gab Björn seinem Impuls nach. Er setzte den Blinker und verließ die Autobahn.

Eivors Adresse hatte er im Kopf. Sie wohnte nicht direkt im Zentrum, sondern ein wenig außerhalb am Ufer des Storsjön. Überrascht erkannte er, dass es sich bei der Adresse um ein Hotel handelte. War sie damals vor ihm in dieses Hotel geflüchtet und schon lange nicht mehr hier?

Eigentlich hatte Björn nur sehen wollen, wo sie lebte, an eine Begegnung hatte er nicht gedacht, aber jetzt war er neugierig geworden. Er betrat das Hotel, durchquerte eine kleine Empfangshalle mit gemütlichen Korbstühlen und blieb vor der Rezeption stehen. In diesem Moment kam eine Frau aus dem Büro hinter der Rezeption. Sie erstarrte, als sie ihn sah.

»Eivor!«, sagte er leise. Sie hatte sich verändert in den vergangenen Jahren. Sie war reifer geworden, aber immer noch schön.

»Was willst du hier?« Ihre Stimme klang unversöhnlich und hart.

Er zuckte hilflos mit den Schultern. »Ich bin nur auf der Durchreise, und …«

»Dann fahr am besten gleich weiter«, fiel sie ihm ins Wort.

»Das kann ich nicht«, sagte er. »Ich musste dich noch einmal sehen, weil ich dich um Verzeihung bitten will.«

Etwas in seinem Tonfall schien ihr zu verraten, dass er es ernst meinte. Nach einem langen, prüfenden Blick nickte sie und wies auf eine der Sitzgruppen in der Halle.

»Du arbeitest hier?«, fragte Björn interessiert.

»Ich bin mit dem Besitzer verheiratet«, gab sie knapp zurück.

Björn horchte tief in sich hinein, was diese Neuigkeit in ihm auslöste. Da war nichts, keine Wut, kein Schmerz.

»Bist du glücklich?«, wollte er wissen.

»Ja, sehr.«

»Hast du Kinder?«

Sie nickte und wirkte einen Augenblick lang beklommen.

»Das freut mich für dich!«, sagte Björn. Sie hatten die Sitzgruppe erreicht, setzten sich aber beide nicht hin. »Ich weiß, was ich dir angetan habe, Eivor«, sagte er leise. »Ich habe immer gedacht, dass du die Liebe meines Lebens bist, aber wenn es wirklich so gewesen wäre, hätte ich dir nicht deinen sehnlichsten Wunsch abgeschlagen.«

»Wenn du die Liebe meines Lebens gewesen wärst, hätte ich freiwillig verzichtet«, sagte sie. »Björn, es war nicht nur wegen der Kinder, die du nicht haben wolltest. Es war …« Sie schien nicht zu wissen, wie sie es ausdrücken sollte. »Wir haben einfach nicht zusammengepasst, ich konnte mit dir nicht mehr zusammenleben.«

»Ich verstehe«, sagte er und lächelte. »Wahrscheinlich ist es nicht so einfach, mit mir zusammenzuleben.« Er dachte an Liv, sie konnte es auch nicht.

»Du bist so ganz anders als damals«, sagte Eivor nachdenklich. »Was ist mit dir passiert, Björn?«

»Ich habe die Liebe gefunden«, sagte er, »und wieder verloren.« Er winkte ab, als sie ein betroffenes Gesicht machte. »Und ich habe festgestellt, dass ich Kinder überhaupt nicht so hasse, wie ich immer dachte.«

»Das habe ich dir doch immer gesagt.« Sie lächelte. »Ich bin davon überzeugt, dass du ein ganz wundervoller Vater sein könntest, wenn du es nur wolltest.«

»Ja.« Björn senkte den Blick und schwieg einen Moment. Dann schaute er sie wieder an. »Ich habe es dir nie erzählt, Eivor, aber meine Kindheit war die Hölle. Mein Vater war Alkoholiker und hat meine Mutter und mich geschlagen. Ich hatte vor allem Angst, so zu werden wie er. Ich wollte keinem Kind, und ganz bestimmt keinem eigenen, eine solche Kindheit zumuten, wie ich sie hatte.«

Eivor legte eine Hand auf seinen Arm. »Björn, so etwas würdest du nie tun. Warum hast du mir nie von deiner Kindheit erzählt? Wäre die Liebe und das Vertrauen zwischen uns groß genug gewesen, hättest du darüber geredet.«

Björn blickte ihr ins Gesicht. »Kannst du mir verzeihen, Eivor?«

Sie umarmte ihn, schob ihn dann ein Stück von sich und schaute ihn ernst an. »Ja, natürlich kann ich das«, sagte sie. »Björn, du bist ein wunderbarer Mensch, das habe ich immer gewusst, selbst in den ganz schlimmen Zeiten unserer Ehe. Ich wünsche dir so sehr, dass du glücklich wirst!«

»Und ich wünsche dir, dass du so glücklich bleibst, wie du bist!«

Diesmal umarmte Björn sie und hörte, wie sie leise sagte: »Danke, dass du gekommen bist!« Tränen liefen über ihre Wangen, aber sie lächelte.

Ein kleiner Junge kam durch die Halle gelaufen, direkt auf sie beide zu. Er schmiegte sich an Eivor, die sich über das Gesicht wischte und den Kleinen auf den Arm nahm. Liebevoll strich sie ihm über das blonde Haar.

»Wer ist das?« Der Junge zeigte mit dem Finger auf Björn.

»Das ist Björn, ein Freund«, sagte Eivor und fügte zu Björn gewandt hinzu: »Und das ist mein Sohn Jan.«

»Mein Freund ist der Frederik, aber der ist jetzt nicht mehr mein Freund, der hat mich nämlich gehaut«, sagte Jan.

Björn spürte einen Kloß im Hals. Jan erinnerte ihn sehr an Nils, auch wenn er ein wenig jünger war. Er griff nach der Hand des Jungen. »Das ist nicht in Ordnung«, sagte er. »Freunde sollten sich nicht wehtun.«

Eivor lächelte ihn an, in ihren Augen schimmerten immer noch Tränen. »Aber manchmal tut man sich auch weh, ohne es zu wollen«, sagte sie leise, »und dann ist es schön, wenn man hinterher immer noch oder wieder befreundet sein kann.«

Björn verstand. In diesem Augenblick verabschiedeten sie sich beide von einem Abschnitt ihres Lebens. Von schönen, aber vor allem von schmerzlichen Zeiten. Eivor besaß die Größe, ihm gleichzeitig etwas Wundervolles anzubieten: ihre Freundschaft. Und er war jetzt dazu in der Lage, das auch anzunehmen.

»Alles Gute!«, sagte er. Dann ging er. An der Tür wandte er sich noch einmal um und sah sie immer noch an derselben Stelle stehen, den Jungen auf ihren Armen. Beide lächelten.

Björn lächelte zurück, und dann verließ er das Hotel. Mit dem Gefühl, dass er mit seiner Vergangenheit endgültig abgeschlossen hatte.

»Ich wünschte mir, du könntest das auch«, sagte er leise und dachte dabei an Liv.

— 38 —

Wo ist Björn?«, wollte Jonna wissen, als sie aus der Schule kam.

»Er musste dringend nach Stockholm«, erwiderte Liv. Sie hatte sich diese Ausrede in den letzten Stunden zurechtgelegt.

Jonna betrachtete sie aufmerksam. »Du hast geweint«, stellte sie fest.

»Nein«, behauptete Liv, »ich habe nur schlecht geschlafen, und heute Morgen war es ziemlich stressig, weil Björn so schnell wegmusste.«

»Ich glaube dir kein Wort«, sagte Jonna. »Gib zu, du hast dich mit ihm gestritten!«

Liv konnte nicht mehr, das war alles zu viel für sie. »Selbst wenn es so wäre, ginge dich das nichts an!«, sagte sie streng zu ihrer Tochter.

Jonna starrte sie wütend an. »Wenn Björn nicht mehr kommt, rede ich nie wieder ein Wort mit dir!«, verkündete sie.

»Dann lässt du es eben.« Liv ging an ihrer Tochter vorbei aus dem Zimmer.

Im Flur stieß sie fast mit Mats zusammen, der gerade aus der Backstube herübergekommen war. Er folgte ihr in die Küche und knallte einen Umschlag auf den Küchentisch.

»Was ist das?«, fragte Liv überrascht.

»Meine Kündigung.«

Liv starrte ihn entsetzt an. »Du kündigst?«

»Ich liebe Ylva und gehe zusammen mit ihr weg.«

»Diese Frau ...«

»Sag nichts«, fiel Mats ihr mit erhobener Stimme ins Wort.

»Hast du gewusst, wer sie ist?«

»Als wir beide uns ineinander verliebt haben, hat sie es mir erzählt«, bestätigte Mats. »Sie wollte es dir auch sagen, aber das ging ja daneben.«

»Diese Frau hat mein Leben zerstört«, flüsterte Liv.

»Nein, nicht sie, sondern Lennart«, widersprach Mats. »Ylva wusste nicht, dass er verheiratet war. Sie hat ihn geliebt und seinen Lügen geglaubt. Genau wie du.«

»Sagt sie.«

»Und ich glaube ihr. Liv, kapier endlich, dass Lennart ein verdammter Mistkerl war! Schmeiß ihn aus deinem Leben, und zwar mit allem, was dazugehört, anstatt ihm immer noch nachzutrauern und an allem festzuhalten, was dich an ihn erinnert. Sonst bist *du* diejenige, die dein Leben zerstört.«

»Bitte, Mats, verlass du mich nicht auch noch!«, bat Liv verzweifelt.

Mats schüttelte den Kopf. »Ich verlasse dich nicht, du drängst uns alle aus deinem Leben. Räum endlich auf, und fang von vorne an!« Damit ging er und ließ sie verzweifelt zurück.

»Warum holt der Björn uns nicht ab?«, wollte Emelie wissen, als sie später die Kleinen vom Kindergarten abholte.

Liv benutzte die gleiche Ausrede wie bei Jonna. Im Gegensatz zu ihrer großen Schwester glaubten ihr die beiden, hörten aber nicht auf zu fragen.

»Wann kommt der Björn wieder?«, wollte Nils wissen.

»Sobald er fertig ist«, sagte Liv ausweichend.

»Ich will nicht, dass der Björn nicht da ist!«, sagte Emelie beleidigt.

»Ich will das auch nicht!«, stimmte Nils sofort zu. »Ist der denn heute Abend wieder da?«

»Ich glaube nicht«, sagte Liv vorsichtig.

Nils blieb stehen, verschränkte trotzig seine Ärmchen vor der Brust. »Aber dann kann uns ja keiner eine Geschichte erzählen, wenn der Björn weggefahrt ist.«

»Weggefahren«, sagte Emelie.

»Ich kann euch doch auch eine Geschichte erzählen«, sagte Liv.

»Nee!« Der Junge schüttelte entschieden den Kopf. »Das kann nur der Björn, und der muss sowieso wieder nach Hause kommen, weil ich sonst keinen Schutzbären hab.«

Liv hatte gewusst, dass es nicht leicht sein würde, aber sie hatte nicht damit gerechnet, dass die Kinder es ihr so schwer machten. Nur mit dem Versprechen, dass sie später alle zusammen an den Strand gehen würden, konnte Liv ihre Kinder für diesen Tag ruhigstellen.

Die nächsten Tage wurden nicht leichter. Die Kleinen fragten immer wieder nach Björn, Jonna sprach tatsächlich kein Wort mehr mit Liv, und sie selbst vermisste Björn schmerzlich. Die Tage ohne ihn waren unerträglich, die Nächte voller Sehnsucht und Tränen.

Liv wusste nicht mehr ein noch aus. Ihr ganzes Leben war in tausend Scherben zerbrochen. Immer ein bisschen mehr seit Lennarts Tod, und jetzt kam es ihr so vor, als wäre nichts mehr übrig, was noch zerbrechen konnte.

Sie fühlte sich schrecklich allein, brauchte jemanden zum Reden, und eigentlich war ihr nur noch Frederika geblieben. Als sie zu deren Haus kam und anklopfte, öffnete niemand die Tür. Sie ging ums Haus, dachte unwillkürlich an das Picknick, an den Bären und an die Angst, die sie um Björn ausgestanden hatte. An diesem Tag war ihr klar geworden, dass sie ihn liebte.

Die Tür zum Wintergarten stand weit offen. Frederika hatte zwei Stühle auf die Wiese gestellt, und dort saßen sie und Villiam. Die beiden wandten ihr den Rücken zu, sodass sie Liv nicht sehen konnten. Aber Liv sah, dass sie sich bei der Hand hielten. Es war ein so inniges, so rührendes Bild, dass sie es nicht übers Herz brachte, die beiden zu stören. Leise zog sie sich wieder zurück und traf vor dem Haus mit Ylva zusammen.

Ylva starrte sie erschrocken an. »Ich wollte mich von Frederika verabschieden«, sagte sie. »Entschuldige, wenn ich gewusst hätte, dass du hier ...« Sie brach ab, drehte sich um und wollte weggehen.

»Ylva!«, sagte Liv laut.

Langsam drehte Ylva sich um. Ihr Blick drückte Unsicherheit und Angst aus.

Liv schaute sie lange an, versuchte wieder, die Bilder in ihrem Kopf aufleben zu lassen, die sie in den vergangenen Jahren gequält hatten. Die Bilder von Lennart und seiner Geliebten, die damals noch kein Gesicht gehabt hatte.

Jetzt sah Liv ihr direkt ins Gesicht, aber sie konnte darin nicht die rücksichtslose, gewissenlose Frau erkennen, die sie in ihrer Fantasie gesehen hatte. Sie hatte es nicht wahrhaben wollen, aber Ylva war auch nur ein Opfer Lennarts gewesen. Auch ihr hatte er etwas vorgespielt.

Liv streckte die Hand aus. »Ich will nicht, dass du gehst«,

sagte sie. »Ich will auch nicht, dass Mats geht. Könnt ihr nicht doch hierbleiben?«

Ungläubiges Erstaunen zeigte sich auf Ylvas Miene, dann begann sie zaghaft zu lächeln. »Bist du dir ganz sicher?«

Liv nickte. »Lass uns reden«, bat sie.

»Ja«, stimmte Ylva sofort zu. »Nichts anderes habe ich mir gewünscht. Ich will einfach nur mit dir reden.«

»Ein Stück Kuchen in Ruh ist besser als eine Pastete im Streit.«

(Dänische Redewendung)

Apfelkuchen

Zutaten:

200 g Butter
3 dl Zucker
2 Eier
4 dl Mehl
2 TL Backpulver
2–3 säuerliche Äpfel
Vanilleeis oder Schlagsahne

Zubereitung:

Butter und Zucker in einen Topf geben und unter ständigem Rühren aufkochen. Anschließend abkühlen lassen.

Die Eier hinzufügen und sorgfältig verrühren. Mehl und Backpulver gut vermischen und mit der Butter-Zucker-Eier-Mischung verrühren.

Eine runde Kuchenform mit Butter einfetten und mit Paniermehl ausstreuen. Den Teig hineingeben.

Die Äpfel schälen, in dünne Scheiben schneiden und auf den Kuchen legen. Den Kuchen im vorgeheizten Ofen bei 175 °C ca. 20 bis 30 Minuten backen.

Lauwarm mit Vanilleeis oder Schlagsahne servieren.

— 39 —

Stockholm war trüb und dunkel im Winter. Die Scheibenwischer des Taxis wischten den schmutzig grauen Schnee über die Scheibe. Die Straßen waren voll, und die Menschen hasteten geschäftig umher. Übermorgen war Heiligabend, und es herrschte das übliche vorweihnachtliche Gedränge.

Björn war froh, als das Taxi endlich vor seinem Haus hielt. Er bezahlte den Fahrer, nahm sein Gepäck vom Rücksitz und schloss müde die Haustür auf.

Vier Monate war er weg gewesen. Er hatte Abstand gebraucht und eine möglichst große Entfernung zwischen Schweden und sich selbst schaffen wollen. Er hatte sich für diese Zeit ein Leben außerhalb der Zivilisation ausgesucht, im australischen Outback. Weder Handy noch Notebook hatte er dabeigehabt, nur einen Block, weil die Geschichte vom kleinen Nils weitergehen sollte. Es war eine Idee seines Verlags gewesen, der sein Buch mit Begeisterung angenommen hatte und Nils jetzt Abenteuer im Ausland erleben lassen wollte.

Doch egal, wie weit Björn die Zivilisation hinter sich gelassen hatte, Liv und die Kinder waren bei ihm gewesen. In seinen Gedanken und in seinem Herzen.

Er hatte den Kindern Karten geschickt, wann immer das möglich gewesen war, damit sie wussten, dass er sie nicht vergessen hatte. Aber nicht an sie direkt, sondern über Frederika, damit Liv nichts davon mitbekam.

Die Luft in der Wohnung war kalt und abgestanden. Die Heizung stand auf kleiner Stufe, und seine Haushaltshilfe hatte wahrscheinlich schon länger nicht mehr gelüftet. Immerhin hatte sie seinen Briefkasten geleert und die Post fein säuberlich auf seinen Schreibtisch gelegt. Drei hohe Stapel, die Björn heute nicht mehr durchsehen wollte.

Der Anrufbeantworter blinkte. Björn drückte auf den Kopf, und dann war Nils' Stimme zu hören. »Wann kommst du nach Hause, Björn? Hier ist alles ganz doof ohne dich.«

Björn lächelte und fragte sich, woher Nils seine Telefonnummer hatte.

Gleich darauf lieferte ihm Jonna die Erklärung. »Wir vermissen dich alle, Björn. Mama weiß nicht, dass wir dich anrufen. Ich hab deine Nummer aus Frederikas Handy geklaut.«

»Jonna, Jonna!«, seufzte er. »Ich vermisse euch auch alle.«

»Gib mir«, hörte er Nils im Hintergrund kreischen. »Ich muss dem Björn noch was sagen.« Kurz darauf war Nils' Kinderstimme ganz deutlich zu hören. »Björn, du bist mein alleralleralllerbester Freund, und ich hab dich ganz doll lieb.«

»Ich dich auch!«, hörte er Emelie im Hintergrund schreien, und dann hatte sie offenbar den Hörer in der Hand. »Björn, wann kommst du?«, fragte sie. »Ich glaub, die Mama vermisst dich auch. Sie weint ganz oft.«

»Ich würde sofort kommen, ihr Mäuse, aber eure Mutter muss das von sich aus wollen«, murmelte Björn vor sich hin.

Das Band lief weiter. Die Kinder hatten ihn immer wieder angerufen, sie bedankten sich für seine Postkarten und versicherten, dass sie ihn auch nicht vergessen hatten.

Irgendwann, es musste in den letzten Tagen gewesen sein, hatte auch Frederika versucht, ihn anzurufen. »Bist du schon zurück, Björn?«, kam ihre Stimme vom Band. »Melde dich doch bitte, sobald du wieder zu Hause bist. Der Verlag will noch mehr Verträge mit dir abschließen.«

Eine schöne Nachricht, aber es war nicht das, was Björn wirklich hören wollte.

Und dann kam ihre Stimme. Leise, aber klar verständlich. »Hallo Björn, hier ist Liv. Frederika hat mir gesagt, dass du im Ausland bist, aber vielleicht kommst du ja vor Weihnachten nach Hause.« Sie machte eine Pause, räusperte sich.

»Die Kinder wünschen sich nichts anderes zu Weihnachten, als dass du wieder zu uns kommst.« Wieder schwieg sie sekundenlang, dann fügte sie hinzu: »Und ich auch. Verzeih mir bitte, Björn! Ich liebe dich.«

Björn spulte das Band mehrfach zurück und hörte es sich immer wieder an.

— 40 —

Er kam nicht!

Liv war das Herz schwer. Nicht nur wegen der Kinder, auch sie selbst hatte so sehr gehofft, dass Björn ihr verzeihen konnte, dass er zurückkam und sie ihm beweisen konnte, dass sich alles verändert hatte, dass sie sich geändert hatte.

In den letzten Tagen hatte es geschneit. Die roten Häuser von Norrfällsviken wirkten heimelig inmitten der weißen Pracht. Der Schnee knirschte bei jedem Schritt, die Häuser waren weihnachtlich geschmückt.

Liv war mit allen Vorbereitungen für Heiligabend fertig. Ihr Vater und Frederika würden heute Abend zum Essen kommen, und sie hatte auch Mats und Ylva eingeladen.

Die Erkenntnis, wer Kerstin wirklich war, hatte sie noch lange beschäftigt. Inzwischen hatten Ylva und sie viel und sehr offen miteinander gesprochen, und sie waren Freundinnen geworden. Richtig gute Freundinnen, die wussten, dass sie sich aufeinander verlassen konnten.

Frederika arbeitete immer noch in der Backstube mit. Hin und wieder erledigte sie auch Arbeiten für die Agentur, aber sie war nicht mehr nach Stockholm gefahren und wollte sich nach und nach aus dem Geschäft zurückziehen.

Villiam war glücklich bei Frederika, soweit Liv das beurteilen konnte. Er hatte immer wieder klare Momente, und das waren für ihn und auch für Frederika die Lichtblicke in ihrem Leben.

Liv selbst war ruhiger geworden, seit sie Lennart und die

Erinnerungen an ihn vollständig aus ihrem Leben verbannt hatte. Sie hatte sogar den Wigwam vom Speicher geholt, den Lennart vor Jahren für seinen noch ungeborenen Sohn gekauft hatte, aber es war Emelie, die hauptsächlich damit spielte.

Jonna hatte ihr Schweigen schließlich gebrochen, aber Liv wurde das Gefühl nicht los, dass ihre Tochter ihr innerlich immer noch grollte.

Wie gerne würde sie ihren Kindern das schönste Weihnachtsfest ihres Lebens bereiten!

Es war dunkel geworden und hatte wieder angefangen zu schneien. Liv hatte die Außenbeleuchtung eingeschaltet, für die Gäste, die sie eingeladen hatte. Dass Björn doch noch kam, daran konnte sie nicht mehr glauben.

Vielleicht war er auch noch nicht aus Australien zurück. Zumindest diese Hoffnung blieb ihr.

Vor dem festlichen Abendessen ging Liv noch einmal mit Knut nach draußen. Sie wollte nur eine kurze Runde durch das schneebedeckte Norrfällsviken drehen, damit er nicht später während der Bescherung dringend hinausmusste.

Als sie zum Haus zurückkamen, blieb Knut plötzlich stehen. Er spitzte die Ohren und begann zu winseln. Und dann sah Liv eine Gestalt, die sich aus der Dunkelheit löste. Die Figur, die Bewegungen … alles war so unendlich vertraut. Ihr Herz schlug schneller, ihr Atem hinterließ kleine Wolken in der schneekalten Luft.

Und dann stand er vor ihr, schaute sie an.

»Björn«, sagte sie ergriffen.

»Ich muss dir …«

»Nein.« Sie schüttelte den Kopf, nahm ihn bei der Hand. »Ich muss dir zuerst etwas zeigen. Komm mit!«

Liv führte ihn in den Garten, öffnete das Tor und ließ ihn eintreten.

Das Licht in der Backstube war eingeschaltet und erhellte den Garten ebenso wie die weißen Lichter im Apfelbaum. Björns Gesicht leuchtete auf, als sein Blick auf den Baum fiel, der nur noch aus einer Hälfte bestand. Er ragte gesund und kräftig in den Himmel auf, der abgestorbene Teil war entfernt worden.

Ein leichter Windstoß fegte Schneewolken von den Ästen, und die gebackenen Elche, die daran hingen, schwangen sanft hin und her.

»Herzlich willkommen zu Hause!«, sagte Liv.

Björn schloss sie in die Arme. »Ich liebe dich.«

»Ich liebe dich auch«, sagte Liv und schmiegte sich an ihn. Eine tiefe Ruhe erfüllte sie, das Gefühl, endlich angekommen zu sein.

Seine Lippen suchten ihren Mund. Liv schlang beide Arme um seinen Hals, wollte ihn nie wieder loslassen. So standen sie eng umschlungen im Garten, bis Knut sich bemerkbar machte. Der Hund wollte ins Haus.

»Komm«, sagte Björn und griff nach Livs Hand. »Lass uns zu den Kindern gehen.«

Liv nickte, blieb an seiner Seite und wusste, dass es von jetzt an für immer so sein würde.

Ende

»Ein Plätzchen heißt Plätzchen, weil für ein Plätzchen immer noch Platz ist.«

(Nanny Fine in der amerikanischen Serie *Die Nanny*)

Lussekatter

Zutaten:
150 g Butter
50 ml Milch
3 Päckchen Safran
½ TL Salz
125 g Zucker
50 g Hefe
850 g Mehl
½ Tasse Rosinen
½ Tasse gehackte Mandeln

Zubereitung:

Die Butter zerlassen und die Milch leicht erwärmen. Den Safran mit einem Teelöffel Zucker in einer halben Tasse Milch auflösen.

Die Hefe zerkleinern und in eine Rührschüssel geben. Die erwärmte Milch unter Rühren zugeben, bis die Hefe sich aufgelöst hat. Nun die zerlassene Butter und die zuvor hergestellte Safranlösung zugeben. Alles gut verrühren. Danach den restlichen Zucker und das Salz unterrühren. Zum Schluss das gesiebte Mehl zugeben.

Den Teig gut durchkneten, bis er Blasen wirft und sich vom Schüsselrand löst. Rosinen und Mandeln einarbeiten, dabei einige Rosinen für die Verzierung zurückbehalten. Den Teig zugedeckt eine Stunde an einem warmen Ort gehen lassen. Anschließend noch einmal gut durchkneten.

Aus dem Teig Stangen rollen und zu einem »S« formen. In die Mulden Rosinen geben und die Lussekatter mit geschlagenem Eigelb bepinseln. Auf ein eingefettetes, mehlbestäubtes Backblech legen und bei 225 bis 240 °C ca. 7 bis 10 Minuten backen.

Dazu trinkt man Kaffee oder Glögg.

Linnea Holmström lässt im Herbst die Sonne scheinen

Linnea Holmström
IM HIMMEL IST DER
HERBST WIE SOMMER
Roman
304 Seiten
ISBN 978-3-404-17265-8

»Opa mochte den Herbst«, sagte Emil. »Opa mochte jede Jahreszeit«, erwiderte Anne-Lis. Ihr Vater hatte immer nur das Schöne, das Positive gesehen. Offenbar hatte Emil diese Fähigkeit von ihm geerbt. »Ja, aber am liebsten mochte er den Sommer«, sagte der Junge.

Emil ist fest entschlossen, die Asche seines verstorbenen Opas mit einer Rakete in den Himmel zu schießen. Dorthin, wo der Herbst wie Sommer ist. Doch die Erwachsenen halten nichts von dieser Idee. Außer Tante Anne-Lis. Aber die ist zu abgelenkt, um sich auf Emils Vorhaben zu konzentrieren. Sie ist frisch verliebt ...

Bastei Lübbe